金澤 哲　編著

Mark Richardson

石塚則子

柏原和子

里内克巳

白川恵子

塚田幸光

松原陽子

丸山美知代

山本裕子

アメリカ文学における「老い」の政治学

松籟社

目次

アメリカ文学における「老い」の政治学
——その背景と意義（金澤 哲）……11
1. はじめに 11
2. 「老い」のイデオロギー 12
3. フェミニズムからの批判 16
4. サイードとフーコー 19
5. ジャンルの問題 22

老境のマーク・トウェイン
——「落伍者たちの避難所」を中心に（里内 克巳）……29
1. 序——晩年のトウェイン研究 29
2. 若者のイニシエーション 32

3．老いたる船長　36
4．難破船たち　38
5．昆虫の世界へ　43
6．アダムのための記念碑　46
7．結語――老いの眺望　49

ウォートンの過去を振り返るまなざし
――最後の幽霊物語「万霊節」（石塚　則子）……………… **55**
1．二つのトポスと幽霊物語　56
2．ジェイムズの「懐かしの街角」と意識のドラマ　60
3．「万霊節」における幽霊と不可解な出来事　65

活力を保ち続ける
――ロバート・フロストと老いること（Mark Richardson）………… **77**
1．「混沌に対する一時的な抑止」　78
2．「ある老人の冬の夜」　84

3.「寿命掛け算表」 100
4.「冬、森の中ただ一人……」 108

レトロ・スペクタクル
――モダニズムの晩年とフォークナーの「老い」の政治学　（山本　裕子）…… ***123***
1. 後期資本主義時代におけるモダニズムと消費社会 123
2.『自動車泥棒』におけるる消費社会へのイニシエーションと「老い」の政治学 128
3. モダニズムの晩年とフォークナーの「老い」の政治学 147

「老い」の／と政治学
――冷戦、カリブ、『老人と海』――　（塚田　幸光）………… ***155***
1. パパ・ダブルビジョン――アメリカとキューバ 155
2.「老い」の政治学――フォークナー、ヘミングウェイ、『ライフ』 157
3. 黒き少年とアメリカン・インヴェイジョン――テクスト／コンテクスト 162
4. 反転する狩り――「老い」のスペクタクル 168

時を超える女たち
――ユードラ・ウェルティにおける「女たちの系譜」（金澤　哲）…… *177*
1. はじめに　177
2. 「慈善の訪問」　181
3. 『デルタの結婚式』　185
4. 『ある作家の始まり』　195

メイ・サートン
――老いと再生の詩学（丸山　美知代）…… *203*
1. メイ・サートンと老い　203
2. 老いの国への旅　206
3. 老いを生き、老いを描く　219

高齢者差別社会における「老い」の受容
——ジョン・アップダイクの描く「老い」　（柏原　和子）…………225
1. 現代社会における「老い」の苦境　225
2. 高齢者観の変遷　228
3. アップダイク作品中の「老い」　230
4. アップダイクの世界観と「老い」の受容　242
5. 結び　245

成長と老いのより糸
——サンドラ・シスネロスの『カラメロ』に見るボーダーランドの精神——　（松原　陽子）……249
1. 死にゆく父と看取る娘　249
2. ボーダーランドに育つ　251
3. 祖母の物語　256
4. 老いと親子のきずな　265

そして誰もが黒くなった
——アリス・ランダルの『風は去っちまった』における再生の政治学　（白川　恵子）・・***273***
1．不朽の名作をパロディする　273
2．そして誰もいなくなった　277
3．告発の行方　285

あとがき　（金澤　哲）　299

執筆者・翻訳者紹介　巻末 i
索引　v

アメリカ文学における「老い」の政治学

アメリカ文学における「老い」の政治学
——その背景と意義

金澤　哲

1. はじめに

「老いは現在の文学理論において欠落しているカテゴリーである。」一九九三年に出版された論集『文学における老いとジェンダー』の冒頭において、編者アン・ワイアット—ブラウン（Anne M. Wyatt-Brown）はこのように述べ、従来の「老い」理解を超える新たな理論的アプローチの必要性を強調した。(1)

事実、アメリカ文学研究において「老い」というテーマは、不当に軽視されてきたように思われる。後に述べるように、一九九〇年代に新しい「老い」概念が登場するまで、「老い」の扱いは多分に類型化しており、伝統的な登場人物研究か伝記研究の枠外に出ることはほとんどなかった。

だが、このような状況は変わりつつある。キャスリーン・ウッドワード（Kathleen Woodward）をはじめとする研究者たちが、「老い」をジェンダーと関連づけて論じるようになったほか、エドワード・サイード（Edward W. Said, 1935-2003）は遺著『晩年のスタイル』において伝記的研究に新たな地平を示した。また、フーコー（Michel Foucault, 1926-84）が提唱した「生政治」の概念も、「老い」と密接に関係するものであり、いわば「老い」と権力の関係という問題を新たに浮かび上がらせるものであった。

このように、今や「老い」は文学研究において重要性を急速に増しているテーマである。もちろんそれは高齢化が進む社会の反映であるが、「老い」のテーマが重要なのは、そのためだけではない。それはこのテーマが個々の文学作品や作家像に新鮮な光を当て、これまで認識されることのなかった問題点を照らし出す可能性を持っているからである。

以下では、ここまで述べてきたことをより具体的に説明し、「老い」のテーマがアメリカ文学研究にもたらす可能性を素描してみたい。

2.「老い」のイデオロギー

「アメリカ」が「若さ」の国であることは、今さら言うまでもないであろう。それはまず国家としての歴史の短さの反映であるが、それだけではない。「アメリカ」にとって「若さ」とは、伝統よりも革新を好み、未知への挑戦を尊んできた心性の現れであり、アメリカ資本主義を現代に至るまで推進してきた力のひとつであった。またそれが「夢を追いつづけること」と言い換えられるとき、「若さ」は「アメリカン・ドリーム」の概念に内包され、「アメリカ」の魅力の重要な一部を構成してきた。このように「若さ」は「アメリカ」の本質的特徴であり、その自意識にとって不可欠の要素である。

　キャスリーン・ウッドワードは、新たな「老い」理解を提唱したフェミニストたちの中心人物であるが、二〇〇六年の論文「年齢を演じ、ジェンダーを演じる」の中で、アメリカにおける「年長者を老齢という偏見に満ちたカテゴリーに格下げし貶めてしまう文化的傾向」を指摘し、これを「まなざしの若さ構造」(“the youthful structure of the look”) と呼んでいる。彼女はまた、映画や写真といった視覚文化には高齢者差別《エイジズム》があふれていると述べ、次のように指摘している。すなわち、「一般に我々はスクリーンや写真に見る老人たちよりも若い存在として自らを意識する」。だが、そのような視線こそ「アメリカにおける若さの文化のイデオロギー」と同一のものであり、そのイデオロギーによれば「若さとは事実上どんな犠牲を払っても年齢より価値あるものであり、高齢は主に喜劇かセンチメンタルな同情のためのものだと見なされる。[2]」ウッドワードはこのように述べて、現代アメリカ文化に行き渡る「若さ」指向と高齢者差別《エイジズム》を指摘している。アメリカはやはり「若さ」の国なのである。

　とはいえ、現実に建国から二百年以上経っているアメリカは、事実としてすでに若い国ではない。にもかかわらず「アメリカ」が「老い」を隠蔽し「若さ」に執着しようとすれば、現実とイデオロギーの間を埋めるなんらかの手段が必要なはずである。いうまでもなく、映画をはじめとするポピュラーカルチャーこそ、その最も影響力ある手段であり、この点はウッドワードが指摘したとおりであろう。では、そのような状況に対し、文学はどのように反応してきたであろうか。

実は、アメリカ文学史上には「老い」と深く関わる作品が数多く存在する。アメリカにおいて「老い」が隠蔽すべきものであったとすれば、それは意外かもしれないが、むしろ文学は繰り返し「老い」を取り上げることで、「若さ」に執着するアメリカのあり方を逆照射していたと言えるであろう。

思いつくままに挙げてみると、まずクーパーによる『レザーストッキング物語』第一作『開拓者たち』に登場するナッティ・バンポーは、すでに七十歳である。十九世紀中葉では、メルヴィルの『バートルビー』を忘れることはできない。この短編の語り手は、彼の奇妙な雇い人のことを語り出すに当たって、最初に「私はいささか老いた人間だ。」と自己紹介するのである。

二十世紀に入ると、はげた頭を気にするプルーフロック、三十歳の誕生日を迎えたことを嘆くニック・キャラウェイのほか、なによりも『老人と海』がある。さらに時代遅れになった老人の姿を描いた典型作『セールスマンの死』、アメリカとともに年をとってきた主人公の最期を描くアップダイクの『さようならウサギ』等々、「老い」が重要な役割を果たしている作品は枚挙にいとまがない[3]。

このように、アメリカ文学において「老い」はつねに重要なテーマであった。では、それらの作品を対象とするアメリカ文学研究において、「老い」はどのように扱われてきたであろうか。新しい「老い」観について語る前に、まず「老い」についての旧来のアプローチを確認しておこう。

当然ながら、「老い」というテーマ自体は、文学研究において目新しいものではない。作家のキャリアを年代順に追い、「中年期」における創作力の絶頂から「老年期」における衰退への道のりをたどったり、「晩年」における成熟と完成（あるいはその逆の衰退と崩壊）から全生涯を振り返って評価しようとする態度は、伝記研究にとって当然の前提であった。

人生をいくつもの段階に分ける考え方には古代ギリシャ・ローマ以来の伝統があり、たとえば美術の分野では誕生から死に至るまでの階梯を描いた多数の作品がある。文学においては、『お気に召すまま』におけるジェイクィーズのセリフがおそらく最も有名であろう。[4] これらの階梯的人生観によれば、人生は真ん中において頂点に達するのであり、人はその高みを目指して幼少期から一段一段上っていき、その後は「老い」と「死」に向かう下り坂をただ降りていくのみである。ここには一種の固定観念があるが、それこそ西洋伝統の「老い」理解であり、「老い」のイデオロギーなのである。

それに対し、二十世紀には同じ階梯的人生観といっても中年期を頂点とした三角形ではなく、右肩上がりに最後まで上り続けるという図式も提案されるようになった。エリクソン（Erik H. Erikson, 1902-84）のライフ・ステージ論である。この図式は、「老い」を衰えと自動的に結びつける固定観念の否定であり、「老い」を絶頂後の衰退としてではなく、人生の完成期と見なす点において大きな意味を持つものであった。一方、それは芸術家の人生を晩年における「完成」（あるいは「失敗」、「破綻」）から振り返って評価する態度と軌を一にしており、先に述べたように、伝記的作家研究にひとつのひな形を提供するものであった。

それに対し、「老い」を取り上げる文学作品の側は、決して「老い」の固定観念に縛られてはいなかった。つまり「老い」の固定観念に縛られ類型化していたのは、「老い」を読み解く批評の側であり、作品そして作家たちは固定観念を批判するか、自らの目的のため巧みに利用していたのである。

冒頭に引用したワイアット―ブラウンの発言が示すように、このような状況は一九九〇年前後まで続いていた。文学研究における新たな「老い」理解が、まさに求められていたのである。

3．フェミニズムからの批判

右に述べた伝統的「老い」理解に対し、一九九〇年前後から新しい「老い」への考え方が提唱されるようになった。

ひとことで言えば、この考え方は「老い」をジェンダーになぞらえて理解しようとするものである。それによれば、ジェンダー同様、「老い」もまた歴史的・文化的概念であり、時代や社会のあり方によって規定されている。また、ジェンダーとしての「女性」が肉体的・本質的に決定されるものではないように、「老人」も肉体的・本質的に決定されるものではない。ということはつまり、年をとっていれば「老人」というわけではなく、逆にごく若くして「老い」に苦しむということも十分ありえるのである。このような考え方は、ジェンダー概念が「女性」理解を根本から作り替えたように、「老い」理解を根本から作り替える可能性を持っている。

ちなみに、このような新たな「老い」理解が出現した背景には、「アンチ・エイジング」技術の急速な発達がある。エクササイズによる効果的な肉体鍛錬、化粧品やサプリメントの発達による容姿の維持、小型・高性能化したテクノロジーによる感覚器官の補助などは、かつて「老い」と結びつけられてきた肉体的変化をほとんど克服可能なものにしてしまった。さらに現代の生殖医療の発達は、「産めなくなった時」という「老い」の定義を、すでに無効化してしまっている。このような技術の進歩は、人間の肉体の定義を問題化するものであり、結果として「老い」の定義自体を曖昧にしていると言えよう。すなわち、現代において「老い」はすでに肉体から切り離されているのであり、右のような新しい「老い」理解は、このような時代の情勢から必然的に生まれてきたものなのである。

では、この新しい「老い」概念は、文学研究において具体的にどのような意義を持つものであろうか。

まず指摘すべきなのは、この考え方が「老い」と創造性の関連性について、批判的再検討を促したという点である。伝統的あるいはステレオタイプ的な「老い」理解においては、しばしば創作力は「若さ」と関連づけられてきた。作品の創作とは一種の生殖行為と見なされ、それゆえ肉体的な性的能力と暗黙裡に関連づけられていた。そのような見方からすれば、「老い」は創造性の衰退そして枯渇をもたらすものであり、それはとりもなおさず作家生命の危機を意味したのである。老いた作家にできるのは、あえて肉体的な限界に挑み「老いてなお盛ん」な姿を見せるか、逆に「枯れる」ことによって、別格的境地に達するかしかなかった。

だが、このような見方は、人生の諸段階にそれぞれ特定の意義・イメージを割り当て、それを自らに強制するものであり、その意味で、きわめて硬直したイデオロギーに基づいている。しかもそのイデオロギーは、「父」たりうる性的能力を文学的創造性に結びつけることによって、自らを「父」の立場に置き、本来もっと自由で流動的であるべきものを「秩序化」し、固定化してしまっている。つまり、このような伝統的「老い」概念は、家父長制的であり、性的能力に基盤をおくという点でまさにファロセントリックなのである。

新しい「老い」概念は、フェミニスト的立場から、このような「老い」概念を批判し解体しようとするものである。言い換えれば、それは「老い」のあるべき姿といったものを否定し、逸脱的あるいは脱線的な老いの多様性を追求する試みである。

新しい「老い」概念によるもう一つの成果は、「老い」の戦略というものを切り開いた点である。「老い」が肉体的・本質的なものでなく文化的・歴史的なものであるということは、我々はどのように「老い」ていくかを選べるということである。もちろん、歴史的社会的状況がさまざまな手段で押しつけてくる「老い」の形を、そのまま受け入れることも可能であるが、少なくともそれは（無）意識的な選択の結果なのであり、決して「自然」でも「運命」でもない。一方、我々は社会から押しつけられてくる「老い」をあえて拒否し、別な「老い」の形を選択することもできる。ということは、我々には「老い」の戦略というものが可能なのであり、そこには多様な可能性が秘められている。

このように、現代における「老い」は一種の政治的概念である。ということは、「老い」をめぐるポリティクスというものが存在するのであり、我々はそれぞれの戦略に従って自らの「老い」を選択していくしかない。これこそ現代における「老い」であり、このような「老い」をめぐる政治的可能性こそ、新しい「老い」概念がもたらした最大の成果なのである。

4. サイードとフーコー

右に述べたようなフェミニズムの立場からの議論の他に、近年「老い」に関する重要な問題提起をしたのがエドワード・サイードである。

遺著『晩年のスタイル』（2006）において、サイードはベートーベン、リヒャルト・シュトラウス、グレン・グールドといった音楽家やジャン・ジュネ、アドルノといった作家・思想家を取り上げながら、それぞれの「晩年のスタイル」というものについて自由に論じている。ここで彼のいう「晩年のスタイル」とは、「調和と解決ではなく頑なさ、難解さ、そして解消されない対立」を特徴とするものであり、「不協和で澄み切ってなどいない緊張と、とりわけなにかに逆らって行く一種のわざとらしく非生産的な生産性」に関わるものである。[5]

それはたとえば、耳障りで難解なベートーベンのミサ・ソレムニスのスタイルであり、そのような曲を書いた晩年のベートーベンを論じるアドルノのスタイルである。だがそれは美学的レベルにとどまるものではなく、時にきわめて政治的である。たとえば、ジャン・ジュネ後期の作品について、サイードは次のように言う。「ある大義に身を投ずるよりもずっと重要なこと、ずっと美しく真実なのは、と彼［ジュネ］は言う、それを裏切ることだ。それは私が読む限り、彼の絶え間ない沈黙探求の一変奏であり、その沈黙こそあらゆる言語を無意味なポーズと化し、あらゆる行動をただの身振りにしてしまうものなのだ。[6]」

サイードの言う「晩年のスタイル」と、先に説明したフェミニズムからの「老い」理解の共通性は明らかであろう。理論的立場は全く異なるが、両者ともに「老い」・「晩年」の固定的イメージを否定し、あえて社会の期待に逆らうスタイルを選択する権利を主張しているのである。

また、サイードの指摘は、作家の伝記的研究に新たな可能性を開くものである。先に述べたように、従来の伝記的研究は家父長制的価値観を暗黙裡に前提としており、作家の「完成」への過程をたどろうとする傾向が強かった。だが、サイードの言う「晩年のスタイル」というものが存在するのなら、伝記作者は対象とした作家・芸術家の生涯を必ずしも統一的なものとして描く必要はなく、むしろ時に過激に逸脱したものとして提示することが可能になるのである。

次いでフーコーであるが、彼は特に「老い」をテーマとする研究を発表してはいない。だが、彼が晩年に提唱した「生政治」の概念は、現代における「老い」の問題を考える上で重要な示唆を与えてくれるように思われる。

たとえば『知への意志』において、フーコーは十七世紀以来、「死なせるか生きるままにしておくかという古い権利に代わって、生きさせるか死の中へ廃棄するかという権力が現れた」とし、この「生に対する権力」の二つの主要な形を「人間の身体の解剖―政治学」と「人口の生―政治学」と呼んでいる。後者は、「繁殖や誕生、死亡率、健康の水準、寿命、長寿、そしてそれらを変化させるすべての条件」に働きかけ、調整し管理するものであり、十八世紀中葉に形成されたとされる。それ以降、権力は人口の管理調整を自らのつとめとし、「老い」や「老人」を定義し、管理・保護するようになったのである。(7)

こうして、「老い」は権力によって定義されるものとなり、個々人の運命を超え、社会政策上の問題となっていった。この認識が現代にも当てはまることは、たとえば日本における「後期高齢者」制度をめぐる議論を思い返せば明らかであろう。

このように見たとき、「老い」とは個人と権力の相争う場であると言うことができる。もちろん、それは権力という圧倒的強者に対する孤立無援の戦いであるが、たとえそうであっても、我々ひとりひとりにはそのような戦いの可能性が開かれているのであり、それこそ右に述べた「老いの政治学」の可能性そのものであろう。

ちなみに、フーコーは「汚辱に塗れた人々の生」というエッセイの中で、次のように述べている。

結局のところ、私たちの社会の根本的な特性の一つは、運命が権力との関係、権力との戦い、或いはそれに抗する戦いという形を取るということではないだろうか？　それらの生のもっとも緊迫した点、そのエネルギーが集中する点、それは、それらが権力と衝突し、それと格闘し、その力を利用し、或いはその罠から逃れようとする、その一点である。権力と最も卑小な実存との間を行き交った短い、軋む音のような言葉たち、そこにこそ、おそらく、卑小な実在にとっての記念碑《モニュメント》があるのだ。(8)

これはフーコーがフランス十七・十八世紀の監獄や警察の文書、あるいは監禁命令封印状といったものを集めたアンソロジーに添えた序文である。先に述べたように、フーコーの指摘は「老い」をめぐる現代の権力のあり方にも深く関わるものであり、我々の議論に引きつけていえば、「老い」もまた権力と実存が衝突し、生のエネルギーの集中する一点なのである。

5. ジャンルの問題

かつてフランク・カーモード（Frank Kermode, 1919-2010）は文学における「終末」の意義を論じ、「終末」こそプロットに意味を与えるものであると主張した。彼はただの持続である時間「クロノス」と、終末との関係から生じる意味の充ちた時間「カイロス」の区別を踏まえ、このように述べている。

そのようなすべてのプロットのあり方は、結末が全持続と意味に寄与することを前提とし必要としている。言い換えれば、中間部は単純な時間性あるいはチックタックの空虚さ、人間的見地からは興味の持てないただの継続を取り除かれなければならない。それは意味のある「時」、始まりと終わりの間に懸けられた「カイロス」でなければならない。それは心理学者たちの関心、彼らのいわゆる「時間の統合」の一つの例といったものをはるかに超えるスケールで、現在の知覚と過去の記憶そして未来への期待を共通の組織へと束ねあげなければならない。この組織の中でこそ、ただの継続として理解されたものが過去と未来によって充たされるのであり、「クロノス」が「カイロス」となるのである。これこそ小説家の時間、たんなる継続性の生まれ変わりであり、フォースターとムージルほどに異なる二人の作家によって、平凡な人間から神々しいほど完璧な感覚を創りあげるエロティックな意識にたとえられたものである。(9)

カーモードはこのように述べ、小説というジャンルにとって結末の持つ重要性を強調している。すなわち、終末こそがそこに至るまでの中間部・過程に意味を与えるものなのであり、ただの「クロノス」にすぎなかった時間を「カイロス」に換えるものなのである。

ところで、このような小説観を人生に当てはめれば、人生の意味を決定するのは終末である「死」、あるいはその直前の「老い」ということになる。このような人生観は、先に述べた階梯的「老い」理解と通じるものがある。繰り返せば、かつての「老い」のイデオロギーは、人生をいくつもの階梯に区分し、「老い」を最終段階と見なす直線的な時間観を前提としていた。カーモードの主張する小説観は、そのような人生観に相似しており、だとすれば、カーモードの小説観もまた、家父長制的あるいはファロセントリックであるということになる。

このことは、カーモードの小説観とフェミニストたちによって提唱された小説観を比較すれば明らかであろう。たとえば、エレーヌ・シクスー（Hélène Cixous）は「女性的テクスト」について、以下のように述べている。

それは常に終わりがなく、終わることがない。終結はなく、止まることがなく、それゆえしばしば女性的テクストは読むのが難しい。というのも、我々は基本的に「終わり」という言葉を掲げる本を読むことを学んできたのだから。しかし、これは終わることがない。女性的テクストは延々と続き、ある時点でその巻が終わりにたどり着こうとも文章はなお続くのであり、読者にとってそれは虚空へと投げ出されることを意味する。(10)

ここで重要なのは、シクスーによる「女性的テキスト」の提示が、そのまま家父長制的「老い」を拒否する「老いの戦略」の提示となっている点である。すなわち、作家はカーモード的「終末」のプロットを拒否し、「女性的テキスト」を書くことによって、「終末」＝「老い」あるいはその先の「死」の支配を拒否することが、少なくとも理論上は可能なのである。先に述べたように、一九九〇年代にフェミニストたちによって主張されるようになった新しい「老い」理解は、文学作品の解釈に新たな可能性を開くものであったが、カーモードからシクスーへと至る小説理論の転変は、文学理論の分野でフェミニズムが新たな「老い」の可能性を提示した例であると言えよう。

もっとも、シクスーの提唱した「エクリチュール・フェミニン」は、その妥当性をめぐって論争となったものであり、この考えに従って現実に創作を行うのは、決して容易ではない。また、そもそも小説は決して一筋縄ではいかないものであり、カーモード自身、「結末」による一義的な意味づけに抵抗し、予想外の意味を追求する小説というものの特徴を指摘している。[11] さらにバフチンによれば、小説の大きな特徴はその開放性であり、自己批評性である。[12] とすれば、「結末」によって意味づけられるものという小説観は不十分であり、盾の一面しか見ていないものだと言えよう。

そして、小説のこの特徴こそ、「老い」のジャンルとして小説の持つ可能性を保証するものである。避けられない「終末」の気配を確かに感じつつ、それに抵抗し、逸脱の可能性を常に探り、期待をはぐらかしていくもの。このような小説こそ究極の「老いのジャンル」であり、作家たちはそこにそれぞれの老いの戦略の可能性を見いだしてきたのである。多くの作家たちが晩年になって日記やエッセイなどのジャンルを愛用しながら、なお小説を手放さなかった理由は、ここにあると思われる。逆に言えば、「老い」を意識することは、小説研究に新たな可能性を与えるものであると言えよう。

さらに話を拡げれば、アメリカ文学における「老い」というトピックのもとに、作品あるいはジャンル、さらにはその背景をなすイデオロギーや思想の「老い」を考えることも可能であろう。話を小説に限れば、「老いのジャンル」である小説もまたリアリズムからモダニズムさらにポストモダニズムへと時代を追って変化してきたのであり、それもまた一種の「老い」であると見なすことができる。このように見たとき、パロディなどのポストモダン的手法は小説というジャンルにおいて行われる「老いの戦略」にほかならず、そのような手法を通じて作家たちはジャンルの延命を図るとともに、その背景にあるイデオロギーを批判あるいは救済してきたと言うことができるであろう。「老い」という観点からの小説研究には、まさに多様な可能性がある。そしてこのような可能性は、小説のみならず詩や劇などの他ジャンルにおいても開かれているはずのものである。その意味で、「老い」は文学研究全般に新たな地平を開くものだと言えるであろう。

注

（1）Anne M. Wyatt-Brown, "Introduction: Aging, Gender, and Creativity," 1.

（2）Kathleen Woodward, "Performing Age, Performing Gender," 164.

（3）ちなみに、ここで挙げた作品はすべて白人男性によるものである。「老い」とジェンダー、人種・エスニシティとの関わりは今後の重要な課題であるが、たとえば本書収録の丸山論文、松原論文を参照のこと。
（4）人生の階梯を描いた美術作品については、パット・セイン『老人の歴史』に多くの図版が収録されている。『お気に召すまま』におけるジェイクィーズのセリフについては、本書九五-九六ページ参照。
（5）Edward W. Said, *On Late Style: Music and Literature against the Grain*, 7.
（6）Edward W. Said, *On Late Style: Music and Literature against the Grain*, 79.
（7）ミシェル・フーコー『性の歴史I　知への意志』、一七六。
（8）ミシェル・フーコー『フーコー・コレクション六　生政治・統治』、二一〇-二一一。
（9）Frank Kermode, *The Sense of an Ending: Studies in the Theory of Fiction*, 46.
（10）Hélène Cixous, "'Castration or Decapitation?' Signs: Journal of Women in Culture and Society,'" 324.
（11）Frank Kermode, *The Sense of an Ending: Studies in the Theory of Fiction*, 50.
（12）M. M. Bakhtin, *The Dialogic Imaginalism: Four Essays*, 30, 39.

引用文献

Bakhtin, M. M. *The Dialogic Imaginalism: Four Essays*, Ed. Michael Holoquist. Tr. Caryl Emerson and Michael Holoquist, Austin: u. of Texas Pr., 1981.
Cixous, Hélène, "Castration or Decapitation?" *Feminist Literacy Theory* 2nd ed. Ed. Mary Eagleton. Blackwell, 1996. 322-325.

Erikson, Erik H. *The Life Cycle Completed*. Extended Version with New Chapters on the Ninth Stage of Development by Joan M. Erikson. Norton, 1997.

Kermode, Frank. *The Sense of an Ending: Studies in the Theory of Fiction*. OUP, 1967.

Said, Edward W. *On Late Style: Music and Literature against the Grain*. Vintage, 2007.

Woodward, Kathleen. "Performing Age, Performing Gender." *NWSA Journal* 18.1 (2006): 162-189. (http://depts.washington.edu/uwch /about_woodward_bio.htm よりダウンロード可能)

Wyatt-Brown, Anne M. "Introduction: Aging, Gender, and Creativity." *Aging and Gender in Literature*, eds. Anne M. Wyatt-Brown and Janice Rossen. Charlottesville: UP of Virginia, 1993. 1-15.

セイン、パット『老人の歴史』、木下康仁訳（東洋書林、二〇〇九年）。

フーコー、ミシェル『性の歴史Ⅰ　知への意志』、渡辺守章訳（新潮社、一九八六年）。

フーコー、ミシェル「汚辱に塗れた人々の生」、丹生谷貴志訳『フーコー・コレクション六　生政治・統治』（筑摩書房、二〇〇六年）。

老境のマーク・トウェイン
――「落伍者たちの避難所」を中心に

…………………………………………………………里内　克巳

1．序――晩年のトウェイン研究

ほぼ四十年の長きにわたるマーク・トウェイン（Mark Twain ＝本名 Samuel L. Clemens, 1835-1910）の作家としてのキャリアのなかで、終り頃の時期は独特の重要性を持つ。トウェインという名前を聴くだけで、白いスーツを着た白髪の老人を思い浮かべるほど、最晩年の姿は異彩を放っている。しかし深く掘り下げて、書き手としてのトウェインに迫ろうとすると、これほど難しい時期はないと言ってもいい。それは同時に、これほど興味の尽きない時期はないということでもある。

晩年のトウェインをめぐる研究では、かつては創作力を枯渇させ、家庭的な不幸にも見舞われて厭世的になった作家像がことさらに強調されてきた。ハムリン・ヒルの評伝『マーク・トウェイン――神の道化』(1973)は、その最もよく知られた例である。だが最近では、必ずしもそのように一括りにできない人間トウェインの多面性を示す評伝が増えつつある。例えば、作家の没後百年にあたる二〇一〇年に出版されたマイケル・シェルデンの『マーク・トウェイン――白い服の男』は、ヒルが指摘したような晩年の作家の苦悩も視野に入れつつ、ユーモアや批判の精神を忘れず多彩な交友を楽しみながら、老いと死に立ち向かっていく最晩年のトウェイン像を提示しようとした。同じく二〇一〇年にローラ・スカンデラ・トロンブリが上梓した『マーク・トウェインのもう一人の女』は、一九〇二年よりトウェイン側近の秘書となり、その私生活に大きな影響力を振るったイザベル・ライオンの遺した記録を辿ることで、斜交いからトウェインに迫ろうとする試みであった。ここでトロンブリは、階級的に下に位置する女性を時に見下す傾向のあったトウェインの一面を指摘すると共に、周辺にいた人々の思惑のせめぎ合いによって、過度に理想化された作家像が最晩年に作り出されていく過程を浮かび上がらせている。

このように、最晩年に焦点を合わせた評伝ないしは評伝的な研究が活況を呈している一方で、同時期に書かれた作品の読解を通して作家の晩年に迫るアプローチは、依然として少ないのが現状である。日本のアメリカ文学者である永原誠は、「老年とマーク・トウェイン」と題するエッセイのなかで、「批評家たちの多くにわたしが覚える不満のひとつは、老年のトウェインに関する限り、実作品にまともにあたっていないことです」(永原、二〇五)と指摘し、更に、「老年のトウェインは、この作家根性の逞しさを着眼点に、作品の総体に十分に当たったうえで見直すのでなければ、正当に評価することができないのでは?」(二〇六)という所感を表明している。この指摘がなされて以降、作品の幾つかが再評価されるなどの進展はあった。それでも、実際に書かれた作品を通して晩年の作家に迫る試みは、いわゆる評伝的なアプローチに比べて、なお少ないと言わざるを得ない。

このような傾向が生じる一因は、作品自体の取り扱い難さにある。晩年のトウェインは膨大な量の作品を書いたが、その多くが未発表の草稿で、特定の読者を念頭に置いたものではなかった。それらは現在、遺稿の整理が進んで大半が読めるようになったが、リアリズムとは一線を画した夢物語に近いものが数多くある。物語として筋らしい筋を持たずに迷走したあげく、未完のまま放り出される、研究者泣かせの作品がずらりと揃っている。だから晩年に書かれた作品は、それ以前のものに比べて総じてレベルが低く、老いによる創作力の減退の表れとする見方が生じてくる。それに加えて、国民作家トウェインという一般に知られた華やかなイメージと、未発表の作品が与える印象とがあまりにも乖離しているので、評伝作者がこの領域に深入りするのを避けていることもあるだろう。

さて、難物揃いの晩年の作品群の中で、〈老い〉という本書の主題に馴染む作品として本稿で取り上げたいのは、「落伍者たちの避難所」("The Refuge of the Derelicts," 1905-06) と題された未発表の物語作品である。トウェインの後半生は五十歳、六十歳、七十歳とほぼ十年刻みで大きな節目が来るのだが、七十歳の誕生日にあたる一九〇五年十一月三十日は、老人としての自分をトウェインがとりわけ意識した重要な節目である。これを機として彼は、年が明けた一九〇六年一月から、それまで何度も挑戦を繰り返しては挫折していたライフワークである『自伝』の本格的な口述を開始している。この七十歳の誕生日を間に挟む時期に書き継がれた「落伍者たちの避難所」には、自分や人間一般の老いに対する考えが、色濃く投影されている。散漫な部分もあるが、晩年に書かれた多彩な作品群を繋ぐ要《かなめ》に位置するという点でも、この時期のトウェインを理解するうえで重要な作品である。本稿では、言及されることの稀な「落伍者たちの避難所」にあえて光を当て、関連作品にも目配りしながら、トウェインにとっての〈老い〉や〈晩年〉という問題を、評伝的な方向とはやや違った角度から浮き上がらせてみることにしたい(1)。

2. 若者のイニシエーション

「落伍者たちの避難所」は、カリフォルニア大学版では九十頁近くある作品で、分量的には中編に匹敵する。長編になるはずの作品が途中で頓挫したものである。この作品は、あの旧約聖書に出てくるアダムの記念碑を建てるという奇矯な考えを抱いたジョージ・スターリング（George Sterling）という若い「詩人＝芸術家」（162）が、金銭的な支援を求めてアブナー・ストームフィールド提督（'Admiral' Abner Stormfield）なる人物を訪問し、すげなく追い払われるところから始まる。年上の友人であるデイヴィッド・シップマン（David Shipman）の助言を受け、再び提督を訪問したジョージは、この気難しい老人に気に入られ、その居候となる。そこで彼は、提督が庇護し住まわせている〈落伍者〉と呼ばれる人々に出会う。人生の敗残者である彼らの多くは高齢であり、我が身に降りかかった過去の不運をかこつ日々を送っている。そのような落伍者たちと知り合いになったジョージは、人生や人間に対する理解を徐々に改めていくことになる。ジョージが提督の元に身を寄せるまでの最初の二章分は、全知の語り手による三人称で物語られるが、三章から最後の十三章までは、ジョージの書く日記という体裁の下に一人称で話が進められていく。

ジョージは二十六歳であることが途中で明かされるが（203）、冒頭のシップマンとの会話の中では、世間知らずの質朴な性格が強調され、彼の若さ——と言うよりもむしろ幼さ——が際立たせられている。鍵となるのは、〈イノセンス＝無垢〉という言葉である。例えば、面識のない提督に対して藪から棒に金銭的な支援を頼むとは、なんて君はものを知らない男なんだ（"How could you be so innocent?" 164）、とシップマンはジョージに言う。次いで、どんな人間にも弱みがあり、そこをうまく突けば取り入ることができるのだ、と持論を主張するシップマンは、提督と交渉するための秘訣のメモを書いてあげながら、心の中でこうつぶやく。

「まったく、今まで聞いたことのない馬鹿げたアイディアだよ……だが、途方もないことは確かだ……そして新しい——そうだ、陳腐なところは何もない！……奴はどうしてこんなに真剣になれるんだろう。だが大真面目なんだ。このアイディアの立派さ、壮大さだけを見てるんだ。奴にとって、これは軽薄なところは何もない。滑稽なところなどこれっぽっちも見てないんだ。まったく奴はものを知らない！（"My, but he is innocent!"）根っからの詩人で、夢想家で、情熱家だ……よりにもよってあんな連中にこんな企画を披露して、献金してくださいって頼むんだから。［略］」（165）

人づきあいの初歩も知らないことに加え、実在したはずのないアダムの記念碑を建てるという構想の荒唐無稽さに思い至らない、ジョージの二重の意味での〈イノセンス〉にシップマンはあきれる。このように世間知を欠いた若き芸術家であるジョージは、その〈イノセンス〉が強調されることで、その情熱の対象である堕落以前のアダムその人ともある程度重ね合わされる。だが、提督や彼の食客となっている落伍者たちと接するうちに、ジョージには心境の変化が現れる。彼は日記にこう書きつける（六章）。

僕は人間というものを発見した。今までも自分の周囲にずっといたけれど、漠然として幽霊のようにぼんやりしていた。やっと、血も骨も備えた人間を見出した。そしてよく知るようになった。つまり人間に関する事実を、ということだ。理屈だけは前から持っていたけれど。人間は愉快で、魅力的で、興味深い。おまけに、僕は自分自身も知りつつある。だけどそれはどうでもいい。仕方のないことだ、掌帆長がしょっちゅう傍にいるんだから。あまり気にしていない。

あの記念碑への興味は無くしていない――考え自体は残っているから心配いらない――だけど人間への興味が、それを二番目に押しやってしまったんだ。（206）

ジョージは自分自身の未熟さを痛感し、人間という存在についてより深く理解を及ぼすようになる。同時に、彼の中で過度に理想化されていた最初の人間アダムは、括弧付きの存在として保留される。ジョージに焦点を合わせて読むならば、「落伍者たちの避難所」という作品は、無垢な若者が多難な体験を経てきた人々に出会うことで、苦みを帯びた人間の真実に開眼していくイニシエーションの物語であると規定できる。

イニシエーションは、晩年のトウェイン作品にはお馴染みの趣向である。一九〇二年から一九〇五年、そして一九〇八年と断続的に書き継がれた『不思議な少年、第四十四号』(*No.44, The Mysterious Stranger*) は、その一例である。この幻想譚の語り手のアウグスト少年は、懇意になった謎の少年が宗教に対して無関心であることに衝撃を受け、彼を導き改心させようと決心する。だが逆に、無神論的な世界観へとアウグストが転向させせられてしまうところで幕が下りる。物語としては迷走に迷走を重ねる作品であるが、強烈なひねりと苦みのあるイニシエーション・ストーリーとしての輪郭は鮮明に保っている(里内、八)。

一八九九年から一九〇二年、そして一九〇六年に執筆された『それはどっちだったか』(*Which Was It?*) も、この点で注目すべき作品である。これは、南部の田舎町の名士であり、清廉潔白の誉れ高いジョージ・ハリスンという三十代の男が、あるきっかけで殺人を犯し、その罪の意識から底なしの生き地獄に陥っていく過程を、笑いと恐怖の入り混じる独特の筆致で描き出した長い作品である。正直者であると思っていた自身の真の姿をジョージが直視し、堕落し、欲望にまみれた醜い人間の在り様を理解していく話と捉えれば、これは言わば〈負のイニシエーション〉物語というべき作品である。

「落伍者たちの避難所」は、『それはどっちだったか』と重ねて読める部分がある。双方ともに、「ジョージ」というファースト・ネームを持った比較的若い男性が中心人物である。前者の「スターリング」（Sterling）というラスト・ネームには、人柄や性格が「立派な・非常に優れた」という意味合いがあるが、彼は総じて頼りない人物として描かれ、自らの至らなさに直面する成り行きになるから、このネーミングには明らかな皮肉が込められている。更に書き進められていたならば、「落伍者たちの避難所」もまた〈負のイニシエーション〉物語としてのより明確な姿を現したかもしれない。

3. 老いたる船長

ただし、イニシエーション物語としての基本的な構図は同じであっても、「落伍者たちの避難所」には、『不思議な少年、第四十四号』や『それはどっちだったか』とは一線を画す新機軸がある。それは、ジョージを人生の真実に開眼させる役割を担う人物たちの多くが高齢であるという点だ。一口に言うと「落伍者たちの避難所」は、若者が人間の〈老い〉に遭遇する物語なのである。

晩年になっても少年少女を好んで描く傾向のあったトウェインの作品の中で、これほど多くの老いた人物が登場する作品は珍しい。ストームフィールド提督のもとに集う人々の年齢は、大半が六十歳から八十歳くらいに設定されている。そして、〈落伍者〉たちを庇護する立場にある提督自身は、フエアヘイヴンの捕鯨船の中で誕生して以来、海での生活を七十年間送った後、陸に上がって現在は八十歳になる（167）。七十歳という年齢が、ストームフィールドにとっての重要な節目になっており、これは書き手トウェインが、七十歳に近づいていた自らの身の上を、この人物に投影させていることを物語っている。

ストームフィールド提督には、実在のモデルが別にいる。トウェインの私設秘書イザベル・ライオンは、一九〇五年三月十七日付の覚え書きで、書き進められていた「落伍者たちの避難所」に触れ、作中の老提督のモデルは、エド・ウェイクマン船長（Cap. Ed. Wakeman）とスミス提督（Commodore Smith）という二人の捕鯨船の船長だというトウェイン自身の言葉を記録している[2]。このうち前者のウェイクマン船長は、一九〇九年に出版された『ストームフィールド船長の天国訪問記からの抜粋』（*Extract from Captain Stormfield's Visit to Heaven*）のモデルとしてよく知られている。この船長にトウェインは、一八六六年に初めて出会っており、初期の作品にも登場させている。『苦難を忍びて』（*Roughing It*, 1872）の第五十章には、目をかけていた黒人の部下が殺された復讐を果たすため、法を破ることも辞さないネッド・ブレイカリー船長（Cap. Ned Blakely）の八方破れの行いが、ユーモラスに語られる挿話がある。その船長のモデルがウェイクマンである。

「落伍者たちの避難所」のストームフィールド提督は、怒りっぽい性格であっても、人種の区別なく人生で失敗してしまった人々に共感し、援助の手を差し伸べる人物として描かれている。その点で、ネッド・ブレイカリー船長の人物像を、提督はある程度継承している。そこにトウェインは、失敗の多い人生を送り世を去った兄オライオン（Orion）の人物像も加味している。十二章には、ストーンチフィールド・ガーヴェイ（Staunchfield Garvey）という八十歳の落伍者の人物スケッチが置かれている。提督と同年齢で名も類似したこの人物は、首尾一貫しない性格を持つ点でも、提督との共通性を持っているのだが、そこで披露される挿話は、『自伝』での兄オライオンにまつわる思い出話（一九〇六年三月二十八日に口述）とほぼ同一なのである（*Autobiography of Mark Twain*, Volume 1, 451-55）。[3] 若い頃よく行動を共にした兄を部分的にモデルにしている点でも、このストームフィールド提督は、作者にとっての分身である。トウェインは兄や敬意を払う年長の知人、そして自分自身を参考にして、人生という荒海を独自のやり方で航行する老船長を造型したのだった。

4. 難破船たち

次に、主要登場人物から物語設定へと目を向けてみるならば、「落伍者たちの避難所」は先行する別の作品とも重要な繋がりを持つことが明らかになってくる。一八九六年に執筆された「魔の海域」（"The Enchanted Sea-Wilderness"）である。

トウェインの人生に濃い翳りが出てくるのは一八九〇年代中頃で、そのあたりから書くもののスタイルが変貌していく。経営責任を負っていた会社の破産や投機の失敗などで、莫大な負債を抱えた彼は、その返済のために世界を巡る講演旅行を行わなければならなかった。だが、ちょうど六十歳を迎えた一八九六年八月に、愛娘スージーの病死を旅先で知る。このあたりから、現実と夢の区別が取り払われ、幸せな生活が突然の不幸へと暗転していく類の未完の物語を、トウェインは量産し続けるようになる。「魔の海域」は、その皮切りにあたる物語作品である。

スージー死去の直後に書かれたこの作品は、旅行記『赤道に沿って』（*Following the Equator*, 1897）

の中の一エピソードとして当初構想されていた。これは南アフリカの喜望峰と南極の間に位置する海域に、船が脱出不可能な「永遠の日曜日」なるスポットがある、という設定の下に、若い頃の体験を老水夫が物語る趣向の幻想譚である。当時二十三歳であった彼は、悪辣な船長が指揮する商船の乗組員であったが、悪運が重なってこの海域に迷い込んでしまう。船は動かず、頭上に青い空が広がる以外、何も起きない日々が続く。水夫たちは脱出の希望を無くし、生ける屍のようになってしまう。だが、この海域に迷い込んだのは、自分たちだけではなかった。ある日彼らは、同じ海域に他の船がいるのを見つけ、それに近づいていく。

一番近い船まで十二マイルもあったが、三時間かけて辿り着いた——もちろん風はないから帆は使わない。船体が半分喫水から見えたとき、俺たちは信号用の旗を振りまわしたが、応答はなかった。そしてこのあたりから、船がとても古くてイカレてることが分かってきた。近づくほど船はイカレて見えた。何かが生きて動いている印はなかった。俺たちは真相を悟り始めた——ほどなくそれが分かり、がっくり気落ちした。この船は、むき出しの古い難破船だった。言ってみれば、かび臭いオンボロの骸骨みたいなもんだ。帆桁があちこちに張り出して、帆耳《クリュー》からボロボロの帆布がだらりと垂れ下がっていた。船尾の下を通り過ぎるとき、船の名が見えた。文字はかすれてほとんど読めなかった。ホレーショ・ネルソン号！　俺は息を呑んだ。この船を知っていたんだ。十歳の男の子だった頃、ロバート叔父さんが一等航海士としてこれに乗っていたんだ。その頃から今まで、この船のことは聞いたことがなかった——十三年間も。(*Mark Twain's Which Was the Dream? And Other Symbolic Writings of the*

Later Years, 84）

引用部は二つの点で興味を惹く。第一に、船が老いた人間（ないしは死者）のメタファーで擬人化されており、船と人との区別が曖昧になっている。若者であった語り手は、老人の姿をした船に出会うのだが、老朽船の姿をした人に出会う、と逆に考えてもいいくらいだ。第二は、この船と語り手自身との個人的な繋がりである。もともとこの船は、叔父が乗船していたもので、語り手の少年時代と繋がりを持つものであった。だから、この場面で語り手が出会う、船＝老人とは、他の誰でもなく、昔とは変わり果ててしまった自分自身である、という読み方もできるだろう。

「魔の海域」のテーマは、この場面に集約されている。一口に言うとこの作品は、人生における〈老い〉への参入を寓意的な手法で描いたものである。ただし、ここでの老いとは、加齢による心身の衰えだけではなく、自身の身に降りかかる不幸や不運と切り離せないものとして捉えられている。人は長く生き、心身を衰えさせると、病気や事故や身内の死などに多く直面するようになる。しかし一方、その因果律を逆転させて、不運や不幸事との度重なる遭遇が人を老いさせるのだという別の見方をとることも可能なのであって、そちらの見解の方がトウェイン作品では強く押し出される。経済的な破綻や、娘に先立たれるという不幸に直面した作家自身の〈老い〉の自覚が、このような形で「魔の海域」には投影されているのである。

「落伍者たちの避難所」に話を戻せば、「魔の海域」で部分的に見られた人と船の間の区別を無くしてしまう発想が、ほぼ十年を隔てて書かれたこの作品では本格的に使われている。本稿で「落伍者」

と仮に訳出している“Derelict”という言葉には、「遺棄船」という意味合いがある。例えば、提督の元で暮らすことになったとジョージが告げに訪れた時、友人シップマン（この人物も船と人とを融合させた名前を持っている）は、提督の保護を受けている人たちに君は会うことになるだろうな、と告げる。訊き返したジョージに対して、彼はこのように説明する――「そう、人生の敗残者たち。難破船たち。古びて形も潰れて、人生という海を一人孤独に彷徨う遺棄船たち。彼らはみんな提督のところに流れ着く。そして歓迎されるのさ」（186）。ストームフィールド提督の庇護下にある、寄る辺なき人々は、人生という海で難破した遺棄船ないしは漂流物なのだ。

広い海をあてどなく漂う船。それはこの物語ではメタファーと言うよりも、半ば字義通りに扱われる。そもそもこの作品では、地上と海上の区別が取り払われている。ストームフィールド提督の住居は地上にありながら、軍艦に見立てられており、掌帆長（Bo'sn＝boatswain）が日々の生活を切り回す役割を担っている。引退して陸に上がった老船長という設定でありながら、ストームフィールド提督はまだ航海に従事している現役であるかのように描かれている。また、物語の背景はほとんど書き込まれず、提督の住居の中だけで進行していく室内劇のような様相を作品は呈している。地上にいるのか、海上にいるのか、読み手の印象が定まらないまま話の進む「落伍者たちの避難所」は、ジャンル的な観点から言っても、夢物語めいた幻想譚と、よりリアリズムに歩み寄った諷刺との間を縫って航行していく作品となっている。

愛する妻オリヴィアを一九〇四年に喪ってほどなくして書かれたこの作品は、〈老い〉のモチーフを扱う点でも、娘スージーの死の直後に書いた「魔の海域」を受け継ぎ、同時に発展させた作品である。提督の元に身を寄せている〈難破船たち〉は、その大半が齢《よわい》を重ねた老人である。だがその中に、年齢的に言うとまだ若い人物も混じっていることには注意が必要だ。例えば、四章から五章にかけて登場するスミスという男性は、ジョージと同じ二十六歳である。だが彼も、やはり〈落伍者〉の一人という設定なのである。労働者階級出身のスミスは、郵便夫としてつましい暮らしを立てながらも、妻やその家族たちと幸せな生活を営んでいた。十九歳の時、昇進試験を受けた彼は合格し、立派な制服を着られる身分になった。しかし、それが転落の始まりだった。スミスは社会的に上昇することで、家族やかつての友人たちと疎遠になってしまった。身の丈の合わない派手な生活を強いられることで、かえって生活は困窮していった。その挙句、郵便物を盗み始めた彼は捕えられ、刑務所送りになった。出所した彼に世間は背を向け、結婚生活も破綻した。人生の階段を踏み外してしまい、悔悟の念に苛まれながら提督の住居で無気力に日々を送っているのが、今のスミスなのである。

人生の暗い面ばかりに目を向けて思い悩む性癖を持ったスミスのことを、ジョージに話して聞かせた掌帆長は、スミスは二十六歳の若者なのではなく六十歳の老人なのだと断言し、ジョージもそれを肯定する(205)。年老いた〈もう一人の自分〉との出会いという「魔の海域」での趣向が、ジョージと、同年齢の〈落伍者〉との関係にも認められるだろう。(4) この作品でトウェインが描き出す〈老い〉の形の複雑さは、この、若者でもあり老人でもあるというスミスの描かれ方に端的に表れている。年齢や寿命の長さという尺度は考慮に入れられてはいるが、それが人の老いを決定づける要素では必ずしもない。むしろ、まっすぐに生きられない苦しさや正しく生きても報われない人生の不条理さから生じる悔悟の思いが、人を老いへと導く。それに加えて、自分の身の上だけでなく、世界で起きる様々な災厄に対する感受性の鋭さという要因も絡んでくる、と掌帆長は言う。その感受性というものは、本人の意思では変えることのできない、生まれ持っての性質とも言うべきものだ――そんな見方も作品では示される（205）。同時代の自然主義文学にも通底する、環境的要因と生得的要因という双面から人間を捉える見方がここにはある。

5．昆虫の世界へ

災厄との遭遇が人を老いさせるという因果律を強く押し出すと共に、トウェインはそこから更に踏み込んで、それでは災厄が人に降りかかるのはそもそも何故なのか、という宗教がらみの疑問にも測鉛を下していく。それは単なる偶然にすぎないのか。それとも、何らかの形で〈神〉なるものが介在しているのか。そんな神意（special providence）をめぐる問題にも、「落伍者たちの避難所」は随所で取り組んでいる。これは概して登場人物間のコミックな対話の形で浮上し、簡単にどちらか一方が他方を説得し切ることはない。

例えば、ラスタス（Uncle 'Rastus）とフィリス（Aunty Phyllis）という、共に七十歳近くの黒人〈落伍者〉が作品には登場する。この二人は物語ではコロスのような役割を果たし、掛け合い漫才そこのけの会話を展開する。昔、若い女性と幼子を乗せた馬車が坂の下りで暴走し、突き当りにある崖に突っ込みそうになった。ところが、近くに居合わせたラスタスが、向かってきた馬をタイミング良く怪力で捕まえて、事なきを得た。そんな過去の出来事をめぐって、以下のようにフィリスが持論を述べ、ラスタスが反論を行う。

「おめえは、神意なんてものはないって、いつも言ってる男だ。けど、もし神意がないとなると、あの馬車と馬具はどうなっちゃうんだ。ちょうどぴったりの頃合いに、おめえがあの道に立ってたのは、どなたのお蔭だい？　答えられるもんなら、答えてみな！」

「どなた様があの馬を、あんな馬鹿げたやり方で走らせたんだい？」(238)

暴走する馬車の前にラスタスが居合わせたのは、偶然ではなく、神様が仲介してくださったからだ、とフィリスは主張する。慈悲深い神に支配される世界を彼女が想定しているのに対し、懐疑的なラスタスは、それでは馬が暴走したというそもそもの切っ掛けについては、どうして神様は目をつむっていたのだ、と問いかける。キリスト教の考えに基づいて神意に支配される世界を想定するのか、単なる偶然に支配される世界を想定するのか。その二つの世界観のぶつかり合いが、ここには認められる。滑稽味を帯びた会話であっても、人生という航海の途上で難破してしまった〈落伍者〉の救済という問題にも繋がる点で、脱線と見えるこの対話は作品の中核に位置している。

神意をめぐる議論は、この作品の最終部（十三章）でもう一度提示されるが、興味深いことに、ここでの考察の対象は人間だけではなく、それ以外の生き物にも広げられている。この最終部では、提督の食客たちが一堂に会し、ケイレブ・パーソンズ牧師（Rev. Caleb Parsons）による「自然の慈愛」

と題する講話を聴くことになる。「見よ、何というものを神様はお作りになったか！」（215）と言うのが口癖のこの牧師は、神の恩寵に溢れる生き物の世界について熱弁をふるう。だが、それに合わせて素人博物学者エドガー・ビリングズ（Edgar Billings）が映し出す映像では、牧師の言葉とは裏腹に、非情な弱肉強食の世界が展開される。この映像ではメス蜘蛛がパートナーであるオス蜘蛛を食べ、無数の小さな蜘蛛を産む。すると腹を空かせた子蜘蛛たちは、母蜘蛛に群がって体を齧ろうとする。そこに蜂がやってきて、母蜘蛛に毒針を刺して巣に連れて行く。動けなくなった母蜘蛛が、蜂の幼虫にたかられ、ゆっくりと体を貪られてゆく大写しの画面を〈落伍者〉たちが眼前にするところで、この作品は途絶する（247-48）。

この映像は“living pictures”（244）と表現されている。当時としては最新のメディアであった映画を指すが、二義的には「生の様相」という意味合いもこの表現には込められている。ここでは人間の世界が、昆虫の世界へと置き換えられ寓意化される。（母蜘蛛が蜂の幼虫に貪られる場面は、同時代の植民地主義・帝国主義の寓意と解することも可能だろう。）しかし同時にこのヴィジョンでは、人間の世界が相対化され、数多く在る地球の生き物たちと同列に置かれていると考えることもできる。いずれにせよ、先のフィリスとラスタスの会話と同様に、神の意志が遍在する宗教的な世界観と、偶然と生存本能だけが支配する無神論的な世界観との、容易に調停されない対話がここには認められる。

生き物の世界という大きな枠組みの中で神学的な問題を考えることが、この時期のトウェインの関心事であった。そのことは、この蜂の幼虫に貪られる母蜘蛛の描写が、神の責任という主題をめぐって母娘の間でたたかわされる会話で構成された作品「リトル・ベッシー」(“Little Bessie,” 1908) で、ほぼそのまま再利用されることでも明らかだ[5]。残酷で理不尽な出来事が満ちているのは、人間世界も昆虫の世界も変わるところはない。ならば、この世で起きるあらゆる災厄の責任を神は担わなければならない。そうでなければ、やはり神は不在だと考えるしかない。そのような見解に引き寄せられながら、ある時は真剣に、ある時は戯れながら書き続けたのが、最晩年のトウェインであったと言える。

6. アダムのための記念碑

「落伍者たちの避難所」の最終部で浮上する科学(博物学)と宗教というテーマに注目すると、構成としては破綻していても、ひとつの作品として一貫した主題をトウェインが追求していることが見えてくる。先述したように、この作品はアダムの記念碑を建てるというジョージのアイディアから出発するが、やがてそのトピックは前面に表れなくなり、建てるのかどうか不明確なまま、物語は打ち切られてしまう。しかし、結末部でやや唐突な形で示される、互いを相食む昆虫たちのヴィジョンに認められたのと同様の、キリスト教に基づく世界観や倫理をめぐる解消されざる葛藤が、このアダムの記念碑という趣向にも実は盛られている。その意味で、アダムをめぐる話題は放棄されてしまうのではなく、作品のなかに遍在していく中心モチーフなのだと考えた方がよい。

そもそもアダムは、サタンと並んでトウェイン作品に頻繁に顔を出す聖書中の人物である。アダムを扱ったトウェインの初期作品で最も有名なものに、『赤毛布外遊記』(*The Innocents Abroad*, 1869) 第五十三章のイェルサレムでの場面がある。そこでのトウェインは、「アダムの墓」を目の当たりにして涙を流す。早くからジェイムズ・コックスが指摘しているように、過剰な文彩で語られるこの場面は、読み手の感傷や共感を誘う一方で、同時にバーレスクとしても機能するものだった (Cox, 52-53)。それから三十年以上の時を隔てて書かれた「落伍者たちの避難所」でのアダムの扱いも、似たような両義性を持つ。ただし、「アダムの墓」の場合とは少し異なり、「アダムの記念碑」ではそのアイディアの滑稽さがまず強調され、次いでその背後に作者の真剣な企図が透かし見られる運びになる。その違いには、時代の変化という要素もおそらく関わっている。

「アダムの記念碑」は、虚構作品の中だけの話ではなく、現実世界においても企てられたアイディアである。そこには進化論が絡んでくる。「落伍者たちの避難所」執筆中に書かれたエッセイ「アダムの記念碑」("A Monument to Adam") でトウェインが明かすところによれば、チャールズ・ダーウィンの著作が宗教界に巻き起こした批判の嵐が、このアイディアの発端である。(6)『人間の由来』(*Descent of Man*) が一八七一年に刊行されて数年後、エルマイラ在住の牧師トマス・K・ビーチャーに対してトウェインが次のような提言をした——人間の祖先を猿にまで辿ることができるとする進化論に従うならば、全人類の父祖をアダムという一人の人間に位置づける聖書の考えは、時代遅れになってしまうかもしれない。アダムの名前が忘れ去られてしまう日も来ないとも限らない。だから彼の記念碑を建ててはどうか——そう彼は提案したのである。観光がもたらす商業的利益を見込んで出資を申し出る銀行家たちも現れ、彼の提案はもう少しで実行に移されそうになったという。

当時のトウェインは、半ば冗談でこの提案をしたのだが、二十世紀に入ってから、はるか昔のアダムの記念碑建立の計画を蒸し返して、請願書を作ろうとした草稿が残っている。[7]そうした資料から判断すると、すべてが冗談話ではなく、トウェインなりの真剣さも込めたアイディアであったこと、そしてその切実な側面が晩年になってより強まっていったことが推測できる。それはおそらく、ダーウィンの主張する世界観が、世紀転換期になって社会進化論という形で社会に広く浸透していった事実とも無関係ではない。

「アダムの日記からの抜粋」(“Extracts from Adam's Diary,” 1893)、「アダムの独白」(“Adam's Soliloquy,” 1905)、「イヴの日記」(“Eve's Diary,” 1905) など、晩年のトウェインが聖書を素材にした作品を多くものしたことは、よく知られている。それらは聖書をパロディ化する一面を持つが、偶像破壊的な側面だけではなく、聖書が開示する世界へのノスタルジアも同時に存在している。「落伍者たちの避難所」でのアダムにもそのような両義性があり、その扱いは単なるジョークの域を超えている。八章には、ストームフィールド提督がアダムの記念碑を建てることに賛成するくだりがあるが、この説明もまた進化論絡みであり、提督の言葉は作者自身の考えを代弁していると見ていい――「そして[記念碑を建てるべき]別の理由がある。アダムは消えつつあるのだ。ダーウィンとその取り巻き連中のためさ。アダムはもうあまり長くもたないことが、わしには分かる。兆候がたくさんあるのだ。アダムは細菌に見くびられているのだ[略]」(220)。さらに、細菌など人間の共感の対象とはなりえないと提督は主張し、消えつつあるアダムの肩を持つ。

「さあ、これでどちらを選ぶことになるか？　尊敬や忠順、子としての愛情といったものを考えると、どちらを選ぶ？　アダムだ！　何といってもアダムだ。細菌の記念碑は建てられない。だが、これから五十年で神話に変わり、二百年で完全に忘れ去られてしまうだろうアダムのためなら記念碑を建てられる。わしらは記念碑を建てて永代まで世界に彼の名を残すことができる。やろうじゃないか、どうだ？」(221)

物語では記念碑は建てられずに終わるものの、ある意味ではこの作品自体が、アダムという人物への追悼の記念碑であるとも言える。(8) 科学の目によって否定され形骸化していく、キリスト教倫理に基づく人間観を追慕する記念碑である。トウェインの晩年期には、作家自身の加齢と、キリスト教精神《モラル》のメッキが剥がれいわば老朽化していく時代の進み行きとが重なり合う中で、独特の作品群が生み出されていった。「落伍者たちの避難所」は、その典型例に位置づけられる。

7. 結語——老いの眺望

「落伍者たちの避難所」を執筆している途上で、トウェインは自らの老いに直截的に言及する二つの重要な言葉を残している。ひとつは、一九〇五年十二月五日に行った七十歳祝賀のスピーチで、もうひとつは、その直後に書かれたと推定される未発表の小品「老年」(“Old Age”)である。この二つの与える印象は相当に異なる。まず、ヘンリー・H・ロジャーズやジョゼフ・トウィッチェルといった親しい知人を前に披露したスピーチは、誰にも真似をすることのできないトウェイン独自の老いへの至り方を、ユーモアたっぷりに指南するものだった。韜晦した物言いではあるが社会諷刺も折り込み、老いが話題であっても話し手自身の老い込みは感じさせない、サービス精神たっぷりのスピーチになっている。ところが、「老年」では一転して、真っ白で何もない地球の極北へと歩いていく旅に人生を喩え、虚無感の漂う、荒涼たる老いの風景を描き出していく。両者の老いの描き方には、かなりの隔たりが見られる。

「老年」が描き出す強烈にペシミスティックな自画像が、トウェインの本音であり、楽しげにスピーチをするトウェインは演技をしているだけ、と単純に切り分けることはできない[9]。生前に出版された最後の作品である『ストームフィールド船長の天国訪問記からの抜粋』のなかに、無知で恥知らずな若者でいるよりも、思慮も知恵も持ち合わせた老人でいる方がずっといい、と主人公の友人が言うくだりがある(*Collected Tales*, 841)。そのように老いを明るく肯定する作品が最晩年に発表されていることも、やはり無視できない。しかし、未発表の作品群も視野に入れるならば、「老年」が提示するイメージは、無神論的で唯我論的な世界を表明した『不思議な少年、第四十四号』の結末部とも重なり合い、作家の精神世界の内奥の部分をさほど偽ることなく表現していると見てよい。

「老年」は、個体としての人間の寿命という時間的な長さを、地球の空間的な広がりに変換して表現するという、レトリックの巧みさも光る。人生の終着点からそれまでの歩みを振り返る行為は、山頂や極点から眼下に広がる風景を眺めるようなものとして捉えられる――「この眼下に広がる眺望から、今まで歩いてきた土地や地域をすべて見ることができる。暑い熱帯から始まって、今立っている氷塊の頂に至るまで」(*Collected Tales*, 719)。俯瞰する視点というものは、トウェイン晩年の作品を特徴づけるものであり、その点でもこの小品は、作家の老境を集約している。

晩年のマーク・トウェインは、人間の歴史や存在全体を、独特の括りに入れて眺め、相対化することに専心していった。本稿が焦点とした「落伍者たちの避難所」も、その例外ではない。そこでは不運との遭遇による人の老いという主題の下に、人間という存在の位置づけが、科学的な観点から、そして宗教的な観点から捉え返されていた。世紀の変わり目の中で老いゆくことは、作家としてのトウェインに、個人としての人の生と、種としてのヒトの歩みとを重ね合わせ、その在り様を高みから眺望する立脚点を与えてくれたと言える。

＊本稿は、日本学術振興会の科学研究費助成事業による基盤研究(C)「未発表長編を基盤とする十九―二十世紀転換期マーク・トウェイン像の再構築」の成果の一部である。

注

（1）「落伍者たちの避難所」からの引用は、ジョン・S・タッキー編のカリフォルニア大学版テキスト『人間の寓話』（*Fables of Man*）を使用し、括弧内に該当ページを示す。

（2）タッキーによる「落伍者たちの避難所」解説を参照（157-58）。ストームフィールド提督の別のモデルとして、トウェイン晩年の親友ヘンリー・H・ロジャーズの名前をタッキーは挙げている（160）。

（3）ウィリアム・R・マクノートンは、ストーンチフィールドのモデルをオライオンと同定している（Macnaughton, 213）が、この人物とストームフィールドの類似性には言及していない。

（4）二十八歳の時に、あるきっかけから〈落伍者〉へと転落してしまった詩人ヘンリー・クラークソンという人物とジョージの関係についても、類似のことが言えよう（343-49）。

（5）*Collected Tales, Sketches, Speeches, & Essays: 1891-1910* 866. 以下、本論文における同書からの引証は、*Collected Tales* と略記して頁数を付す。

（6）「アダムの記念碑」は、一九〇六年に出版された *The $30,000 Bequest and Other Stories* に収録されている（234-36）。

（7）タッキー編『人間の寓話』に"Appendix B: Adam Monument Proposal—Documents"として採録（449-52）。

（8）類似の見解として、〈落伍者〉たちに共感を寄せる提督の行為自体をアダムの記念碑と見なすマクノートンの解釈がある（Macnaughton, 217）。

（9）「老年」における語りが作者の心情の直截的な表出である、という見方に慎重な態度をとるよう永原は促している（永原、二〇一二）。

引用文献

Cox, James M. *Mark Twain: The Fate of Humor*. Princeton, N.J.: Princeton UP, 1966.

Hill, Hamlin. *Mark Twain: God's Fool*. New York: Harper & Row, 1973.

Macnaughton, William R. *Mark Twain's Last Years As a Writer*. Columbia: U of Missouri P, 1979.

Shelden, Michael. *Mark Twain: Man in White: The Grand Adventure of His Final Years*. New York: Random House, 2010.

Trombley, Laura Skandera. *Mark Twain's Other Woman: The Hidden Story of His Final Years*. New York: Alfred A. Knopf, 2010.

Twain, Mark. *Autobiography of Mark Twain, Volume 1*. Ed. Harriet Elinor Smith. Berkeley: U of California P, 2010.

——. *Collected Tales, Sketches, Speeches, & Essays: 1891-1910*. Ed. Louis J. Budd. Library of America, 1992.

——. *The Innocents Abroad*. 1989. The Oxford Mark Twain. Ed. Shelley Fisher Fishkin. New York: Oxford UP, 1996.

——. *Mark Twain's Fables of Man*. Ed. John S. Tuckey. Berkeley: U of California P, 1972.

——. *Mark Twain's Speeches*, ed. Albert Bigelow Paine. New York: Harper, 1923.

——. *Mark Twain's Which Was the Dream? And Other Symbolic Writings of the Later Years*. Ed. John S. Tuckey. Berkeley: U of California P, 1968.

——. "Old Age." *Mark Twain's Fable of Man*. Ed. John S. Tuckey. Berkeley: U of California P, 1972. 440-42.

——. *The $30,000 Bequest and Other Stories*. 1906. The Oxford Mark Twain. Ed. Shelley Fisher Fishkin. New York: Oxford UP, 1996.

里内克巳「見知らぬ〈私〉との邂逅——『不思議な少年、第四十四号』における〈人種〉と〈自己〉」『言語文化共同研究プロジェクト二〇〇四　アメリカ文化研究の可能性III』（大阪大学言語文化研究科、二〇〇五年）一−一〇。

永原誠『「読む」ということ』（京都修学社、二〇〇四年）。

ウォートンの過去を振り返るまなざし
——最後の幽霊物語「万霊節」

石塚　則子

第一次世界大戦後のヨーロッパにおいて、常に移動や旅行を繰り返しながら、自らの本拠を求め続けたイーディス・ウォートン（Edith Wharton, 1862-1937）は、最晩年の一九三〇年代になって、精力的に創作活動に従事しながらも、親しい友人や家族同然の召使たちの死に遭遇し、孤独感を募らせる。アメリカの心理学者E・H・エリクソン（Erikson）は、ライフサイクルの最終段階である老年期の主要なテーマを「絶望と統合」と特徴づけているが、人生を回顧するこの複雑なまなざしは、ウォートンが一九三四年に発表した短編小説「ローマ熱」（"Roman Fever"）の二人の老婦人が、ローマの高台のレストランでお互いの人生をそれぞれ「いわば自分の小さな望遠鏡を逆さに持って」（*Edith Wharton: Collected Stories 1911-1937*, 753）眺める姿勢と通底するように思われる。本稿では、ウォートンにとっての老いの境地を「絶望と統合」をキーワードに、亡くなる直前に完成した「万霊節」("All Souls'," 1937) を読み解いていく。第一次世界大戦後のウォートンの文学テクストのいくつかは、彼女自身の「生きられなかった生」を、創作を通して模索し再演するような、あるいは様々な自己を統合しようとする試みが照射されたテクストであり、[1] その系譜の中に「万霊節」を位置づけることで、新たな読みを提示することが本稿の意図するところである。

1. 二つのトポスと幽霊物語

「万霊節」は、ウォートンが亡くなるおよそ半年前に編集者に送り (Lewis, 523 / Lee, 737)、没後に出版された短編集『幽霊』(*Ghosts*, 1937) において初めて世に出た作品である。この短編集に採録された他の作品十編は一九一〇年から一九三〇年にかけてすでに雑誌や短編集に発表した幽霊物語であり、「万霊節」はウォートンが完成させた最後の作品となる。この頃のウォートンは、原稿料や作品の舞台化をめぐって出版社との交渉をこなす傍ら、健康不安や相次ぐ友人の死に孤独感を募らせていた。同じ頃に『バッカニアーズ』(*The Buccaneers*) という、一八七〇年代に大西洋の両岸の社交界に侵出する新興成金の娘たちを描いた小説を執筆していたが、四分の三ほど書いたところで絶筆となる。[2] 最晩年になって、再び代表作の舞台となったオールド・ニューヨークやヨーロッパの社交界を描く風俗小説を執筆する一方で、ウォートンはニューイングランドの田舎を舞台にした幽霊物語を完成[3]

させたのである。

一八七〇年代のニューヨーク上流階級は、自分が生まれ育った場所であり、その偏狭さと女性の主体性を抑圧する社会に対して、ウォートンは複雑な視座を生涯持ち続ける。ヨーロッパに本拠を移す前、二十世紀初頭の約十年間、ウォートンは窮屈なニューヨーク社会から離れて、自らその設計に携わったニューイングランドの「マウント」という屋敷を本拠に、本格的創作活動を開始する。自伝『顧みて』(*A Backward Glance*, 1934) の中で、「マウント」のことを「初めての本当の家」(125) と称していることからもわかるように、その屋敷は彼女の創作や人生における主体形成に大きく寄与したトポスである。ウォートンの最晩年の著作の中で、この二つのトポスが取り上げられていることは興味深い。第一次世界大戦後のヨーロッパにおいて今までの人生を振り返るウォートンにとって、自分が生まれ育ったオールド・ニューヨークは既に過ぎ去った時代となり、その一方で社会や文化の諸相においてめまぐるしく変化する大戦後の社会に対してもよりどころを失い、作家としての自己定位の不安を『顧みて』の中で次のように語っている。「私が生まれ育った世界は一九一四年に壊されてしまったことがますます明らかになってきた。そして戦後の世界を題材にして、芸術作品を生み出すことは私にはできないことだと感じている」(369-370)。孤独感や死への恐怖が増すウォートンにとっての最晩年は、常に移動や旅行を繰り返しながら、自らの本拠を求め続けた彼女の人生の最終段階であり、それまでの人生を振り返り、様々な自己像を統合しようと試みる時期のように思われる。ニューイングランドのマウントを想起させる屋敷を舞台にした幽霊物語に、ウォートンが自らの老いの心境をどのように投影したのかを考えてみたい。

以前から超自然的な現象に少なからず関心を持っていたウォートンは、幽霊物語を一九一〇年ごろから書き始めるが、マーガレット・マクドウェルの分析によると、初期のころの幽霊物語（*Xingu and Other Stories*, 1916など）は結婚生活における不貞、妻に対する夫の暴君的な支配など、結婚生活やセクシュアリティーに関連した題材を取り上げているのに対し、一九二六年に出版された*Here and Beyond*以降の幽霊物語は、登場人物の複雑な人間関係についての思索的な分析、人物たちの経験についての解釈や間接的な自己表出や登場人物の人生の意義や死の衝撃を扱っている。また後期の作品の方が幽霊の要素は説明しにくく、普遍的な心理的問題を深く探るようなストーリーであると論じている（McDowell, 294）。「全く反ロマン主義的なリアリスト」（Wolff, 9）と評されるほどリアリズム小説や風俗小説に傾注する一方で、ウォートンは社会的にタブー視された、特に抑圧され無言化された女性の欲望や情念を幽霊物語において作品化している。彼女にとって、幽霊物語は、自分が生きてきた文化や社会の中では、行き場のない感情や欲望を、制約を越えて解き放つことができる文学の一つの形態なのであろう（Gilbert and Gubar, 159-164 / Dyman, 2-7を参照）。「万霊節」において語り手が語っているように、「首なしの亡者が鎖を引きずりながら徘徊している小塔のある城」よりも「何やら怪しげな」郊外の屋敷の方が「背筋がぞくっとする」という（*The Ghost Stories of Edith Wharton*, 252）[4]。この作品で重要なのは、幽霊の出現や正体ではなく、冷静で現実的で、幽霊の存在など全く信じないサラ・クレイバーン（Sara Clayburn）の身に起こった「不思議で不可解な」（252）事件であり、それがどのように従妹の語り手によって再現されるかという語りの手法である。

「万霊節」の中で語られるこの不可解な出来事とその語りを読み解くために、ヘンリー・ジェイムズ

(Henry James, 1843-1916) の短編小説「懐かしの街角」("The Jolly Corner," 1908) との比較を取り上げたいと思う。ヘンリー・ジェイムズが作家としてまた友人としてウォートンに少なからぬ影響を与えた人物であることは周知のことである。ウォートンと同様に、人生の後半をヨーロッパで過ごし、晩年の一九〇四年にジェイムズは故郷のアメリカを二十一年ぶりに訪れ、その時の印象を『アメリカ印象記』(*The American Scene*, 1907) に描くが、この印象記は、奇しくもウォートンの屋敷「マウント」訪問時から書き始めたとされている (Lee, 212)。このアメリカ滞在中、ジェイムズはウォートンの自動車でマウントの周辺を訪問したり、旧友と再会したり、作家として駆け出しのウォートンとの親交を深める。そしてイギリスに帰国後、このアメリカ滞在での印象を短編小説として作品化したのが、「懐かしの街角」であり、彼が出版した最後の幽霊物語となる[5]。

「懐かしの街角」は、経済的繁栄で変貌した故郷のアメリカを三十三年ぶりに五十六歳で再訪する主人公スペンサー・ブライドン (Spencer Brydon) の複雑な心境を、ブライドンに視点を置いて三人称の語り手が語る、ジェイズの短編小説の中でも秀作のひとつである。時代は異なるが、ジェイムズもウォートンも最晩年にアメリカを再訪する機会を持ち、その変貌ぶりを目の当たりにした驚きが、両作品の底流にあることがうかがえる。約三十年の時を隔てて、ジェイムズの「懐かしの街角」とウォートンの「万霊節」の間には、主人公がそれぞれの過去の思い出のつまった家の内部をくまなく歩きながら、過去の自己を探求するというモチーフが共通している。しかも、幽霊の出現やその正体よりも、それがきっかけとなって、普段は抑圧された意識や感情が表出することが作品の軸になっている。さらに幽霊物語の発端は、主人公の内面や想像力にあり、その不思議な存在が実体化していく過程に注目していきたい。

2. ジェイムズの「懐かしの街角」と意識のドラマ

「三分の一世紀の間四〇〇〇マイルと近づいたことのない自分の『財産』[家]」(*Tales of Henry James*, 314)[6]を見るためにアメリカに戻ってきたスペンサー・ブライドンは、予測をはるかに超えた大きな変化に戸惑いながら、「よき時代の精神、彼らに共通の、遠く過ぎ去った、大変動が起きる前の時代と秩序の精神」(315)を共有するアリス・スタバートン(Alice Staverton)と共にその家を訪れる。アリスはブライドンと違って、ずっとニューヨークに留まり、ブライドンへの思いを大切にしながら、変貌するアメリカの中で暮らしてきた。彼が帰ってきてからは過去を共有し、過ぎ去った時代を「わたしたち」という一人称で語れる、良き話し相手になっていた。ブライドンの帰国の目的である家は、七十年間の過去を象徴するかのように、「ここで生涯を終えた祖父の世代と彼自身の絶えて久しい青春の目に見えない余燼が、ほとんど三世代に渡る年代記が、微粒子のようにその辺りに充満している」(318)。なぜこれだけの時間と空間を隔てて過去を象徴する場所を再訪したのか、初めは気まぐれのつもりが、これからこの家に住もうかという未来に向けての思惑よりも、「ここに住んでいたかもしれない」、「そもそも最初にあのように断念しなかったなら、一体個人的に彼はどんな人間になっていただろうか、どういう人生を辿り、その結果どのような人間になっているだろうか」という

「この馬鹿げた空想」(320) を抱くようになる。

その古い家には多くの扉があり、その扉を開けて家の奥へと進んでいく様は、自分の心の内奥の扉を次々と開けながら、自分の過去を振り返っているかのようである。そして、開けておいたはずの扉が閉まっていることで、幽霊、すなわち自分の中のどこか奥深くに隠れた「未知の分身」(321) の存在を確信するに至る。そして家を探索しながら、新たに見出した「この馬鹿げた空想」に、つまり昔の自分の可能性、選ばなかった生 (un-lived life) を夢想することに夢中になっていく。「つまらないこと」(320) と認めつつ、過去に放棄してしまった潜在的可能性に対する未練や激しい後悔の念が彼をそのような行動に駆り立てるのである。

こうした主人公ブライドンの、過去に置き去りにしてきた自分の分身を捜す物語は、過去を単純に振り返るのではなく、折島正司がジェイムズの小説の特徴とする「なにかを捜している気持ちのさなかに、現在には痕跡だけをとどめる過去が、現在において再演を求める話、［中略］過去にあったことの現在における想起ではなく、現在における再演」(折島、三二三) と言えるのではないだろうか。ジェイムズが描く登場人物たちは「生きられなかった生」のありえたかもしれない充実した中味を捜していることが多く、ジェイムズの作品はある意味「探偵小説的」(三二二) であると折島は論じている。しかし、探偵小説のように事件が解明されることはなく、捜していたものが確実に見つけられることもなく、「非現実的な可能性、実現しなかった方の可能性」(三二二) を探索する話が多いという。

折島は論考の中で「懐かしの街角」については詳述していないが、確かに、ブライドンが自分の内奥から聞こえてくる、「その昔放棄され、挫折の憂き目をみた潜在的可能性の呻き」(*HJ*, 324)に耳を傾けることがこのストーリーの起源であり、その起源は過去には実在せず、想像力の産物に他ならない(Hardy, 196-197を参照)。ブライドンが、「そうすることが最善と判断して、ある重要な手紙を開封しないまま、燃やしてしまった後に経験する」(*HJ*, 320)激しい後悔の念、つまり彼の想像がその発端にあり、灰となった未開封の手紙の内容を知りえないのと同様、その答えが見つかることは決してない。アメリカに留まっていたらどんな人生を送っていたのか、それを探求する起源は過去ではなく、現在にあり、この行為は過去を回復しようとする現在の行為ではなく、折島の言を借りるならば、「過去の状況を反復的に再演する現在の物語の経験」(折島、三二四)になるのである。

ジェイムズの技法は、幽霊の正体や出現を精緻に描写するのではなく、アリスの言葉に触発され、ブライドンが「分身捜し」にのめりこんでいく過程と、この不思議な現象を自らが作り出していることを意識していることを、読者に体感せしめ、あたかも分身が存在しているかのように、その意識のドラマを言語化し、作品化していくことにある。ブライドンは屋敷の中に入ると、心に描いたことが「打ち消し難い真実性」(*HJ*, 324)を帯び、まるで「大きな獲物」(325)を狩るように内部を徘徊し、ついには分身が追い詰められていることを「これまでにないほど深く確信」(327)するに至る。分身が彼を追いかけているのか、あるいは彼が退くのを息をひそめて待っているのか、様々な思いに翻弄されながらも、ブライドンは分身と対峙するであろう瞬間の直前に身を引くことを決意する。ジェイムズの創造する登場人物によく見られる「引き際の美学」ともいうべき諦観の境地で、ブライドンは「手を引き、断念する」(331)ことこそが正しいと見極め、分身捜しから撤退しようとする。しかし、家を出ようとした時に、自分の想像とは全く違い、自分とは程遠い、「醜悪で、おぞましく、図々しく、野卑な顔」(335)の分身に出会い、その恐怖で気を失ってしまう。先に論じたように、この「分身捜し」の物語は、最初から答えが見つからないことが明らかであり、その結果よりも捜す体験・意識のドラマが前景化される。謎が解明されない、意識のドラマの閉じ方、つまり結末については、ブライドンが自分の過去とどのように折り合いをつけたのか、明確な認識には至らず、自分のいない間アメリカに留まり思いを温め続けた、この探偵物語の相方ともいえるアリスの愛に気づくという、「遅咲きの恋愛物語」へとすり替わる。

ウォートンの「万霊節」は、ジェイムズの作品に見られる意識のドラマと語りの構造をそのままなぞっているわけではないが、たった独りで屋敷を徘徊する主人公サラの不可解な体験を読み解くには、ジェイムズの幽霊物語の語りの手法が一助となるであろう。まず、「万霊節」の語り手は、サラの不可解な三十六時間の体験を幽霊に触発されたものと信じる匿名の従妹である[7]。この語りの構造は、謎の解明や語られる内容よりも、テクストが如何に謎を提示するか、テクストの多義性が修辞的にどのように機能しているかが重要である。例えば、ジェイムズの幽霊物語『ねじの回転』(*The Turn of the Screw*, 1898)を精神分析の手法で分析したショシャーナ・フェルマンを援用すると[8]、このウォートンの最後の幽霊物語でも、語り手が語る内容の起点は語られる前と後にある(Felman, 120)。三十六時間の不思議な出来事が語られる前に、まずサラや屋敷の背景を、周囲から誰よりも「ことの真相を把握できる人間」(*GS*, 252; 強調筆者)とみなされている従妹が語る。そして、出来事の真相は定かではなく、またそれを把握することも不可能であることが次のように冒頭で明示される。「そこでできる限り明確に、サラと交わした様々な話の要点を書き記してみた。話が聞けたのは、あの不思議な週末の出来事を本人が話す気になったときであるが、そんな折がしばしばあったわけではない」(252)。つまり、語り手はサラから断片的に聞いた話をつなぎ合わせ、自らの推測を交えながら、ストーリーを語り直すのである。

さらに、実際に何が起こったかを語り始める前に、語り手は従姉のサラとその屋敷の類似性を提示する。「どのみちこれは正確には幽霊物語ではないのだ。従姉と屋敷のアナロジーを持ち込んだのは、従姉がどんな女性であるか、あの事件が、まさかホワイトゲイツの屋敷に——あるいはこの従姉に——起こるなどとは、どんなにありえないことだったかを伝える一手段にすぎない」(252-253)。つまり屋敷もサラも幽霊との縁は程遠く、サラは現実的で活動的な女性であり、屋敷は年代物でありながら、現代的設備が整った住み心地のいい家なのである。ここで注目しておきたいことは、幽霊とのつながりよりも、屋敷と主人公サラの関係性が、語り手によって前景化されていることである。プロローグは、サラのこれまでの人生の概略と屋敷を以下のように説明して閉じられ、「三十六時間の不可解な出来事」(252) の話に移っていく。

さてこれでホワイトゲイツとクレイバーン夫妻について——夫妻にはいわば整然たる秩序と威厳という点で、屋敷と共通するものがあったといえる——十分に明確に説明できたとすれば、わたしは表舞台から退いてこの話を始めることにしよう。ただし従姉本人の言葉ではない。というのはサラの言葉はあまりにも支離滅裂で断片的でもあったからである。この話は従姉がなかば自信をもって言い張ったものと、自信なさそうに控えめに語ったものから、少しずつ時間をかけて構成したものだ。もしも事件が本当に起こったとしたら――その判断は読者にお任せするが――こんな具合に起こったにちがいない……(254)

このような語りによって、我々読者は、サラが体験する不可解な出来事についての語り直しに誘われることになる。

3.「万霊節」における幽霊と不可解な出来事

ある年の十月の最後の日、つまり万霊節の前日に散歩に出かけたサラは、普段見かけない女性に話しかけられる。不思議な存在に不信感を持つが、その後に起こったことで忘れてしまう。凍った水溜りで足を滑らせ足首を捻挫してしまい、突然身動きができなくなってしまう状況に陥り、女性との出会いをあれこれ考えるゆとりを失ってしまうのである。サラは家の管理や使用人への指示などをてきぱきと与える活動的で勇気ある女性であったが、この出来事でギプスは免れたものの、絶対安静を言い渡され、突然自由に動けない状態になる。一夜明けて例年より早く雪が降る万霊節の日、使用人が起きてくるのを待つが、いつもと勝手が違って呼んでも誰も来ず、やがて家中が停電していることがわかる。何かが起こったに違いないと思い、絶対安静を命じられているにもかかわらず、まずは電話のところまで行こうとベッドを出る。外界の音をかき消すように、しんしんと雪が降り、五人の使用人の姿も見えず、物音一つしない深い静けさに包まれる。電話線も絶たれ、沈黙の世界の中で、孤独感と恐怖感にサラは襲われ始める。

動きの自由を奪われて、ベッドに横たわり、まんじりともできないサラには、「長い闇の時間の歩み」(256) がますますゆっくりとのろのろしたものに感じられ、まるで屋敷全体が「地下埋葬所」(267) のような静寂に包まれる。

［階段を］降りるにつれて静けさも一緒に降りてきた。ますます重く、ますます深まるばかりの果てのない静けさ。すぐうしろに静寂の足音が、自分の歩みに合わせてそっと追ってくるように感じられる。今までのほかのどんな静けさとも違う性質のものだ。たとえていえば、ただ音がないのではなく、耳と、耳の外の生活の物音の間に薄い仕切りがあるということ、それだけではない。ありとあらゆる生命、あらゆる活動の全くの中止状態、そこから生じるなにか不可解な実体をそなえているものでもあるかのようだ。

そう、これこそがサラをぞっとさせるもの。この静けさには果てがなく、この向こうにも何もないという感覚。(261-262)

いつもとは違う、この果てのない静けさに対するどうしようもない恐怖感や孤独感は、否応無く近づいてくる死を想起させる。日常生活の時空間から逸脱したような、サラにとっては理解しがたい経験である。こうした静寂の中の孤独な探索をバーバラ・ホワイトは、ウォートンの他の短編小説に示唆されている近親相姦や性的虐待と関連付けているが（White, 102）、この深い静寂の世界は、抑圧された性よりも、死と関連付けられるように思われる（McDowell, 309 / Zilversmit, 321 / Fedorko, 160 を参照）。

　こうして恐怖に怯えながらも、サラは静けさの向こうに何があるのか、「待ち伏せているものと向き合わないといけない」（GS, 262）という奇妙な焦燥感に駆りたてられ、屋敷を全部見てまわることにする。痛い足を引きずりながら、家の中の部屋を一つ一つ巡っていく。まず、使用人アグネスの部屋、リネン室、ハウスメイドのメアリの部屋、そして理屈よりも「直感の命ずるままに」（261）正面階段から一階に降り、玄関ホール、客間、図書室、朝の間、食堂、配膳室と、屋敷の「探索」（263）は続く。どの部屋もきちんと整頓され、静謐な、しかし人間的な温かみのない空虚な空間である。「懐かしの街角」のブライドンのように、自分の中の奥深くのどこかに隠れていた「未知の分身」を捜すという確たる目的やある種の興奮はなく、まるで死を疑似体験するかのように、探索の先に何が待っているのか分からない恐怖が描かれている。

　さらに、サラの探索する姿からは、ウォートンの初期の作品の中のひとつの寓話が想起される。一八九三年に『スクリブナーズ・マガジン』に発表された「フルネス・オブ・ライフ」（"The Fullness of Life"）では、ある女性が死後の世界で、擬人化した「生命の霊魂」（the Spirit of Life）と会い、自分の人生について問答をする。結婚に縛られる女性の宿命が描かれ、ウォートン自身の結婚生活の苦悩が投影されていると解釈されているが、ここで注目したいのは、女性の本性を「部屋数が多い大きな屋敷」（*The Collected Short Stories of Edith Wharton*, 14）に喩えているところである。皆が出入りする玄関、きちんとした訪問者を迎える客間、家族が出入りする居間、しかしそれよりさらに奥には部屋があるようだが、その扉の取っ手は誰にも開けられることはない。誰もその奥にあるいくつかの部屋への行き方を知らないし、またそこからどこへ行けるのかもわからない。最も奥にある一部屋には、聖なる魂が鎮座していて、訪れる人もなくただ足音を待っているのである。この作品は、価値観を共有できない夫との疎遠な関係、結婚生活の孤独感、さらに夫に忠誠を尽し従属しなければならないという義務感との葛藤を描きつつ、女性の内面世界の奥行きの深さと孤独と不可侵性を物語っているのである。

「万霊節」のプロローグで、語り手がサラと屋敷の類似性に言及しているように、ウォートンはよく作品の中の女性と家のアナロジーを使って、社会における女性の立場を象徴的に物語る（Chandler, 148-179を参照）。例えば代表作の『歓楽の家』（*The House of Mirth*, 1905）のリリー・バートの転落の軌跡や窮屈な人間関係は、作品の中の室内描写や住居の移動などに表象される。空間描写や家の構造に記号的意味が付与されているのである。「万霊節」について、アネット・ジルバースミットは「単なる超自然的な恐怖や復讐の話ではない。女性の心の奥底に秘められた寂寥感や長く抑圧された欲望についての心理的な洞察である」（Zilversmit, 315-316）と読み解き、さらに「誰もいない寒々とした屋敷は、長年サラが暮らしてきた空間であり、彼女自身の内面世界である」（322）と論じている。きちんと整理されてはいるが、誰もいない、がらんとした屋敷の内部を巡りながら、サラは自分の人生が孤独で寒々としたものに見えてきて、不安が増幅されるように思われる。

それでもサラは不気味な静けさの中、全ての部屋を見なくてはいけないという強迫観念にも似た気持ちで屋敷を探索しつづけ、「懐かしの街角」のブライドンのように自分の分身にめぐり会うこともなく、またその探索から解放感や密かな楽しみを得ることはない。果てのない静けさと思われたこの探索は、厨房で聴きなれない男の声で静寂を破られて終焉を迎える。恐怖心を抑えて中に入ると、ラジオから外国語を話す男の声であることに気づき、その途端に気を失って倒れてしまい、気がつくと、何事もなかったかのように使用人たちに看病されて、いつもの日常に戻っているのである。ストーリーはその丁度一年後、また同じ「見知らぬ女性」(*GS*, 270) に出会ったことで、「なぞの三十六時間の出来事」が想起され、その恐怖に怯えて従妹の住んでいるニューヨークのアパートにサラが逃げ込むという展開になる。ここから、従妹が語り手「わたし」として再登場し、サラが経験した出来事の原因を推測する。一年前の顛末とニューヨークへの逃避について、自分が知っている霊や魔女についての知識と推測を織り交ぜながら、あの不可解な出来事を誘発したのはその見知らぬ女性であり、その女性は万霊節の前夜にやってきた「『生霊』か［中略］魔女にとり憑かれた現世の女」(273) であろうと推断する。

謎の女性の正体は最後まで解明されず、あくまでも従妹の推測の域を出ることはないが、この女性の存在は、サラに死を疑似体験させるような静寂の世界とともに、彼女の内面世界を探索することを誘うエージェントとして機能し、人間の潜在的に隠蔽された意識や抑圧された感情を喚起させる役割を果たしているように思われる。語り手が結末で明らかにすることは、サラにはホワイトゲイツに戻る意思は全くないということである。「あの女に会うようなことはしたくない」(274) というサラの言葉の裏には、ホワイトゲイツに戻って、あの不可思議な出来事を再び経験したくないという強い抵抗と恐怖感が存在する。つまり、死を連想するかのような静寂と孤独の経験を繰り返すことの恐怖、ひいては普段は抑圧していた内面世界を探索するような経験への怯えから、ホワイトゲイツに戻りたくないという。テリー・トンプソンは、ジェイムズの「懐かしの街角」と「万霊節」を比較する論考の中で、両主人公は最終的には、変貌を遂げた新しい時代のニューヨークにささやかだが居心地のよい場所を確保すると結んでいる（Thompson, 19）。しかしながら、ブライドンは過去の分身捜しによって、充実した生を体験し、アリスとの将来が示唆されている一方、サラの場合は、自分の中に抑圧した過去の声に誘われて、自己の内面の探索を行うことで、孤独で不毛な空虚な家、つまりは自分の内面世界と再び対峙することに強い抵抗を覚え、ホワイトゲイツに行くことを拒絶するように思われる。

マクドウェルがウォートンの幽霊物語論の結末で論じているように、晩年の幽霊物語を分析することで、円熟した芸術家でありひとりの人間としてのウォートンをより理解することができ、「特に後期の作品や自伝との関係性で」幽霊物語を読み解くことが有効であるという（McDowell, 312-313）。六十歳を過ぎてから自らの人生を回顧しはじめるウォートンが、生きられなかった生や放棄せざるをえなかった生について、そのありえたかもしれない生を創作の中で模索することは、過去の様々な自己を統合しようとすることにほかならない。しかし、その試みの不毛性、非現実性は明白であるとともに、晩年の心理として抗えないものなのであろう。単に今までの人生の軌跡を回顧するのではなく、その軌跡以外の可能性を現在において再演してみようとする試みなのである。

　こうした今までの人生を振り返って、ありえたかもしれない生について妄想し、過去と現在に折り合いをつけようとする心理メカニズムは、エリクソンのライフサイクルでは人生の最晩年の特徴と位置づけられているが、ウォートンの場合、三十年近くヨーロッパで暮らし、また移動の多い生活をしていたこと、昔の伝統が失われ、新しい時代の変化の中で自己定位の不安を感じていたことにより、より一層、生きられなかった生に対する関心や現在や過去に対する複雑な感覚が強められたのではないだろうか。エドワード・サイード（Edward W. Said）は『晩年のスタイル』（*On Late Style*, 2006）の中で、芸術家に迫り来る死は様々な形で芸術作品の中に入り込み、例えば「アナクロニズムと変則性」（Said, xiii）がその特徴であると述べている。その晩年のスタイルとは、「現在とは奇妙なかたちで遊離していながら、現在のなかにある」（xiv）という。換言すれば、晩年は、現在以外の時間に影響されて、現在が特別な意味を帯びる状況になるのである。生まれ故郷のオールド・ニューヨークやマウントに、物理的にも精神的にも戻れないウォートンにとって、一九三〇年代のヨーロッパで晩年を過ごすことは、「晩年性」、つまり「時間を引きずること」、「時からずれていようが、適っていようが、過ぎさっていようが、時間を想起する方法」（xi）を増幅することになったのではないだろうか。

　最晩年のウォートンが、一八七〇年代に大西洋の両岸の社交界に侵出しながら、コスモポリタン的な生を模索する女性像を描く一方で、自己の内奥の探索と死への恐怖を幽霊物語で作品化したことは、まさにウォートンの晩年性の表れである。伝記の著者ハーマイオ・リーは、「ウォートンの自伝はカバーストーリーのように、明確に語られている一方、その下には秘密や沈黙が隠蔽されている。［中略］心の内密な部分はウォートンにとって大切な部分であり、そこに踏み込むこと、つまり明らかにすることが作家としてのテーマである。［中略］ウォートンが生み出す登場人物はしばしば二重の人生を歩み、過去についての重要な事実を永遠に秘密にして抱え込んでいる」(Lee, 10-11) と述べている。自伝出版後の作品のひとつである「万霊節」は、幽霊物語という手法を用いて、こうしたウォートンの抑圧された心理が、現在に表出してくる、再演を求めてくる、永遠に答えが得られない「探索」のドラマなのではないだろうか。

ウォートンは短編集『幽霊』の序文の中で、幽霊を見ることよりも感じること、つまりその存在を信じることが大事であると述べている。「信じるという能力が潜んでいるのは、意識的な理性のはるか下にある体内の羊水のような生暖かい暗闇である」(*GS*, 1) という。ウォートンにとって、「幽霊」とは、超自然的な現象や「声が響き合う廊下やタペストリーの背後の隠し扉」(3) に潜んでいる存在ではなく、自分の内奥に潜む過去の声なのではないだろうか。その声は晩年のウォートンにとっては、死という果てしない静寂と孤独への怯えを想起させると同時に、過去に定位せずに現在に現れる記憶として抗えないものなのであろう。

注

(1) モダニズムの時代に人生の折り返し点を過ぎた作家の多くは、二つの時代の分水嶺を経験したような、生まれ育った時代や場所との断絶感を味わう。ウォートンは、六十歳を過ぎた一九二三年ごろより自分の人生を振り返る手記を書きはじめ、一九三三年から三四年にかけて自伝『顧みて』（*A Backward Glance*）として発表するが、その前後に執筆する長編小説や短編小説などにも、人生を振り返るまなざしが投影されているように思われる。ウォートンの伝記を書いたシンシア・グリフィン・ウルフは、自伝について、「芸術家としての成長の軌跡をウォートンはごく一部しか記録していない。［中略］心の中の苦悩をほとんど見せない『貴婦人』のように振舞う小説家の洗練された語り」（Wolff, 9）と評している。確かに『顧みて』は、子供の頃の回想とヨーロッパでの数々の旅行、第一次世界大戦中の活動、いくつかの作品の創作過程や様々な文人たちとの交流などが主で、夫テディ・ウォートン（Teddy Wharton）との不仲や離婚、不倫相手モートン・フラートン（Morton Fullerton）については一切書かれていない。その一方で、この自伝執筆の前後に書かれた小説には、対照的な人生を歩む対をなす登場人物が配置されていることに注目したい。例えば、『無垢の時代』（*The Age of Innocence*, 1920）のメイ・ウェランドとエレン・オレンスカをはじめとして、「オールド・メイド」（“The Old Maid,” 1924）、『母の償い』（*The Mother's Recompense*, 1925）、「ローマ熱」（1934）に登場する対照的な人生を歩んだ女性たちである。いずれも二人の間には、過去の恋愛や社会の因習などによって、生きられなかった生を心の内奥に抑圧し、自分が放棄した部分や欠落した部分を相手の中に見出すことができる関係性が見られる。

（2）『バッカニアーズ』の前に、一八七〇年代のオールド・ニューヨークを舞台にした長編小説や中編小説は、一九二〇年の『無垢の時代』や一九二四年の『オールド・ニューヨーク』（*Old New York*）である。『バッカニアーズ』で描かれているコスモポリタン的生については、拙論 “The Doubling in Edith Wharton's Postwar Fictions” を参照。

（3）「万霊節」の舞台であるホワイトゲイツとニューイングランドのバークシャー地方にあるウォートンの屋敷「マウント」との類似についてはジルバースミットも指摘しているが、同じ地域を舞台にした『イーサン・フロム』（*Ethan Frome*, 1911）との関係性でゴシック的な要素について論じている（Zilversmit, 316-318）。

（4）「万霊節」の邦訳については、園田美和子訳を参考にした。本作の引用は *The Ghost Stories of Edith Wharton* のディアスポラ的視座」を参照。

により、以後 *GS* と略記し、ページ数を記す。

(5) ウォートンの伝記を書いたハーマイオ・リーによると、ウォートンはジェイムズのアメリカ再訪から生まれた「懐かしの街角」を出版時に読んでいたらしい (Lee, 212)。

(6)「懐かしの街角」の邦訳については、多田敏男訳を参考にした。本作の引用は *Tales of Henry James* により、以後 *HJ* と略記し、ページ数を記す。

(7) 語り手の性別についてはテクスト内で明らかにされていないが、主人公サラとの関係から推測するにおそらく同性であると考えられる。マクドウェルは、二回目の不思議な女性の登場でサラが「怯えた子供のように」(*GS*, 271) ニューヨークに助けを求めた折、まるで母子関係のような二人の関係性から推測して、あまり魅力的ではないが母性的な女性と解釈し、「年下」の従妹との通例の解釈に異を唱えている (McDowell, 311)。性別や年齢だけではなく、二人の親密度も不明瞭であるが、断片的にサラ本人から聞いた経験を再構築できるぐらいの関係であることと、語り手という役目に焦点化することが作品の構成上大切であり、匿名の方が都合がいいように思われる。

(8) 先に引用した折島の論考は、フェルマンの『ねじの回転』論に示唆を得たものである。

引用文献

Bendixen, Alfred, and Annette Zilversmit, eds., *Edith Wharton: New Critical Essays*. New York: Garland, 1992.

Chandler, Marilyn R. *Dwelling in the Text: Houses in American Fiction*. Berkeley: U of California P, 1991.

Dyman, Jenni. *Lurking Feminism: The Ghost Stories of Edith Wharton*. New York: Peter Lang, 1996.

Fedorko, Kathy A. *Gender and the Gothic in the Fiction of Edith Wharton*. Tuscaloosa: The U of Alabama P, 1995.

Felman, Shoshana. "Turning the Screw of Interpretation." *Literature and Psychoanalysis: The Question of Reading: Otherwise*. Ed. Shoshana Felman. Baltimore: The Johns Hopkins UP, 1982. 94-207.

Gilbert, Sandra M., and Susan Gubar. *No Man's Land: The Place of the Woman Writer in the Twentieth Century*. Vol.2: *Sexchanges*. New Haven: Yale UP, 1989.

Hardy, Barbara. " 'The Jolly Corner'." *Henry James: The Shorter Fiction, Reassessments*. Ed. N. H. Reeve. Houndmills: Macmillan Press, 1997. 190-208.

James, Henry. "The Jolly Corner." *Tales of Henry James*. Ed. Christof Wegelin. New York: W. W. Norton, 1984. 313-340.

(Ishizuka) Kato, Noriko. "The Doubling in Edith Wharton's Postwar Fictions." *Studies in American Literature* 28 (1991):53-76.

Lee, Hermione. *Edith Wharton*. London: Chatto & Windus, 2007.

Lewis, R. W. B. *Edith Wharton: A Biography*. 1975. New York: Fromm International, 1985.

McDowell, Margaret B. "Edith Wharton's Ghost Tales Reconsidered." *Edith Wharton: New Critical Essays*. Ed. Alfred Bendixen and Annette Zilversmit. New York: Garland, 1992. 291-314.

Said, Edward W. *On Late Style: Music and Literature Against the Grain*. New York: Vintage Books, 2006.

Thompson, Terry W. " 'All Souls' ': Edith Wharton's Homage to 'The Jolly Corner.' " *Edith Wharton Review* 19.1 (Spring 2003): 15-20.

Wharton, Edith. "All Souls'." *The Ghost Stories of Edith Wharton*. New York: Charles Scribner's Sons, 1973. 251-274.

——. *A Backward Glance*. 1933, 1934. New York: Charles Scribner's Sons, 1964.

——. "The Fullness of Life." *The Collected Short Stories of Edith Wharton*. Ed. R. W. B. Lewis. Vol. I. New York: Charles Scribner's Sons, 1968. 12-20.

——. "Preface to *Ghosts*." *The Ghost Stories of Edith Wharton*. 1-4.

——. "Roman Fever." 1934. *Edith Wharton: Collected Stories 1911-1937*. New York: Library of America. 749-762.

White, Barbara A. *Edith Wharton: A Study of the Short Fiction*. New York: Twayne Publishers, 1991.

Wolff, Cynthia Griffin. *A Feast of Words: The Triumph of Edith Wharton*. Oxford: Oxford UP, 1977.

Zilversmit, Annette. "'All Souls'": Wharton's Last Haunted House and Future Directions for Criticism." Alfred Bendixen and Annette Zilversmit eds., *Edith Wharton: New Critical Essays*. 315-329.

石塚則子「*The Buccaneers* の彷徨う人々―― Edith Wharton のディアスポラ的視座」『同志社大学英語英文学研究』（同志社大学人文学会）七十九号　二〇〇六年、三九-五九。

ウォートン、イーディス「万霊節」、『幽霊』、薗田美和子、山田晴子訳（作品社、二〇〇七年）、二五三-二八九。

折島正司「ヘンリー・ジェイムズの捜しもの」『英語青年』一五二巻第六号（総号一八九一号）二〇〇六年、三二一-三二四。

ジェイムズ、ヘンリー「懐かしの街角」、多田敏男訳、『密林の獣　荒涼のベンチ』ヘンリー・ジェイムズ作品集7、行方昭夫編（国書刊行会、一九八三年）、六〇三-六四九。

活力を保ち続ける

——ロバート・フロストと老いること

Mark Richardson

人は女から生まれ、人生は短く苦しみは絶えない。花のように咲き出ては、しおれ、影のように移ろい、永らえることはない。あなたが御目を開いて見ておられるのはこのような者なのです。このようなわたしをあなたに対して裁きの座に引き出されるのですか。汚れたものから清いものを引き出すことができましょうか。だれひとりできないのです。人生はあなたが定められたとおり、月日の数もあなた次第。あなたの決定されたことを人は侵《おか》せない。

——『ヨブ記』十四章：一–五節

A、B、Cは文字である。1、2、3というのは数字—数学である。韻文を散文から分かつのは、韻文は文字を数字によって語るものだという点にある。数字とは詩の別名なのである。
——フロスト、「詩と学校」(*Collected Prose of Robert Frost*, 168)

1.「混沌に対する一時的な抑止」

私はこれからロバート・フロストと老いることについての論を書きたいと思う。全て私達の命数はあらかじめ定められているという昔ながらの諺以上に議論を始めるにふさわしいところがあるだろうか?

一九〇〇年三月二十六日、一八七四年生まれのフロストは二十六歳の誕生日を祝った。アメリカ保健社会福祉省およびアメリカ疾病管理予防センターの保険数理士たちが教えるところでは、一九〇〇年時点で二十六歳であるアメリカ人男性には三十八・三八年の余命が期待されていた、言い換えると、六十四・三八歳でよくある言い回しで言う「昇天する」ことになっていたわけだが、これをフロストに当てはめると一九三八年五月一八日となる。(その場合彼は妻エリノアよりも二ヶ月ほど長生きすることになるはずだった。)[1] しかしフロストは一九三八年に死ぬことを拒否する。そして生き残ることで、同じ保険数理表が教えるところによれば、今度は一九五一年の死去を待ちもうけることになった。しかしその年が来て、去り、再び彼は死ぬことを拒否する。七十七歳にして矍鑠たる彼は、保険社会福祉省と疾病管理予防センターの教えるところでは、さらなる八・四年間を、悪魔の姿を恐れることなく死の影の谷を歩んで、一九五九年には八十五歳に到達する可能性がでてきた。そして実際彼は八十五歳に到達する。その年の三月二十六日にフロストおなじみの出版社であるヘンリー・ホルト社はニューヨーク市において盛大なる誕生日の祝宴を催したが、その時の中心的祝辞予定者は著名な批評家ライオネル・トリリングであった。（トリリングは、フロストは「人を震えあがらせる」詩人であると語って傍観的だった聴衆を仰天させた。）この時点から我らが保険数理士達は万事正しく把握し始める。というのも一九五九年時点で八十五歳のアメリカ人男性が地上において享受できるのはわずかに四・三九年と予測されたからである。運の悪いことに、前立腺と膀胱のガン、加えて連続三度の肺塞栓症により、ロバート・フロストは一九六三年一月二十九日、ボストンのピーター・ベント・ブリガム病院で亡くなった。八十八歳であった。

彼はそれまでに九冊の詩集を出版しており、そのうちの四冊はピューリッツァー賞を受賞した。彼はアメリカ議会図書館の詩部門のコンサルタントを務めたこともある（これは彼がこの職に就いていた時期で言えば、桂冠詩人に相当する地位である）。彼はジョン・F・ケネディ大統領の就任式で詩を朗読していたし、そのケネディは彼を一九六二年に文化特使としてソ連に派遣した。そこではキューバミサイル危機のわずか十週間前にニキータ・フルシチョフとの悪意のないひやかし合いが行われた。彼は一握りの抒情詩をアメリカ人の心や精神のそれは奥深い場所に宿らせていたので、今では私達がフロストの作品集一冊を手に取った時、（例えば）「雪の夕方森のそばに立ち止まって」という詩を詩集から「読んでいる」のか「記憶から呼び起こしている」のか分からないほどである。

フロストは、アメリカ文学が続く限り生き続けるだろう詩作品を書くことによって、およそ人として可能な限り死という運命を欺きおおせた。確かに、年を取ること、生き残ること——あるいは「活力を保ち続けること」（"staying alive"）と言うべきか——について私達が学べることがフロストにはある。私は後者の考えについてこの論で詳しく述べてみたいと思う。

フロストにとって「ある状態を保ち続けること」（"to stay"）にはどういう意味があったのだろう。一九二九年九月七日、メイン州オーガスタの州立病院で狂気のために死亡した妹のジェニー（彼女は"dementia praecox"、今日で言うところの精神分裂症（"schizophrenia"）を患っていた）を襲ったもの、あるいは一九四〇年十月九日、三十八歳で鹿射ち用のライフル銃で自殺を遂げた息子キャロル（彼もまた精神分裂症であった）を襲ったもの、あるいは一八八五年五月五日、結核のため三十五歳で亡くなった父親を襲ったもの、あるいは一九〇〇年七月八日、三歳でコレラのため死亡した長男エリオットを、一九三四年五月二日、二十九歳で産褥熱のため亡くなった愛娘マージョリーを、一九三八年三月二十日、六十六歳で心不全のため死亡した妻エリノアを襲ったもの、これらのものに対抗してフロストが抑えとどめようとすること（"to make a stay against"）にいかなる意味があったのだろう。

それら全てはあらかじめ定められた命数であったが、その一つ一つが詩人にとっては打撃であった。しかし彼は妹の死後ほどなくして友人のルーイス・アンタマイヤーに次のように書き送ることになる。「私の本性が、誰か他の者が発狂したからといって自ら発狂するまで共感を寄せたり、誰か他の者が死んだからといって自分も死んでしまうまで共感を寄せたりすることを拒否するという点において、私は自分が獣《けだもの》なのだろうと思う。」（*The Letters of Robert Frost to Louis Untermeyer*, 103）それでいて妻のエリノアの死後ほどなくして彼はまた別の友人、木版画家のＪ・Ｊ・ランクスには次のように書き送っている。「こん畜生、奴はそこまで手を回してきた。彼女と同じように、私も他人の死にうちひしがれることを拒否していた。しかし今度は彼女が私に、うちひしがれないではおれないような死［つまり、彼女自身の死のこと］を与えたのだ」（qtd in *The Years of Triumph*, 511）。そうだったのかも知れない。しかし実際のところ、彼はうちひしがれなどしなかった。その代わりに彼は、一九三八年から一九四二年の間に（キャロルのぞっとするような自殺にもかかわらず）、その後の二十年以上にわたる講演、朗読会、四冊の詩集、サンパウロ、イスラエル、イギリス、そして最後にはソビエト連邦への旅行のための力を再び蓄えるのである。

私は、もちろん、エリノアが亡くなって一年後、キャロルが自殺する一年前に出版された彼の一九三九年のエッセイ、「一篇の詩が作り出す形」の中の、彼による最も有名な詩の定義を念頭に置いて書いているのである。すなわち、「一篇の詩が作り出す形。それは喜びに始まり、知恵で終わる。形は愛の場合と同じである。誰一人として恍惚の状態が静的であり、ひとところに静止しているものであるとは主張しない。それは喜びに始まり、衝動に傾き、第一行が書き下ろされるとともに方向を取り、幸運な出来事の連続をたどり、人生の明示に終わる——この明示は必ずしも宗派や教団が拠って立つような大いなる明示である必要はなく、混沌に対する一時的な抑止であればよい」（*Collected Prose of Robert Frost*, 132. 以下、同書からの引用は *Collected Prose* と略記）、である。

あるいは、当時はフロストの六十歳の誕生日と信じられていた[2]折りに際して一九三五年に公にされたエッセイにある、以下の発言を考えてもらえればよい。アマースト大学『学生』紙（大学新聞）が老齢の詩人に向けてお祝いの言葉を贈っていた。「『学生』紙が私の年齢に対し共感の意を示してくれるのは非常に親切なことである。しかし六十歳は単にそこそこ年をとったというに過ぎない。偉大なことは年功を重ねるということだ。さて、九十ともなれば年嵩も積み、信頼を置くに足るものだ。」これまで見てきたように、フロストはほとんど九十に届こうとしていた。フロストを綿密に読んだ者であれば、彼自身自分の芸術は事実とは何の関係もないと考えていたなどとは思わないだろう。彼は同じエッセイの中で次のように書いている――

世の中には少なくとも、とても素晴らしいゆえに形を認め、また形を作ることを認めるものが存在する。形を認めるというだけではなく、形を求めるのである。我々人間は自然という渦巻く雲の中にあって形の様々な示唆を受けその先へと強く押し出される。我々の中で自然は形という高みへと到達し、我々を通して自らを越える。疑いが生じた時には、我々には常に続けてゆく拠り所としての形がある。最低限であってもよい、形を達成し、確信を得たことのある者ならば、より大きな苦悩に悩まされることはない。それは信仰を適切になだめてくれるに違いないと私は思う。芸術家、詩人はこうした確信を最もよく知っていると期待されているのかも知れない。しかしそれを感じ取り、それによって生きることは実際あらゆる人の正気なのである。また幸運なことに、煙草の煙の渦状の輪のように私達がうち捨ててしまう些細なもの、例えば一つの籠、一通の手紙、一坪の庭、一つの部屋、一つの概念、一幅の絵、一篇の詩――全て我々個人の企てであって、他の誰の手助けをも必要としないもの――ほど人を夢中にさせ、満足や慰めを与え、保持する力を持つ（staying）ものはないのである。これらのためには、チームを集める必要もなく、遊ぶことができる。背景は広大な混沌であるが、それは私達が立っている場所から黒く全き混沌の中へと陰を後退させている。この背景に抗するには、人間の作り出す秩序と集中の形であればいかなる小さなものでもよいのである。これが事実そうであるということほど喜ばしいことがあるだろうか？（*Collected Prose*, 114-115）

ここにも例の単語 "staying" が出てくる。私達は形を作り出すことによって、フロストがここで想像するような意志の行使が結果をもたらす限り、ある状態を「とどめておく」――正気をとどめ、全体性を保ち、その場にとどまり、そしておそらくは「生きながらえ続け」さえするのである。例えば一篇の詩においてそうであるように、形を作り出すことによって、ヨブがそうであったように（この聖書の人物について詩人は七十一歳のおりに、『道理の仮面劇』（*A Masque of Reason*）を書いている）、私達は「より大きな苦悩に対し無感覚となる。」（フロストはそうした苦悩を正当な割り当て以上に味わった人であった。）形を作り出すこと、一篇の詩を「整った形に」する「数字によって語る」ことを通して、私達は「私達が立っている場所から、黒く全き混沌へと陰を後退させてゆく広大で混沌とした」背景を押しとどめる。――その全き混沌とは、老齢と死すべき運命という衰退のことだとは言わないまでも、それに非常によく似た何ものかである。

活力を保つこと、「押しとどめること」、自らの精神を「保ち続けること」、正気を掴み、握りしめておくこと。これこそがフロストの考える詩の本当の働きであって、だからこそ老いることに関するこの論において私はテーマの問題と同じくらいに形の問題に関心を払いたいと思うのである。

2.「ある老人の冬の夜」

弱強五歩格無韻詩の形でフロストが書いた最も完成された抒情詩、彼が四十二歳の時出版された一九一六年の詩集『山の合間』(*Mountain Interval*) に最初に収録された、偶然にも老齢を主題とする詩「ある老人の冬の夜」("An Old Man's Winter Night") について考えてもらいたい。『詩と時代』(*Poetry and the Age*, 1953) においてランダル・ジャレルは、フロストの詩のうち、誰もが知っているべきだが、——とにもかくにもジャレルがこの本を書いた時点では——比較的わずかな人々しか知らなかった詩の短いリストの中にこの詩を選び出している。彼にとってこの詩は、「グロテスクなまでに、繊細に、そして非情なまでに興ざめさせ」ながら、同時にまた「優しい」詩と映る。「備えよ、備えよ」("Provide, Provide") や「遠くまででも、深くでもなく」("Neither Out Far Nor in Deep") といった詩とともに、「ある老人の冬の夜」は「その究極において悲観主義が希望に満ちた逃避に見えてくるような心構え」を表現している。ジャレルの示唆するところでは、これらの詩は「世界の中の邪悪なものを淡々と、しかしぞっとする形で再創造してみせ、『こういうことなのだ。それについてあなたはどうすることもできない。仮に何かできることがあるとして、あなたは果たしてそれをするだろうか』と言って閉じられる。人間存在が近づきながらも、たじろいで引き返す限界が、これほどまでむき出しの落ち着きを持って語られたことはめったとない。」「落ち着き」というものが、「人間存在」の「限界」に関するこの詩の全て——形であり、数字——である。テーマは「非情なまでに興ざめ」するものかもしれないが、パフォーマンスとしてこの詩そのものは興ざめではない。

以下に挙げるのがそのテキストである。（幾つかの目的から特定の語を太文字で強調しておいたが、その目的はすぐに明らかになるだろう。）

戸外のもの全てが、暗がりの中彼をのぞき込んだ
人気のない部屋部屋の窓ガラスの上に
ほとんど点在する星々のように凝結する、薄い霜を通して。
彼の目がそれらの凝視を見返さないのは
目の近くに傾けたランプを手に持っているからだ。
きしみをあげるその部屋まで来ることになったのが
何のためだったか思い出せないのは年のせいだ。
樽に回りを囲まれて彼は立ちつくした——当惑して。
大きな足音を立て、足下の地下室を一度おびやかしたが
足音を立ててその場を立ち去る際に再度おびやかし、
外の、夜をもおびやかした。
外の夜には独自の音がある。おなじみの、木々の
轟きだとか枝の裂ける音とかのありふれたものだが、
マッチ箱を擦《こす》るようなわけにはいかない。

自分で何だか分かっていることに関心を向けながら、彼が今座っている場所では
彼はただ自分だけにとってのあかりに過ぎなかった。
おだやかなあかり、そして次にはそれでさえなくなった。
彼は、取るに足りないただの月に過ぎないが、月に委ねたのだ、
遅くのぼった壊れかけの月に、
屋根の上の雪と
壁についた氷柱とを見張るように、
いずれにしてもそのような役割のためには太陽よりも向いているので。
そして彼は眠った。丸太がごろりと
ストーブの中で一度動き、彼を乱したので、彼は寝返りをうち、
重苦しい呼吸を楽にしたが、それでもまだ眠っていた。
一人の年老いた男——一人の人間——では家を、
農場を、田舎を、維持することはできない。仮にできたとしても、
冬の夜、こんなふうにやるしかない。

ALL out-of-doors looked darkly in at **him**
Through the thin frost, almost in separate stars,
That gathers on the pane in empty rooms.

What kept his eyes from giving back the gaze
Was the lamp tilted near them in his hand.
What kept him from remembering what it **was**
That brought him to that creaking room was age.
He stood with barrels round him—at a loss.
And having scared the cellar under **him**
In clomping there, he scared it once **again**
In clomping off; —and scared the outer night,
Which has its sounds, familiar, like the **roar**
Of trees and crack of branches, common things,
But nothing so like beating on a box.
A light he was to no one but himself
Where now he sat, concerned with he knew what,
A quiet light, and then not even that.
He consigned to the moon, such as she was,
So late-arising, to the broken **moon**
As better than the sun in any **case**
For such a charge, his snow upon the roof,

His icicles along the wall to keep;
And slept. The log that shifted with a **jolt**
Once in the stove, disturbed him and he shifted,
And eased his heavy breathing, but still slept.
One aged man—one man—can’t keep a house,
A farm, a countryside, or if he can,
It’s thus he does it of a winter night.

この詩は老齢と無力についてのものである。しかしこの詩は、多くを要求するミルトン詩風のいくつかの性質にもかかわらず、名人芸のようにやすやすと優美にやってのけられている。私の勘定では、二十八行の内に強い句跨り（太文字で強調してある）が八箇所（つまり約二九％の比率）ある。ミルトン詩風の性質と言ったが、それは必ずしも正確ではない。「彼は月に委ねた」という語句で始まる、おそらくこの詩の中で最も構造が複雑なセンテンスに注目してもらいたい。ここは従属構文となっており、（“moon”と“case”で終わる行における）二つの強い句跨りをともなって、宙づりになったセンテンスが五行半にわたって引き延ばされている。従属文、句跨り、弱強五歩格という制限された詩行の内での引き延ばされたセンテンスの展開——「ミルトン風」なのはここまでである。はっきりとミルトン的でないのは、かすかに投げやりな口語表現（「取るに足りないただの……に過ぎないが」「いずれにしても」）をともなう言葉遣いである。センテンスは話し言葉のように響くようでいて、話し言葉の響きとも異なっている。言葉遣いは民衆的であり、構文はその場で発言されたものの複雑さを示している。しかしもちろん、民衆的なものを越えて奇妙な手触りがそこにはある。(例えば「壊れかけの月」という言い方。これは、私が思うに、もちろんこの老人と同じように「衰え始めた(欠け始めた)」月を意味するのであろう。)

そして、「委ねる(consign)」という動詞である。『オックスフォード英語辞典』(*Oxford English Dictionary*)が私達に教えてくれるように、この動詞の意味は「I. 印を押すこと、署名すること 1. 他動詞。洗礼におけるように、あるいは特に確認をする時のように、十字の印をつけること。」から、「II. 正式に譲り渡すこと 6. 他動詞。印を押したり署名して手渡すこと。(廃語) 7. 所有するものを譲り渡すこと、正式に国家や運命等に委ねること。8. 他のものの管理下に渡すこと。他者の管理責任や世話に任せ、委ねること。」までのいずれにもなりうる。最後の二つの定義は疑いもなく私達にこの詩で第一義的に働いている"consign"の意味を与えてくれる。(老人が、たとえ一度きりのことであるとしても、幸先《さいさき》よく十字を切っているのだと考えたい人もいるかも知れない。)それはあたかも老人が彼の「雪」や「氷柱」を、月に遺産として残そうとしているかのようなものだ。しかしならばそもそもいかにしてそれらは「彼のもの」であり、他に与えることができるのか。私はこの詩ではただ単に老人の感情の抑制("self-possession")の欠如だけではなく、所有("possession")の欠如も言葉遊びとしてかけてあるのではないかと思っている。つまりある種の貧しさがここでは示唆されているのだ――それはもちろん交友関係の貧しさということでもあるが、例の別の、より直接的な種類の貧しさでもあろう。"consign"という語には『オックスフォード英語辞典』

が示すように、かすかながら法律的な雰囲気が漂っている。それゆえこの単一の長いセンテンスには、話し言葉的なものと余り話し言葉的でないものとが重なり合っている。「衰えつつある」という概念は月と人間が享受している（あるいは共に苦しんでいる）奇妙な関係の中で両者に適用されている。ささやかなものではあるが自らの所有物を他者――とにかく、他の存在とは言えるもの、すなわち「壊れかけの月」――の管理に遺産として託す、というのである。

ここで問題となっているセンテンスの主語（「彼」）が、二つの目的語（「雪」と「氷柱」）を取っていることに注目してほしい。これらの最初のものは、主動詞の「委ねる」の後、およそ二十五語の後に解決をみるまで先延ばしにされる。加えてこの主語が二つの動詞（「委ねる」と「眠る」）を取っていることにも注目してほしい。最初の節は長さにして四十単語あり、二つめの節は二語（"and slept"）である。センテンス（あるいは節）の行に対する関係は詩全体にわたって見事に変化している。私の数えたところでは、この詩には八つの文法的に独立した単位があり、それらは長さにしておよそ六行（"And having scared the cellar under him . . ."）、また、"He consigned . . ."）からたった一行（"He stood with barrels round him—at a loss."）と多様である。

『パリス・レヴュー』に掲載された一九五九年のインタビューで、フロストは次のように語っている――「私は詩をパフォーマンスと考えている。私は詩人のことを、運動選手のような、優れた能力の持ち主だと考えている。詩人とは演じて見せる人なのだ。そして詩においてできること、それは多種多様だ。形（訳注：フロストがここで用いた"figures"という言葉には「比喩的表現、文彩」の意味も効かせてあるかも知れない）や始終変化する声の調子について語ることもあろう。私はといえば、そう、三連あるいは四連ある時、いつもそれらの連にセンテンスを配置してゆくやり方に関心を持っている。私は複数の連に全て同じような形でセンテンスが横たわっているのが嫌なのだ。あらゆる詩がそうしたものだ。一種のパフォーマンスの成果なのだ。」(*Collected Poems, Prose and Plays*, 890)

彼はここでは連を扱っているが、この規則は私達が「ある老人の冬の夜」に見出す類の弱強五歩格無韻詩にも当てはまる。行に対するセンテンスの比率は詩全体を通して見事に変化する。その多様性の中に、センテンスを詩行に「配置してゆく」行為に、私達は詩人の「優れた能力」、彼の「パフォーマンス」、彼の力と自己統御を見て取る。——それら全てがこの詩が描くもの、著しく自己を保持しきれていない老人、に対する抑制なのである。フロストがこの種類のパフォーマンスを維持することができている限り、彼が自分自身の「優れた能力」を実感できている限り、彼は遅かれ早かれ私達全員を襲うことになる「外の夜」に対して抑制を保つことができたのである。

「人気のない」(それゆえ暖められていない)部屋の窓ガラスの上に「凝結」した「霜」は、ほとんど「点在する星々のように」現れると、私達読者には語られている。それは「壊れかけの月」とともに垂れ込めた空をもたらすが、その空は老人の近くまで低く——余りにも低く垂れ込めるのでおそらくは安らぎなど与えてくれない。第一行(「戸外のもの全てが、暗がりの中彼をのぞき込んだ」)の空想をまじえた大胆奇抜な表現は、ごくごくかすかながら茶番劇めいた考え——老人が手に持つランプのせいで彼は暗がりの中彼をのぞき込むものに凝視を返すことができない——に取って代わる。ランプのあるなしにかかわらず、とにかく彼は敵にとって相手にならないのである。しかしこの詩全体が課題(それがどのようなものであれ)をこなすことができないことについてのものなのだ。というのも詩の結末において、老人の能力のなさ——それは詩を通じて曖昧なことに、一方では突き放した慰み事の対象と、また他方では同情の対象となっている——は、いくばくかの衝撃とともに、はるかに一般的なものとされるからである。

一人の年老いた男——一人の人間——では家を、
農場を、田舎を、維持することはできない。仮にできたとしても、
冬の夜、こんなふうにやるしかない。

示唆されているのは、ただ単にここで描かれている「年老いた」者だけではなく、人間なら誰であれ家や農場や、田舎を「維持すること」はできないということである。おそらくは前の二つ、家と農場なら可能——それもたっぷり二・三十年の間は維持可能だろう。しかし三つめについてはどうか？　一体誰に、「田舎」(countryside) といったようなものを「維持してゆく」能力があるだろう。田舎の広がりには、少なく言っても、言語的にもまた詩の中だけにしても、明確な境界など与えることができないのだ。(参考までに、『オックスフォード英語辞典』のこの名詞に対する一つ目の意味は、「1. 地方の一方の側（つまり、東側もしくは西側）、谷、丘陵地等の一方の側。そこから一種の自然な統一性を持った、地方の一地区、地域、広がりを指す」である。)

フロストの熟練した読者であれば誰でも、家や家族、農場を荒廃から「防ぐ」ことの不可能性というテーマについての詩の小さなアンソロジーを作ることができるはずだ。第一詩集『少年のここ

ろ』（*A Boy's Will*, 1913）の「幽霊屋敷」（"Ghost House"）や「嵐のおそれ」（"Storm Fear"）から、第二詩集『ボストンの北』（*North of Boston*, 1914）の「家庭での埋葬」（"Home Burial"）や「幾世代もの人々」（"Generations of Men"）、第三詩集『山の合間』の（「ある老人の冬の夜」の先の）「丘に住む妻」（"The Hill Wife"）、第五詩集『西に流れる小川』（*West-Running Brook*, 1928）の「誕生の地」（"The Birthplace"）、第八詩集『スティープルの薮』（*Steeple-Bush*, 1947）の「指令」（"Directive"）、最終詩集『開墾地にて』（*In the Clearing*, 1962）の「永遠に戸を閉じて」（"Closed for Good"）、そして彼の最後の詩集の最後の詩「冬、森の中ただ一人……」（"In winter in the woods alone . . ."）（この詩については後でより詳しく論じたい）に到るといったように。

そして「田舎」を「維持すること」については、そう、私はとにかく、フロストが一九三五年にアマースト『学生』紙に宛てた「手紙」において書いたことを思い出さずにはいられない。「背景は広大な混沌であるが、それは私達が立っている場所から黒く全き混沌の中へと陰を後退させている。」この背景に対し、私達ができることはせいぜいが、フロストがすぐ次に「いかなる小さなものであれ人間の作り出す秩序と集中が形をとったもの」と呼ぶものに、私達の希望、私達の展望を投資することである。例えば一篇の詩――例えば「ある老人の冬の夜」のような詩――でもよい。なぜならそれは実際フロストが一九三五年の「手紙」において、「混沌」を摑まえておくための少なくとも一つの方法として提示したものだからである。「ある老人の冬の夜」の優れた形、形式はまさにそのような「人間の作り出す秩序と集中が形をとった小さなもの」なのだ。しかしそれでいて、「一篇の詩が作り出す形」を読んで私達が知っているように、いかなる詩であれ一篇の詩が提供できるのは「混沌に対する一時的な抑止」に過ぎないのである。いかなる詩も非常に長い間にわたって私達の「家」の秩序を「保ち続ける」ことはできない。フロストが、その悲しい格言をタイトルに採用した詩において言っているように、「光り輝くもの全て止《とど》まること能わず」（"Nothing gold can stay"）なのである。

しかしなお、「ある老人の冬の夜」は、その内容とは反対に、詩という形を作り上げる中で、「外の夜」――黒く全き混沌の中へ、そしてまた老年（一種の「内面的夜」）と死すべき運命の中へと陰を後退させる夜――に対する一つの可能な対応は、ただ形を作り上げること、私達が実際に統御あるいは「維持する」ことができる唯一の形、すなわち芸術を作り上げることであるということを示唆している。ここでなんらかの「維持」がなされているとすればそれは確かに詩の「維持管理」である――詩が「作り出す」「形」をここまで記述しようと試みてきたように――この見事に統御された抒情詩を「維持管理する」ことである。私達の注意は最終的には、当惑しきった老人から、彼の姿を描く詩にフロストが与えた形――この優美で、完全に統御された、弱強五歩格無韻詩という広がりへと向かう。それが老人の陰惨なまでの無能力ぶりと同じくらい私達の注意を引きつける。私達は、老人のたどたどしい「床を踏みならす音」を耳にすると同じくらい、弱強五歩格の詩行の中で、またその詩行をまたがって、機能しているフロストの穏やかだが巧みな足音（訳注：原文の "feet" には、韻律法の用語である「詩脚」の意味もかけてある）を耳にする。この詩の二番目に長いセンテンス（"He consigned to the moon . . . ）において、律の変化がどのようにして詩行の動きに軽さを与えているかに注目してもらいたい。文法的また構文的に複雑なこれらの詩行は、その軽快さがなかったとしたら音読した時声を当惑させてしまうであろう。フロストは宙づりされた文法を精妙に使いこなしている。しかも、私が示唆したように、ここではその口語的な遠回しが、普通あり得ないことながら、弱強五歩格無韻詩のミルトン的繊細さとよく合っている。フロストは詩行を一気呵成に片付けている。

先に示したように、ランダル・ジャレルはこの詩について、「グロテスクなまでに、繊細に、そして非情なまでに興ざめさせるもの」でありながら、同時にまた「優しい」詩であると言う。優しさはページの上の詩行の扱いから、詩人としての働きから、そしてまた老人の放心状態の無能力ぶりが「一般化されて」誰にでも当てはまるとほのめかされた時私たちが強制的に陥る同胞意識から、生じてくる。私達は皆最後には公的な腕の中で――とにかく誰かの腕の中で――ぴいぴい泣いたり、反吐を吐いたりすることになる。『お気に召すまま』(*As You Like It*)の人間の七つの時代についてのジェイクィーズの台詞(二幕七場)のなにがしかがこの詩の背景には、少なくとも背景の深いところには、存在している――

公爵　見るがよい、不幸なのは吾々だけではない、この世の広大な舞台の上には、吾々が出ているこの場より遙かに悲惨な光景が繰《く》り展《ひろ》げられているのだ。

ジェイクィーズ　全世界が一つの舞台、そこでは男女を問わぬ、人間はすべて役者に過ぎない、それぞれ出があり、引込みあり、しかも一人一人が生涯に色々な役を演じ分けるのだ、その筋は全場七つの時代に分たれる……まず第一に幼年期、乳母の胸に抱かれて、ぴいぴい泣いたり、戻したり、お次がおむずかりの学童時代、鞄をぶらさげ、朝日を顔に、蝸牛《かたつむり》そっくり、のろのろ、いやいや学校通い、その次は恋人時代、溶鉱炉よろしくの大溜息で、惚れた女の目鼻称《たた》える小唄作りに現《うつつ》を抜かす、そのお後が兵隊時代、怪しげな誓い文句の大廉売《おおやすう》り、豹《ひょう》のような髯《ひげ》を蓄《たくわ》え、名誉欲に取憑《とりつ》かれ、その上、無闇と喧嘩《けんか》早く、大砲の筒先向けられながら泡の如き世間の思惑が気に掛って仕方が無いというやつ、その後に来るのが裁判官時代、丸々肥えた鶏をたらふく詰込んだ太鼓腹に、目附きばかりが厳《いか》めしく、髯は型通り刈込んで、尤《もっと》もらしい格言や月並みの判例を並べたて、どうやら自分の役を演じおおす……六番目はいささか変わって、突掛け履《は》いたひょろ長の耄碌《もうろく》時代、鼻には眼鏡《めがね》、腰には巾着《きんちゃく》、大事に取っておいた若い頃の下穿《したばき》は、萎《しな》びた脛《すね》には大きすぎ、男らしかった大声も今では子供の黄色い声に逆戻り、ぴいぴい、ひゅうひゅう震え戦《おのの》く……さて、最後の幕切れ、波瀾《はらん》に富める怪しの一代記に締括《しめくく》りを附けるのは、第二の幼年時代、つまり、全き忘却《ぼうきゃく》、歯無し、目無し、味無し、何も無し。

DUKE SENIOR. Thou seest we are not all alone unhappy:
This wide and universal theatre
Presents more woeful pageants than the scene
Wherein we play in.
JAQUES. All the world's a stage,
And all the men and women merely players;
They have their exits and their entrances;
And one man in his time plays many parts,

His acts being seven ages. At first the infant,
Mewling and puking in the nurse's arms;
Then the whining school-boy, with his satchel
And shining morning face, creeping like snail
Unwillingly to school. And then the lover,
Sighing like furnace, with a woeful ballad
Made to his mistress' eyebrow. Then a soldier,
Full of strange oaths, and bearded like the pard,
Jealous in honour, sudden and quick in quarrel,
Seeking the bubble reputation
Even in the cannon's mouth. And then the justice,
In fair round belly with good capon lin'd,
With eyes severe and beard of formal cut,
Full of wise saws and modern instances;
And so he plays his part. The sixth age shifts
Into the lean and slipper'd pantaloon,
With spectacles on nose and pouch on side,
His youthful hose, well sav'd, a world too wide

For his shrunk shank; and his big manly voice,
Turning again toward childish treble, pipes
And whistles in his sound. Last scene of all,
That ends this strange eventful history,
Is second childishness and mere oblivion;
Sans teeth, sans eyes, sans taste, sans every thing.

フロストは彼の老人を、「第二の幼年時代、つまり、全き忘却」、「何も無」い状態にあると見る。老人は、「ある老人の冬の夜」の前半において、例えば次に引用するような詩行において、自分が嘲笑されていると思うかも知れない。その最初の二行一組からなる二組は、あたかも老人のきしみ音をたてて歩く無能力さを一層強調し浮き上がらせるためであるかのように、素晴らしくバランスの取れた対句表現となっている――

彼の目がそれらの凝視を見返さないのは
目の近くに傾けたランプを手に持っているからだ。
きしみをあげるその部屋まで来ることになったのが
何のためだったか思い出せないのは年のせいだ。
樽に回りを囲まれて彼は立ちつくした――当惑して。

これはジャレルが記憶に残るような言葉で述べた、この詩の「グロテスクなまでに、繊細に、そして非情なまでに興ざめさせる」側面であると言えるかも知れない。私が主張するように、老人は（一種の）からかいの対象と言ってよいのかもしれない。それでいて、ジャレルがまた語っている「優しさ」もここにはあって、その「優しさ」についでは私も先ほど語ったのだった。ジェイクィーズがよく承知しているように、私達は皆こうした結末に向かうよう定められている。なぜそこに入ったのか思い出せずに当惑し、部屋に立ちつくすのである。（私は四十八歳にして既にかなりの回数こうした経験をしてきた。）それら全てが、ジャレルがフロストの読者であれば誰でもいつも記憶しているに違いないとしてリストに挙げた詩をまた一篇――「家庭の埋葬」を――思い起こさせる。というのも、結局のところこの老人は自分の家を「保持してゆく」ためにできる限りのことをやっているのだが、フロストにはいつも「家庭の埋葬」における妻に次のようなことを言わせる、野蛮なまでの辛辣さがあるからである――

死に向かう人間に最も近しい友人でさえ
ついて行けるのはごく手前まで、
そもそも一緒に行こうとしない方がまし。
そう、病気になり死ぬとなったその時から、
人はひとりぼっち、そして死ぬ時はなお孤独。

フロストの「老人」――フロストの詩における人、――は非常に孤独である。笑い事などではないのだ。

3. 「寿命掛け算表」

数字に、「数字で語ること」に、数字について語ることに、そして数字から詩を作り出すことに、話を戻そう。フロストは以下に引用した詩、「寿命掛け算表」("The Times Table")を、彼が五十四歳の時に出版された一九二八年の詩集『西に流れる小川』に収録している。(この時点で、この論の先でも引用した「余命表」が示すところでは、詩人は十七年後の一九四五年に死ぬことが予測されている。)

峠への登り道の半ばより先に
壊れた水飲みコップのある泉があって、
その農夫が飲むかどうかはともかく
彼の雌馬は必ずその場所に立ち寄ろうとして
排水畝《うね》の上に車輪を音を立てて乗り上げたり

星の印がある頭《かしら》の向きを変えたり
胸板をきしらせてばかでかいため息をついた。
それに対し農夫はよくこう答えたものだ、
「一回息をするたびため息一つ
ため息一つつくたび死人が一人。
それがわしが家内にいつも言ってきかせることで
生命《いのち》の掛け算表というやつだ。」
この格言は全くもって正しいのかも知れない。
しかしそれはあなたにしても
私にしても、他の誰にしても、口にしてはならない類のこと、
目的が危害を加えることでもない限り。
そしてまた、私はこれほどうまい方法を知らない、
道を封鎖し、農場を放棄し、
人間の誕生を減らし、
人々の場所に自然を連れ戻すためのうまい方法を。

More than halfway up the pass
Was a spring with a broken drinking glass,

And whether the farmer drank or not
His mare was sure to observe the spot
By cramping the wheel on a water-bar,
Turning her forehead with a star,
And straining her ribs for a monster sigh;
To which the farmer would make reply,
'A sigh for every so many breath,
And for every so many sigh a death.
That's what I always tell my wife
Is the multiplication table of life.'
The saying may be ever so true;
But it's just the kind of a thing that you
Nor I, nor nobody else may say,
Unless our purpose is doing harm,
And then I know of no better way
To close a road, abandon a farm,
Reduce the births of the human race,
And bring back nature in people's place.

私の理解するところでは、古い慣習では峠道を上る時、農夫は馬の負担を軽減するために馬車から降りて馬の横を歩くものである。(3) しかし私達の農夫は違う。雌馬が排水畝の上に車輪を音を立てて乗り上げながら、「胸板をきしらせてばかでかいため息をつい」ても、警句を気楽にうそぶきつつ(と読者は想像するのであるが)座ったままである。

排水畝(water-bar)とはもちろん障害物のことである。"Water-bar" は、(少なくとも二十世紀初期までは)農夫や田舎の人々は知っていたが、旧式の道路補修の方法を特に示す言葉で、『オックスフォード英語辞典』の記す通り「道路敷設に際し、表面の水がたまってゆくのを妨げることを意図された、道路上の畝《うね》」のことである。本質的には十九世紀の言葉であって、実際詩の中で用いられているように、この畝がなければ浸食によって台無しになってしまう、未舗装の道に対して適用された。(『オックスフォード英語辞典』はこの言葉の一八八四年以降の用例を上げていない。)

雌馬は彼女なりにしっかりとした休息——立ち止まり、泉から水を飲み——を取りたいのである。しかしこの農夫の計算は休憩の時間を認めない。あるいは認めないように読者には見えてくる。少なくとも「生命《いのち》の掛け算表」についての彼の辛辣な言葉がとにかく示唆するのはそういうことだ。この時点で詩の話者が、自然ななりゆきとして同志として考えている読者に対して二人称で呼びかけながら、非難の言葉を述べつつ介入してくる。「この格言は全くもって正しいのかも知れない。／しかしそれはあなたにしても／私にしても、他の誰にしても、口にしてはならない類のこと、／目的が危害を加えることでもない限りは。……」仮にこの農夫自身には悪意がないとしても、そう、彼がここで

——彼の雌馬や彼の妻、あるいは誰に対してであれ——言っていることには悪意がある。『ヨブ記』の読者であれば誰でも知っているように、私達の命数は既に数えられているというのに、この農夫がやるようにどうして気前よくそれを数えようとするのか？　しかし詩全体を構成している詩人の言っていること（訳注：原文の"saying"には、「言っていること、発言していること」の意味と、「格言的言い回し」の両方が掛けてある）はどうなるのか？　彼もまた、掛け算表ではないにしても、「数字で語っている」ではないか。

詩行には弱強格と弱弱強格が混ざっている。例えば冒頭の数行におけるように（例示のために強勢が置かれる音節を強調表示しておく）。——

More than **half** way **up** the **pass**
Was a **spring** with a **bro**ken **drink**ing **glass**,
And **whe**ther the **far**mer **drank** or **not**
His **mare** was **sure** to ob**serve** the **spot** . . .

上記引用部で律の底流となっているような、またこの詩全体にわたって見られるような、二音節と三音節のモティーフのさりげない混合は、この詩にある種の軽快さを与えている。（弱弱強調は英詩の韻律においてほとんどいつもそうである。）フロストが詩行に対するセンテンスの関係を変化させているやすやすとした優美さには（この詩においてもまた）感嘆せざるを得ない。第一文は十行目まで続いている。第二文は二行連句（たまたまがこの詩において唯一の自己完結した二行連句）である。第三文は、もしセミコロンを単なる接続詞ととるならば、残りの八行にわたって伸びている。三つのセンテンスが（音節数にして七から十一と変化する）二十行の中に置かれていて、九音節前後ごとに脚韻がやって来るにもかかわらず、一度としてその脚韻の要請によって構文が口語的な、あるいは自然な、パターンから放りだされてしまうことがない。フロストは脚韻を満たすために、倒置とか、形容詞の後置等々に頼ることがない。[4] 二行連句の押韻から唯一外れた箇所があるが、非常に手際よく外されているためほとんど気づかないほどである。（私の言っているのは十五行から十八行にかけてのことで、ここは複数の二行連句の中に苦もなく据えられた一種の四行連句を形成している。）

しかし詩行が軽快でやすやすとしているように見えるからといって私達は警戒心を解くことはできない。「文体とは人である」とフロストは『ジャスパー王』、E・A・ロビンソンが書く（そして死後に出版される）ことになる最後の本、への序文において一九三五年に述べている。「というか、文体は人の自分に対する受け止め方である。そしてそもそも魅力的であったり、せめては我慢できる程度であるためには、方法はほとんど厳密なまでに決められている。もし外面的に真剣であれば、内面的なユーモアをともなわなくてはならない。もし外面的なユーモアをともなうならば、内面的な真剣さをともなわなければならない。どちらか一方があって、その下に他方がともなわない時はうまくいかない。」（*Collected Prose*, 120）確かに「寿命掛け算表」の外面的なユーモアはそれを補うものとしておよそ想像しうる限り重々しい内面的な真剣さをともなっている。『西に流れる小川』はクールリッジ政権の最終年にまで遡るが、私達の農夫兼愛国者は一九二〇年台の終わりからというよりも、フロストの牧歌的芸術という時間を超えた世界から語っている。先に述べた、唯一の自己完結した二行連句は、この農夫が弁護士のような自己満足とともに自分の弁論を締めくくる言葉である。

「一回息をするたびため息一つ
ため息一つつくたび死人が一人。
それがわしが家内にいつも言ってきかせることで
生命《いのち》の掛け算表というやつだ。」

アイロニーは痛切である。この「生命《いのち》の掛け算表」は、あたかも私が本論の冒頭に持ってきた保険数理士の仕事の一部から引っ張ってきたかのような、死を勘定するための公式である。あなたの呼吸に対する溜息の比率を教えて下さい、そうすればあなたの死亡日を確定して差し上げます。詩の中心にあるすさまじいまでに二者択一的な脚韻──「呼吸」("breath")と「死」("death")──が明白にしているように、これは気の毒な、不平のつぶやきの絶えない老人の話し方である。この死をめぐる格言がどれほど正しかろうと(保険数理の表はいつも私達の運命を決定する)、フロストは私達にそれを軽蔑させる、あるいは少なくとも口に出して言わないようにする。この農夫と結婚するのはごめんだと人は思うだろう。実際のところ彼は保険数理士のようなしゃべり方をする。子をもうけよ、「地に満てよ」、と聖書は『創世記』一章二十二節に言う。しかしこの詩の話者(彼は私達の共感を得てもいる)はこの幾分道を踏み外した農夫の古い格言をぞっとするようなものと考える。それは彼がこの格言を妻に「いつも」言ってきかせているから一層そうなのだ。私が推測するに、妻は彼にとって雌馬と同じような位置づけなのであろう。そのどちらもが雌であり、荷役用の動物であるというのだ。「黙って働け」とはっきりとこの農夫は言う。「そのため息をやめろ。」と。しかしため息は神経にさわるものだが、またうらみがましい願望のあらわれかも知れない。この陰惨な「寿命掛け算表」("times table")から時間("time")を割いて、立派な泉から一飲みさせてくれてはどうなのか？　それにまたどうしてその泉のコップを割れたままにしておくのか(明らかに農夫はこの峠にしばしばやって来るのに)？　私は「ばかでかい」ため息が呼び出されたのも当然であると考える。農夫が結婚しているということは農場から他にも何かが出てくることを示唆するが、それが何であろうと子供ではあるまい。(彼の寝物語りを想像してみるとよい。)また仮に子供が実際に生まれて来たとして、いかなる気晴らしをその子供達は期待できるだろうか？

ここにおいてこの外面的にユーモラスな抒情詩の内面的深刻さが胸にこたえる。この農夫のようにしゃべってみよ——彼が「いつも」しゃべっているように習慣的にしゃべってみよ——そうすればほぼ確実に深刻な「危害」を加えることになる。こういった種類の話は人を老けさせ、道路を閉鎖し、女性を不妊化し、農場から人を消し去る。この農夫の掛け算表ほど効果的な避妊法があるだろうか？それは「人間の誕生を減少させ」「自然を人々の場所へと」連れ戻す。それにより私達は全くの忘却に委ねられる。この「寿命掛け算表」は時間が私達に襲いかかってくる限りにおいて時を表示してゆく。フロストは時間に対抗して、詩人として意志の行為に投資を行った。「背景は広大な混沌であるが、それは私達が立っている場所から黒く全き混沌の中へと陰を後退させてゆく。この背景に対しては、人間の作り出す秩序と集中が形となったものであればいかなる小さなものであってもよいのである。これが事実そうであるということほど喜ばしいことがあるだろうか。」ということを常に心に抱きつつ。秩序と集中とが形をとる、そして、「開墾地」ができる。フロストはあらかじめ定められた命数を遅らせる(あるいは耐える)ためのよりよい手段として、あるいは少なくとも、『エペソ人への手紙』(*Ephesians*)五章十五節に言うように「悪い時代だから」、地上での彼の時間を贖うためのよりよい手段として、詩を書き、「数字で語った」。

4.「冬、森の中ただ一人……」

先に私は一九五九年の『パリス・レヴュー』のインタビューから引用した。「私は詩を」とフロストはそこで語っている、「パフォーマンスと考えている。私は詩人のことを、運動選手のような、優れた能力の持ち主だと考えている。」ここで頑強な男らしさが示唆されていることを見逃すことはできない。それはフロストにとって、いつも天職の感覚と結びついたものだった。[5]「一篇の詩が作り出す形」、と彼はそのタイトルを持つエッセイの中で書いている、「それは喜びに始まり、知恵で終わる。形は愛の場合と同じである。」(*Collected Prose*, 131-32)。一九五九年のフロストと彼の伝記作者ローレンス・トンプソンとの会話がその最後の主張の意味にいくらか光を与えてくれる――「(フロストは、)ずいぶん以前、イギリスのF・S・フリントに対し次のように言ったことを覚えていた。主題の中に入ってゆき、絶頂にまでもっていくことができないような作家はどこかおかしいのだ。芸術のプロセスを肉体の機能に例えるとしたら、この言い方しかない。フロストはAE（ジョージ・ラッセル）が全て詩は愛の詩であると言うのを耳にしたことも覚えていて、彼がその台詞をフリントに言ったのであって、その逆ではなかったという意味で、どうしてそのようなことが言いうるのか理解できていた。」(*Collected Prose*, 296) 疑いもなく、年を取り、中年から六十代後半へ、さらには七十代へと移行してゆく中で、フロストは自分が「［一篇の詩を］絶頂にまでもっていく」力を失うのではないかと恐れていた。

エリノアが一九三八年に亡くなって以降、フロストが生きる意志と書く意志を取り戻すのに最も役立ったのは、実際のところ新しい恋愛――彼よりかなりの年下の女性、当時三十九歳の、セオドア・モリソン（Theodore Morrison）ハーバード大学教授のカリスマ的な妻、キャスリーン（通称「ケイ」）・モリソンとの恋愛であった。

この恋愛については、フロストの主要な三冊の伝記――ローレンス・トンプソンによるもの、ジェフリー・メイヤーズによるもの、そしてジェイ・パリーニによるもの――において、そしてまた、ドナルド・シーハイの「愛を（再）構成する――一九三八年―四二年、危機に瀕したロバート・フロスト」における細部にわたりかつバランスの取れた説明においても――相当量の論争がおこなわれている。彼自身おそらくはケイと寝たことがあるか、少なくとも彼女と恋に落ちたことのあるトンプソンは出版された作品の中ではこの件について沈黙を守っているが、個人的につけていた覚え書きの中に、フロストはケイのことを自分の恋人であると主張したと記録している。ジェフリー・メイヤーズは、一九九六年の伝記の中でこの問題をセンセーショナルに扱い、フロストとケイが行くところまで行った関係であると主張するばかりか、彼女はトンプソンのみならずフロストがヴァーモントの彼の農場で雇っていた作男とも関係を持っていたとまで主張している。メイヤーズはさらに——この点において彼は正しいと思われるが——フロストはケイから、彼女はフロストが軽蔑以外のなにものも抱いていない彼女の夫ともはやベッドをともにしていないという確約を取り付けていたとさえ主張する(Meyers, 224-67)。シーハイの仕事に依拠しつつ、ジェイ・パリーニは詩人のケイとの関係を細やかな配慮を配りつつ取り扱っていて、おそらくその関係は確かに最初は性的なものだったであろうが、まもなく献身的な友情へと落ち着き、ケイもその地位を受け入れ、詩人が亡くなるまで彼の個人的秘書、マネージャー、兼筆記者として振る舞ったと認定している(Parini, 314-15)。彼女の側では、ケイ・モリソンは詩人が彼女に送った手紙の相当量を破棄し、それ以外にもハサミを器用に用いた検閲を行っている。

真実がどのようなものであれ、ここでの私の論点は、フロストにおいては、(全ての「優れた技量」において)詩を形作るという作業と、年老いてゆく中でさえ、一人の男性として、また詩人として生きようとする意志、活力を保っておこうとする意志とが確かに結びついて考えられていたことを強調することにある。フロスト自身が彼の意志力の回復、混沌に対する彼の大いなる抑止がモリソンのおかげであると考えていたことは誰一人として疑うことができない。というのもフロストは詩集『証しの木』(*A Witness Tree*, 1942)の献辞に「K・Mに/彼女がこの詩集において果たしてくれた役割に対して」と記しているからである。ルーイス・マーティンズ(Louis Mertins)は、詩人に対する友情の回想録の中で、次に引用する言葉を報告している――「この世における全てが［ケイの］おかげである」とフロストは言った。「彼女がいなければ今日私は墓の中にいただろう」(Mertins, 233)。『証しの木』の驚嘆すべき成功を疑うものは誰もいない。この詩集により、七十歳になろうかというフロストは先例のない四度目の詩部門におけるピューリッツァー賞を獲得する。先にも触れた彼の「優れた技量」、ページの上での「運動選手のような」「パフォーマンス」については、そう、彼は『証しの木』開巻の長い詩の連続の中で、絶好調の状態にあった。フロストが書いたソネットの中でもおそらく最高の完成度を持つ「絹のテント」("The Silken Tent") に続くのは、「全ての啓示」("All Revelation")、「私は全てを時に委ねてもよい」("I Could Give All to Time")、「精一杯のもの」("The Most of It") そして「決して再び鳥の歌が同じになることはない」("Never Again Would Birdsong Be the Same") であるが、これらは全てフロストの上級読者が抒情詩における彼の最も偉大な達成の短いリストに挙げるであろう詩である。(6) 簡単に言えば、彼の詩がモリソンに献じた詩集において作り上げた形とは、強い意味において「愛の場合と同じ」であった。彼は今もって「一篇の詩を絶頂にまでもっていく」こと、彼の「混沌に対する抑止」を達成すること――そして彼自身の説明によれば、そのことによって墓地から遠ざかっておくこと――ができたのである。

しかし詩人がさらに深く人生を、七十代、八十代へと進んでいく中で、彼には不安が生じ始める。結局彼の最後の詩集となる本の仮題は、実際、「大いなる不安」であった。そしてアーネスト・ヘミングウェイが一九六一年七月二日に自殺した時、フロストのその知らせに対する反応は多くのことを語っている。「ヘミングウェイがなぜそのようなことをしたか自分には分かっているとフロストは確信していた」とローレンス・トンプソンとR・H・ウィニックは伝えている。「彼は自分が既にものを書く能力を失ってしまっていると確信していたのだ。フロストはヘミングウェイの行動に対するいかなる批判も許そうとしなかった。フロストは、自分がそのために生きてきたものがなくなった時自ら命を絶つことでヘミングウェイは大いなる勇気を示したのだと主張し、彼自身同じことをするだろうと（これが初めてというわけではないが）何度も繰り返し語った。」そして一九六一年の「暗い気分に落ち込んでいる時」、フロストは一度ならずほとんど出来上がった詩集を暖炉に投げ込むそぶりを示した（*Robert Frost: The Later Years*, 294）。[7] もはや「大いなる不安」とは呼ばれなくなったその本とは、彼の最後の詩集『開墾地にて』であるが、意味深いことに一九六二年の詩人の八十八回目の誕生日に出版されている。彼の最初の不安は全く根拠がなかったという訳ではない。というのもこの本は確かに詩人の最も弱い詩集だからである。しかしこの年齢でそれを出版したということを詩人は確かな達成であると考え、それはまた正当な考えであろう。ホルト・ラインハート・アンド・ウィンストン社がこの本を出版したその日、詩人はホワイト・ハウスにいて、そこで議会名誉勲章を授与されることになっていた。彼はジョン・F・ケネディ大統領——彼の就任式ではフロストは「無条件の贈り物」（"The Gift Outright"）を記憶により朗読した——に、一回の印刷分の最初の一部を贈呈し、そこには以下のように書き込みがなされていた。「大いなる状況が働き、この本は私にそれを作らせた夫人のものという以上に、ほとんど、ああ我が大統領、あなたのもの、あなたとあなたのご夫人のものへと価値を高めました」（*Robert Frost: The Later Years*, 304）。「彼にそれを作らせた」夫人とはもちろんケイ・モリソンのことで、彼女に対して彼は名前を挙げる必要さえ覚えることなくこの本を献呈している。「ルーイス・アンタマイヤー、シドニー・コックス、ジョン・バートレットに散文で出した手紙については、彼らの好きなように処分してもらえばよい。あなたに韻文で差し上げたこれらについてはとっておいてほしい」、というのである。(8)

結論として、私はこの最後の詩集の最後の詩――非常に完成度の高い抒情詩であり、フロストの最高作の一つに位置する――を読んでみたい。「大いなる不安」と差し替わるタイトル――『開墾地にて』の意味について、この詩は何を私達に語ってくれるだろうか。詩は単独で、タイトルもなく、初版の一〇一ページに現れ、一般読者にも、研究者にも同じように、その第一行をもって知られている――

冬、森の中ただ一人
木々に向かって私は進む。
私は私自身のために一本の楓に印をつけ
低く押し倒す。

四時に私は斧を肩に担ぎ
夕ばえの中を
影のように淡い踏み跡の線をたどって
薄く色づいた雪を横切る。

木が一本倒されたからといって
自然の負けだとは思わないし
さらにもう一度やって来る打撃にそなえ
私が撤退したとしても私の負けとは思わない。

In winter in the woods alone
Against the trees I go.
I mark a maple for my own
And lay the maple low.

At four o'clock I shoulder axe
And in the afterglow
I link a line of shadowy tracks
Across the tinted snow.

I see for Nature no defeat
In one tree's overthrow

Or for myself in my retreat
For yet another blow.

フロストは、友人のハイド・コックスに与えた『開墾地にて』の本の「冬、森の中ただ一人……」の横にこうメモを書き添えている。「詩集出版のために原稿を出した日に書く。最終行が、さらにもう一冊詩集を出せという脅迫のように聞こえだしてきた。」(*The Robert Frost Encyclopedia*, 169)『開墾地にて』という詩集について、期日のそんなにも遅くになってこれほどまでに特徴的な抒情詩を書き上げるということ、また詩人について言えば、人生のこんなにも晩年になってそれをやり遂げるということ、これらは確かにちょっとした卓越した能力である。そして誰が、詩の話者が「自分自身のために一本の楓に印をつけ」「低く押し倒している」ように、自分に近づきつつある死に対し一撃を加えるがごとく、さらにもう一冊本を書かねばならないという「脅迫」に見てとれる男性的な自慢話を許さないでおれよう? 開墾地 (a clearing) を作ることは、万事きれいに片付けること (clearings) についての詩集の中のこの最後の詩が最も関心を抱いていたことだったのかも知れない。この詩の我らが男性は、薪を探しに外に出たのだ、と私は考える。しかしもちろんそれは、より秘密めかした、疑似軍事的な含みのうちに、言葉遣いがほのめかしていることではない。「さらにもう一度やって来る打撃」にそなえての戦略的「退却」であるこの詩において、「木々に向かって」我らの話者は進む。「冬、森の中ただ一人」いる彼は(いたずらっぽく)自分自身を「自然」を相手にしているのだと見なす。もちろん明白なまでに実りのない行為であり、そのようなものとして感じられていると意図されている可能性が高い。思い出してほしい――「一人の年老いた男――一人の人、――では家を、／農場を、田舎を、維持することはできない……」（強調は筆者による）。それでいて、フロストが四十二歳の時に発表された「ある老人の冬の夜」についてと同じように、八十八歳の時に発表された詩においてもそれは存在しているのである。彼はどれほど洗練された確信を持って（しかもやすやすと）、九番目のそして最後の詩集のこの最後の三連においてやってのけていることだろう。というのも、このこともまた明白なのだ――「私達が立っているその場所から黒く全き混沌の中へと陰を後退させていく」、あの「広大な混沌たる背景」に対して、ここでもまた、何らかの「抑止」を立てねばならないということが。混沌、死という運命、狂気、老年、無能、フロストが彼の第一詩集『少年のこころ』で語った「嵐の恐れ」――それらをひとまとめに「何も無い」「我らの老人の冬の夜」と呼んでもよい。なぜならこれは、フロストの最上の作品の片隅で私達を待ち設けているものだからである。この最後の抒情詩は彼の最上作の一例であり、『お気に召すまま』のジェイクィーズが語る「全き忘却」（mere oblivion）（その当時 "mere" と言う語はまだ「混ぜものでない」とか「純粋な」という意味であった）なのだ。それゆえに、私がこの論の冒頭で指摘したように、ライオネル・トリリングは例のニューヨークにおける八十五歳の催しに際してスピーチを行い、フロストのことを「人を震えあがらせる」詩人であると言ったのだ。

しかしトリリングが理解していなかったこと、あるいはとにかく語らなかったことがある。それは、なぜ私達は詩を書き、また読むのかに関するあること、暗がりの中彼の詩の「老人」、いや、私達年老いた男性、女性みんな、をのぞき込んでくる「外の夜」に対して私達自身の「抑止」を打ち立てることなのだが、これをフロストの詩の中に見極めることは、彼の考えの中に見極めるほどたやすくはないのかも知れない。私達は単に「凝視」を「返す」だけでよいのであって、それをする一つの方法は、「混沌に対する」私達の「一時的な抑制」を詩の形に置くこと、「数字で語る」こと、によるのである。全て私達の「抑制」が一時的であること、この詩が象徴的なものとしている荒涼とした冬の光景を横切るようにして、私達が「つなぎつつ進む」足跡が全て、影のように淡くまた影に覆われていることはほとんど問題ではない。(疑いもなく、ここには二重の言及がある――第一には斧を持った男の足跡への言及、そして第二には詩行そのものの明瞭な弱強「脚」――というのもそれらはページの白さを背景にくっきりと浮かび上がるからである――への言及である。) 最終的に唯一重要なのは、それらの抑止、それらの除去作業(clearings)が私達全てに利用可能であるということである。「それを確信できる最低限の形を達成した者にならば誰にとっても、より大きな苦悩は意味を持たなくなる」と、フロストは自ら六十歳の誕生日と考えていた時に書いている。「それは信仰を適切になだめてくれるに違いないと私は思っている。芸術家、詩人はこうした確信を最もよく知っていると期待されているのかも知れない。しかしそれを感じ取り、それによって生きることは実はあらゆる人の正気なのである。」そう、「正気」(sanity)とは、ラテン語のsanitas(訳注:肉体の健全さ、の意)に倣い、あらゆる種類の「健康」を意味するのであってみれば、これらの手段によって生きてゆくのはあらゆる人々の健全さなのである。私達は私達なりの抑止を達成する前に「チームを集める必要などない」。私達は、「冬、森の中ただ一人」いる時も抑止を企てることができる。そしてもしそのような企てが「正気でいるために必要な全て」であるとしたら、それらの企ては聖書が命数として認めている(そしてフロストが十八年上回った）七十年の間活力を保ち続ける（"staying alive"）ために必要な全てということになろう。

この論を締めくくるに当たって、ここで私が思い出すのは、トマス・カーライル（Thomas Carlyle）の『フランス革命』（*The French Revolution*）第一巻の次の言葉である。「緩やかで着実な成長こそ（それもまた最後には死で終わるのではあるが）、私達が健康と正気と名付けるものである。」

注

（1）*National Vital Statistics Reports: United States Life Tables* 54.14 (March 2007). Washington, DC: U.S. Department of Health and Human Services.

（2）フロストの誕生記録は一九〇六年のサンフランシスコ大地震の際に滅失してしまった。フロストの伝記作者ローレンス・トンプソン（Lawrance Thompson）は、カリフォルニアにおけるフロストの幼年期の状況について詳細な調査を行った時初めて、詩人は一八七四年ではなく一八七五年に生まれたことを知った。

（3）例えば、トマス・ハーディの「キャッスル・ボトレルにて」（"At Castle Boterel"）の冒頭の数行を参照のこと。

小道と公道の交差点まで馬車を走らせ
　こぬか雨が小さな馬車を濡らす時、
私は後ろを振り返り、雨に霞みゆく横道を見る、

今、しっとりと濡れそぼつその坂道に、
しかしはっきりと
乾いた三月の空模様の中行き暮れた
私自身と若い娘らしい姿が見える。私達は
軽装二輪馬車の横に立ち、道を上ってゆく。
私達は頑強な子馬がため息をつき、歩みをゆるめたので
その荷を軽くするためつい先ほど馬車から降りていた。

（4）フロストは脚韻のうちに、詩人の技巧あるいは「優れた能力」の正確な測定法を見ていた。押韻上の必要から詩の言葉遣いあるいは構文が歪曲されている場合、彼は的確にそれを指摘した。かつて彼は友人の詩人ルーイス・アンタマイヤーに次のように助言したことがある――「君はとても頭の回転がいいから、自分の書く脚韻の言葉について自分自身に欺かれないよう注意しなくてはならない。実際には韻のためにそこに置いた語を、そうではないと自分で思い込んでしまうことがあるものだ。[エイミー・]ロウェルはまさにこの自己欺瞞によって身を滅ぼした。今度の君の脚韻には非常に正当性がある。」(*The Letters of Robert Frost to Louis Untermeyer*, 47-48)「寿命掛け算表」においてもまた脚韻には「正当性がある」――脚韻にはどれも何の問題もない。

（5）私はこのテーマについていくぶん長めに、『ロバート・フロストの苦難』(*The Ordeal of Robert Frost*, 22-66)において扱っている。

（6）フロストについて著作がある最も著名な三、四人の批評家の一人であるウィリアム・プリチャードは、『証しの木』をおよそ二十年前の一九二三年に出た『ニュー・ハンプシャー』以降詩人が出版した中で最高のものと見なすが、そう考えるのは彼一人ではない。(Pritchard, 227)

（7）トンプソンとウィニックは詩人自身との会話の記録に基づき彼らの説明を行っている。

（8）アンタマイヤー、コックス、バートレットは一九一〇年代以来の詩人の友人であった。それぞれに宛てて彼はもっとも優れた手紙を何通か書き送っており、その数は（全体で）数百通に上る。献辞の「あなた」、いわゆる二人称は、キャスリーン・モリソンであると理解されている。

参考文献

Frost, Robert. *Collected Poetry, Prose, and Plays*. Ed. Richard Poirier and Mark Richardson. New York: Library of America, 1995.

——. *Collected Prose of Robert Frost*. Ed. Mark Richardson. Cambridge: Harvard, 2007.

——. *The Letters of Robert Frost to Louis Untermeyer*. Ed. Louis Untermeyer. New York: Holt, Rinehart & Winston, 1963.

Hardy, Thomas. "At Castle Boterel." In *The Works of Thomas Hardy*. In *The Wordsworth Poetry Library*. London: Wordsworth Editions, 1994.

Jarrell, Randall. *Poetry and the Age*. Gainesville: University of Florida Press, 2001. [First published in New York by Alfred Knopf in 1953.]

Mertins, Louis. *Robert Frost: Life and Talks-Walking*. Norman, Oklahoma: University of Oklahoma Press, 1966.

Meyers, Jeffery. *Robert Frost: A Biography*. New York and Boston: Houghton Mifflin, 1996.

Parini, Jay. *Robert Frost: A Life*. New York: Henry Holt & Compnay, 1996.

Pritchard, William. *Frost: A Literary Life Reconsidered*. New York: Oxford University Press, 1984.

Richardson, Mark. *The Ordeal of Robert Frost*. Champaign-Urbana: U of Illinois P, 1997.

Shakespeare, William. *As You Like It*. Ed. S.C. Burchell. New Haven: Yale University Press, 1954.
Sheehy, Donald. "(Re)Figuring Love: Robert Frost in Crisis, 1938-1942." *New England Quarterly* (June 1990): 179-231.
Thompson, Lawrance. *Robert Frost: The Early Years*. New York: Holt, Rinehart & Winston, 1966.
——. *Robert Frost: The Years of Triumph*. New York: Holt, Rinehart & Winston, 1970.
Thompson, Lawrance, and R.H. Winnick. *Robert Frost: The Later Years*. New York: Holt, Rinehart & Winston, 1976.
Tuten, Nancy Lewis, and John Zubizarreta, eds. *The Robert Frost Encyclopedia*. Westport, Connecticut: Greenwood Press, 2001.

訳者付記：『ヨブ記』および『お気に召すまま』については、固有名詞のよみや句読点等表記を一部改めさせてもらった箇所もあるが、基本的にはそれぞれ、『聖書：新共同訳』（東京：日本聖書協会、一九九三）および福田恆存訳、「お気に召すまま」（『新潮世界文学2、シェイクスピアII』（新潮社、一九六八）所収）の訳をお借りした。記して感謝の意を表したい。

（寺尾勝行　訳）

レトロ・スペクタクル

――モダニズムの晩年とフォークナーの「老い」の政治学

山本　裕子

1．後期資本主義時代におけるモダニズムと消費社会

1．1．モダニスト作家フォークナーとテレビ番組『オムニバス』――「世界を見る窓」

一九五二年十二月二十八日、日曜日の東部時間午後四時、CBSチャンネルのテレビ番組『オムニバス』（ファースト・シーズン、第八エピソード）は、四番目のアメリカ人ノーベル文学賞受賞者となった作家の、知られざる私生活と自宅の内部を全米四百万の視聴者に届けた(1)。

アクション。一九五〇年十一月十日、ノーベル賞受賞の快挙を告げる一本の電話。知らせを受けた『オクスフォード・イーグル』紙の編集者フィル・マレンは、いち早く特集記事の申し込みのために

ミシシッピ州ラフィエット郡オクスフォード所在の作家の自宅に駆けつける。室内に設置されたカメラが映し出すのは、玄関をあけて迎える身なりのよいロマンス・グレイの初老紳士の後姿である。二人のソファでの会話シーン。マレンの申し出に対し、「私生活、自宅の内部、家族が、私の著作とノーベル財団に関わりがあるとは思えないよ」と作家は気乗りしない様子を見せる。結局、説得に応じた後で、作家はカメラの前でおもむろに付け加える――「ただし、写真撮影はお断りだ」。カット。[2]映像はこのように受賞直後の様子を視聴者に伝えるが、実際の撮影は一九五二年十一月にオクスフォードで行われた。[3]このテレビ番組にありがちな「再現ドラマ」の中で受賞作家役を演じるのは、パブリシティ嫌いで有名なウィリアム・フォークナー（William Faulkner, 1897-1962）その人である。

著名なフォークナー研究者ノエル・ポークは、このマス・メディアによるフォークナーの「主流化」に注目し、これがフォークナーを支配的な消費文化に迎合させるイデオロギーとして機能する（Polk, 243）とする一方で、作家自身がその荷担を楽しんでいるようにさえ見えることに困惑を隠さない（244）。この指摘をするポークは、フォークナーと消費社会との共犯関係にうすうす感づいているといえる。だが、ポークは、フォークナーが作品や実生活において消費文化やその商業的価値を「拒否し続けた」（243）と評価する故に、彼の商業的行為への荷担を「矛盾」（244）と捉える。本論は、その批評的判断の前提となっているフォークナーと商業性との対立に疑問を投げかける。一九五〇年以降の後期資本主義時代、モダニズムと消費社会とは共謀関係にあったのだ。

そもそも、一九五二年から一九六一年まで続いたテレビ番組『オムニバス』自体が、この時代におけるモダニズムの教養化を体現している。「サムシング・フォー・エヴリバディ」という司会者アリステア・クックの呼びかけ通り、番組が取り上げたテーマは芸術、科学、政治、スポーツと多岐にわたった。レナード・バーンスタイン、ジェイムズ・ディーン、フランク・ロイド・ライト、ジョン・F・ケネディ――番組に登場したセレブリティのほんの一握りを挙げるだけでも、そのリベラル・ヒューマニズム的スタンスは明らかであろう。フォード財団に支えられた『オムニバス』は、商業放送にて毎週九十分間、教育と娯楽とを兼ね備えた国民的教養番組としてアメリカ市民を啓蒙した。モダニズムは、高級文化としての外見を保ちつつもエンターテイメント業界の主翼を担い、すべからく大衆に消費される大量生産商品となっていた。ノーベル賞受賞作家フォークナーは、教養ある者の嗜好品としてマス・メディアの恰好の標的であった。(4) 一方、一九四〇年代には、ほぼすべての著作が絶版という憂き目にあっていたフォークナーにとって、これは歓迎すべき現象であったのである。(5) 一九五〇年以降、モダニズムと消費社会とは、リベラル・ヒューマニズムの旗印のもとで手を携えて発展した。そして、興味深いことに、フォークナー主演の『オムニバス』映像は、リベラル・ヒューマニズムを再生産しつつ、モダニスト作家と消費社会との共犯関係を露出させているのである。

映像は、表面上シリーズ全編に通底する啓蒙主義を支持する。俳優フォークナーは、自身の芸術活動と日常生活との線引きを主張して、モダニスト作家たる高尚さを保つ。同時に映像は、彼が私生活においては、気さくに皆と言葉をかわす親しみやすさも持っていることを演出する。かくして映像のフォークナーは、ポークいわく「万人の理想的な祖父のイメージ」(243) となる。ハイライト場面に至って、映像の教育的かつ政治的な配慮は明らかになる。一九五一年の娘ジルの高校卒業式での祝賀スピーチの再演(6)において、フォークナーは「年長者」として、冷戦期の核の恐怖と全体主義の脅威にさらされている全米の若者たちに向けて語りかける――「一人の個人として、諸君、君たちは世界を変えるだろう」(*Essays, Speeches, and Public Letters*, 124)。わずか十八分間の映像は、こうして個人主義にもとづいた人類の普遍性を説く。映像が提示するのは、ブルジョワ的リベラル・ヒューマニズムを若者に教示する老賢者の姿である。(7)

ところが、同時にこの映像には、「無垢な」作家の消費社会へのイニシエーションを見世物にしておいて、そのスペクタクル性を見せつけるというポストモダン的自己言及の手法が見出される。フォークナーとジャーナリストのやり取りは、受賞を機に突然国内でのフォークナーへの関心が高まり、フォークナーに関するものすべてがプレミア的商品価値を帯びるという、消費社会におけるモダニズム商品化の過程をクローズアップする。フォークナーのセリフは、まさにその結果として私的領域――「私生活、自宅の内部、家族」――をカメラの前で公開するはめに陥っていることへのメタ的な目配せである。フォークナーの自意識的なパフォーマンスは、モダニズム成立の前提となる芸術創作と商業行為との距離を解消する。

この「ドキュメンタリー」映像は、後期資本主義時代におけるモダニズムと消費社会との複雑に絡み合った共謀関係を見事に戯画化している。主演フォークナーは、表向きは国家理念リベラル・ヒューマニズムを後押ししながらも、その理念が隠蔽する高度消費社会のスペクタクルを露出させているる。映像には、支配的な文化政治学への迎合と自己暴露による攪乱という奇妙な共存がみとめられるのである。この手法は、テレビ映像から遅れること十年、フォークナーの遺作に引き継がれる。

1．2．フレーム・ワーク『自動車泥棒』――「老い」の政治学を展望する作品

『オムニバス』がプロデュースした祖父フォークナーの姿は、一九六二年『自動車泥棒――一つの思い出』(*The Reivers*)の語り手「おじいさん」へと受け継がれることとなる。「ヴィクトリア、マーク、ポール、ウィリアム、バークスに」――『自動車泥棒』に掲げられた五人の実孫への献辞は、否が応でも、語り手とフォークナー自身の姿とを重ね合わせる。全米の視聴者にむけて「万人の理想的な祖父」を演じたフォークナーは、今度は読者に対して「祖父」を自意識的に演じるのだ。そして、フォークナーは、遺作においてもリベラル・ヒューマニズムに迎合しながら、この啓蒙主義的イデオロギーが隠蔽する高度消費社会のスペクタクルを浮かびあがらせる。フォークナーの手法は、モダニズムの高度消費社会との交渉をあぶりだす。

本論は、『自動車泥棒』をフレーム・ワークとして、モダニズムの晩年とフォークナーの「老い」の政治学を展望する。モダニズムを代表する作家フォークナーのキャリアの展開――三〇年代前後のモダニスト作家としての活躍、ニューディール期の政府プロジェクトおよびハリウッド映画での活動、ノーベル賞受賞以降の政府親善大使およびヴァージニア大学の在住作家としての公務――を鑑みて、フォークナーの遺作ほどモダニズムの老成をなぞるに相応しい作品もないと思われるからである。『自動車泥棒』は、後期資本主義時代におけるモダニズムの晩年とフォークナーの「老い」の政治学を映し出す。

2.『自動車泥棒』における消費社会へのイニシエーションと「老い」の政治学

2.1.二人の教育者——ボス・プリーストとネッド・ウィリアム・マッキャスリン

『自動車泥棒』の構想は、遅くとも一九四〇年に遡る。五月三日付の編集者ロバート・K・ハース宛の手紙には、「ハック・フィンもの」として、教養小説《ビルドゥングスロマン》の型を踏襲した物語の構成が記されている。登場人物は、四人の男女と一頭の馬である——「十二、十三歳の普通の少年」、「子供の心を持った白人男性」、「子供にかえっている」黒人男性、「もう若くはない売春婦」、そして「盗まれた競走馬」(*Selected Letters of William Faulkner*, 123)。物語のプロットは、主人公が数週間のうちに「少年」から「良い男」に成長するというものである。この紳士へのイニシエーションは、売春婦の影響によって成し遂げられる。少年の経験は、「中産階級の両親」からすれば「非行、退廃、犯罪」であるが、彼はそれを通して「勇気と名誉と寛大さと尊厳と憐み」とを学ぶ。結末は、母親が少年を一目見るなり「もう私の赤ちゃんではない」と言って泣く場面である(123-24)。このように、この教養小説は、両親が代表する中産階級的価値観を否定する若者の反逆物語として当初構想されていた。大恐慌時代、フォークナーも例にもれず、当時主流であったプチ・ブルジョワへの抵抗というプロレタリア的な階級闘争を提唱しようとしていたのだ。

この構想は約二十年後、やっと日の目を見る。構想の登場人物は、それぞれルーシャス・プリースト、ブーン・ホガンベック、ネッド・ウィリアム・マッキャスリン、エヴァビー・コリンシア(ミス・コリー)、競走馬のコパーマイン(ライトニング)に具現化する。目立って変更された点は、構想にはない「祖父」が絶対的権威として登場することと、構想では認知症とされた人物を四十五歳に若返らせたことであろう。この二人の年長者――ボス・プリーストとネッド――は、のちに詳述するように、主人公ルーシャスの成長に重要な役割を果たす。

この改変から見えてくるものは何か。執筆においては、一九六一年の時代風潮を反映して、一九四〇年におけるプロレタリア的イデオロギーは影をひそめることとなり、かわりにブルジョワ的なリベラル・ヒューマニズムが前景化されたとひとまずは言えそうである。『自動車泥棒』では、反抗して乗り越える存在としての「両親」ではなく、倣い敬う対象としての「祖父」がクローズアップされる。

少年ルーシャスの祖父である銀行家ボス・プリーストは、その呼び名が表すとおり、家庭においても社会においても家父長である。この賢明なる老人は、結末近くでルーシャスに「紳士の掟」――「紳士はどんなことにも耐えて生きるものなのさ。［中略］自分の行為に責任をとり、その結果生じる苦しみに耐えるものなのさ」（*The Reivers*, 302 以下、本作品からの引用はカッコ内にページ数のみ記す）――を教示することにより、彼の紳士へのイニシエーションを完了させるのだと、従来の批評においては考えられてきた。それにとどまらず、このブルジョワ的リベラル・ヒューマニズムを提示する科白は、作品全体のメッセージであり、晩年のフォークナー自身が到達した人生観であるとして広く読まれてきた。(8)

遺作にみられる単純明快な教訓への志向は、従来、円熟もしくは老衰の証として捉えられてきた。同時代評論家ウィリアム・ロスキーは、『自動車泥棒』をフォークナーの有終の美を飾る作品として評価した。遺作は「人生との迎合をフォークナーが最終的に受容した」(Rossky, 271) ことを示す「和解の作品」(264) であり、これは作家としての「成熟」(268) であるとする。ところが、近年の批評においては、円熟は老衰と同一視される。たとえば、ケヴィン・レイリーは、本作品を「生まれながらの貴族」というジェファソン的イデオロギーが最も直接的に定義された作品 (Railey, 170) とする。レイリーによれば、フォークナーは、現実社会においてリベラリズムと資本主義との対決に敗れたために、「生まれながらの貴族」が支配する想像世界に退却した (172-73) という。ジョン・T・マシューズは、本作品が「均質化され大量生産された現代生活」に対して、「直接的で個人的で精彩に富む」旧南部の生活様式を提示する (Matthews, 279) と論じる。両批評家は、老いたフォークナーが現実世界から南部神話に逃避したと示唆する。

しかし、作品には円熟と老衰のどちらにも回収できない側面がある。たとえば、ジュディス・ブライアント・ウイッテンバーグは、『自動車泥棒』に「支配的な勢力を疑問視あるいは転覆する皮肉や対抗的な要素」(Wittenberg, 218) を見出す。同様に、ジョセフ・アーゴも、作品において勝利するのは「紳士の掟ではなく……若者の盗みと下層階級のペテン」(Urgo, 32) であると論じる。つまり、円熟期に到達して人生を受容した作家、あるいは過去の旧き良き時代を懐かしむノスタルジアに耽溺する作家、このようなフォークナー批評において広く浸透した見方ではとうてい説明しがたい反抗的な要素が『自動車泥棒』には存在しているのである。

ここで、フォークナーが執筆過程で若返らせた登場人物ネッドに注目しよう。彼は七十四歳での死亡時にも髪の毛が変色しなかったという精力旺盛な (一生に四人の妻を持つ) 壮年男性である。この設定変更により、狡猾に隠密行動をするトリック・スター的人物の形成が可能となった。フォークナーは、自らの名前を彼のミドル・ネームに据え、ボス・プリースト以上にネッドに、少年ルーシャスの教育係としての重責を担わせている。この教養小説において、ネッドとボス・プリーストとは、いわば陰と陽の関係にある。彼らの表裏一体の関係は、雇用関係や血縁関係にも表れている。

主人公ルーシャスの旅に同行するネッドは、ボス・プリーストの御者である。だが、二人の関係は、雇用主とその従業員という主従関係にはおさまらない。一八六〇年に本家マッキャスリンのバックヤードで生まれた（30）ネッドは、始祖ルーシャス・マッキャスリンの「直系の孫」として、分家プリースト一族とは危うい均衡を保っている。語り手によると、ネッドは「われわれのすべてに、自分が［中略］由緒あるご先祖さまランカスター直系の孫だと、それに対してあくせく働いてきたわれわれ［中略］は、お前と私のおじいさんの三人が先祖にちなんでルーシャスという名前をつけられてはいても、次第に血縁の薄くなった親類にすぎず、居候にすぎないということを、けっして忘れさせまいとしていた」（31）という。ネッドは「血縁」を重要視する人種イデオロギーを逆手にとり、自身の優越性を主張するのである。彼は、白人が見たくない現実をつきつける役割を担う。[9]ボス・プリーストが理念を教えるとすれば、ネッドはその理念が隠蔽するものを暴きたてる。

「お前さんはあの旅行で、人間というものについて、かなり勉強したはずだに、金というものについては、あまり勉強しなかったらしいだな」（304）。この結末でのネッドの科白は、少年ルーシャスの学習が不十分なものであったことを示す。ハイデ・ズィーグラーが論じるように、『自動車泥棒』のプロットを構成するエピソードは、すべて「お金」に関するものである（Ziegler, 121）。少年は、旅をとおして社会における人とお金との関係について学ぶ。つまり、ルーシャスの教育は、従来論じられてきたように紳士へのイニシエーションではなく、消費社会へのそれによって成し遂げられるのである。ルーシャスは、生まれながらの紳士（Railey, 169-70; Ziegler, 122）であるため、紳士の掟をわざわざ祖父から学ぶ必要はない。

『自動車泥棒』には、ブルジョワ的リベラル・ヒューマニズムを体現するボス・プリーストと、その理念のもとにある現実をさらけだすネッドという対照的な教育者が登場する。二人の指導を受けた主人公は語り手へと成熟して、孫（読者）を教育するのである。語り手は、主人公ルーシャスの成長物語と南部のそれとを二重写しにすることによって、『オムニバス』番組のフォークナーのように、リベラル・ヒューマニズムに表面上は迎合しながら、水面下においては、このイデオロギーが隠蔽する消費社会のスペクタクルを映し出す。

2．2．消費社会へのイニシエーション——ルーシャスと南部の老成

一九六一年、かつての少年は六十七歳になっている。彼は、自分の孫に、そして読者に語りかける——「おじいさんは語り始めた」（1）。フォークナーのペルソナと想定される語り手[10]は、五十六年前の十一歳の経験を回想する。子供の視点から語られる地の文と老人の観点から述べられるコメントとは、明確に区別されている。この多くの批評家が指摘する二重の語りによって、語り手は、一九〇五年の社会を語りながらも、同時代のスペクタクル社会批判を差し挟むことができるのである。

> 今ではシーズンなんていうものはぜんぜんなくなっているのだから。だって、家の中は人工的に、夏は華氏六十度に、冬は九十度になるように工夫されており、そのため、私のような時代おくれの昔のものは、夏には寒さをのがれ、冬には暑さをのがれるために外へ出かけなければならない始末だからな。それから、かつては経済上の必要物にすぎなかったが、今では社交上の必要物になっている自動車をふくめて、もし人類が同時に動くのをやめたら、地球の表面が一様に静止して、かたまってしまうかも知れないようなときが、すでにきているのだ。(193, 傍点筆者)

語り手ルーシャスは、現代社会の発展についていけない時流に乗り遅れた人物である。高度消費社会の行きつく先に世界の終焉をみる彼は、この終末的ヴィジョンにおいて「自動車」をひきあいに出す。自動車の役割は、「経済上の必要物」から「社交上の必要物」へと変化したというのだ。[11] 彼は、車の移動手段としての実用性よりも、見世物的価値が尊重されるようになったことを批判している。

しかし、そもそも物語で語られる旅は、少年ルーシャスが祖父の自動車を拝借したことに始まる。ボス・プリーストが車を購入することによって、「死ぬまで機械時代に断固として、けっしてゆずることなく反対し、それを認めることさえ拒みつづけたというのに、経済と繁栄の基本的単位が四つの車輪と一つのエンジンを備えた、大量生産された小さな箱になるであろう、この国の広大無辺な未来の姿を、おじいさんには悪夢のようにおぞましく思えた姿を、その始まりのどこかで暗示されでもしたよう」(28) に、彼も車を盗むことによって、高度消費社会の出現に「始まりのどこかで」手を貸したのである。結果、未来の世界は、ボードリヤールの言うシュミラークルに変貌する。「だけど、一九八〇年になったら、自動車が自分の探し求める荒野を廃れさせているのと同じく、自動車がすでに廃れてしまっているだろうよ。だが、たぶん、そのころの人間は——というのはお前たちだが——火星や月の裏側に、熊や鹿が走り回る荒野をみつけているだろうがな。」(21)。このように、語り手が幻視するポストモダンの世界では、「荒野」は、自動車によって消滅しており、シミュレーションとしてのみ存在する。ルーシャスの「語り」の行為は、過去の行為の責任をとるという「紳士の掟」の実践であり、少年のころには学べなかった消費社会について学習したことの証なのである。

『自動車泥棒』は、ジェファソンの貸馬車屋からメンフィスの売春宿、パーシャムの競馬場へと移動する旅程がプロットとなっている。この空間移動は、象徴的に馬車の時代から自動車の時代への移行を表す。二十世紀初頭、ボス・プリーストが言うように、時代の「動き《モーション》」を体現する商品は、馬から自動車へと変化した(41)。『自動車泥棒』においては、物語の進行は、この時代変遷と重なり合うのである。旅の出発地であるジェファソンの貸馬車屋は初期資本主義時代における南部を、メンフィスの売春宿は中期資本主義時代における南部を、到着地であるパーシャムの競馬場は後期資本主義時代におけるアメリカを表わす(12)。語り手は、自身の消費社会へのイニシエーションと重ね合わせて、南部社会の高度消費社会への老成を描きだすのだ。

A. ジェファソンの貸馬車屋——初期資本主義時代の南部

物語冒頭の舞台は、プリースト一族が家族経営する貸馬車屋である。ここでの経済システムは、旧南部プランテーションの固定的ヒエラルキーを受け継いだものである。少年ルーシャスが貸馬車屋で働いているのは、「男というものは十一歳の若さでも、社会の（といっても、ミシシッピ州ジェファソンのことだが）経済の中で自分の占めている空間に対して、自分がふさいでる場所に対して［中略］責任をとらねばならない」（4）と父親が考えていたからである。ジェファソンにおいては、社会階層は固定されており、人々はその生まれつき与えられた地位においての「必要な経済活動」（4）を学ぶ。白人特権階級に属するルーシャスは、経営を世襲する将来に備えてお金の回収をする役割を担う。一方、黒人や混血の人々は、従業員（ウェイジ・ハンド）として、彼の手足となって働く。この与えられた場での個人の自助や勤労といった美徳は、社会の基本理念となっている。

ジェファソンの経済システムにおいては、白人特権階級の経済的利益よりもノブレス・オブリージュが優先する。ブーン・ホガンベックは「白人の重荷」の典型である。ネイティヴ・アメリカンの血をひく「知能は子供程度」（19）である彼は、白人家父長たちの庇護を必要とする従属的存在である。ブーンの面倒を見ることは、彼らにとっては慈善事業のようなもの――「一種の法人みたいなもので、われわれ三人が――マッキャスリンと、ド・スペインと、コンプソン将軍が――互いに均等に、だがまったく不明確に責任を分担していた一種の持株会社みたいなもの」、「相互に慈悲をほどこして保護する慈善団体のようなもので、そこから生まれる利益はすべてブーンのもので、相互責任と保護はすべてわれわれのもの」（18-19）――である。この経済システムは、旧南部時代の白人支配者階級の騎士道精神と温情をそのまま受け継ぐ、恩恵深い制度である。

だが、旧南部の「自然な」秩序を模倣したはずのジェファソンのヒエラルキーは、じつは巧妙な人種間交渉の結果、成り立っているものである。これは既に存在する二つのピストルに体現されている。会社の「掟」によれば、経営者モーリー・プリーストだけがピストルを所有できる。限られた特権階級のみが独占するピストルは、権力や経済的優越を象徴する記号であり、ヒエラルキーを確固たるものにする。このことは、経営者と従業員の双方が「互いに紳士的に認めあっていた」(6) のであるしかし、その紳士協定にもかかわらず、黒人従業員ジョン・パウエルのピストルが既に存在するのは、彼が「どうやってピストル代をかせいだか」を意図的に漏らすことにより、経営者一家と世間の「同情と理解」(7) を得ることができたためである。ジョンのピストルは、自助と勤労によって勝ち取った父親からの経済的独立の証——「自分自身の時間に、規定外の仕事をやり、ついに二十一歳の誕生日に、最後の一セントを父親の手に渡してピストルを受け取ったのだと、だからピストルは彼が一人前になったことの生きた象徴であり、二十一歳になり、大人になったという、どう打ち消しようもない証拠」(7) ——である。ジョンは、社会が掲げる理念を逆手にとることによって、その既存ヒエラルキーを転覆しかねない凶器を既に持ち込むことに成功する。この不都合な現実は、紳士間の取り決めによって見て見ぬふりがされている——「表向きは、それは存在しないことになっていた」(6)。

ところが、物語冒頭のエピソードは、主人公の旅の同行者となるブーン・ホガンベックが、この建前を見事に崩してしまうことを伝える。ブーンは、ピストルの象徴価値ではなく、本来の武器としての使用価値——「おれはルーダスを撃ち殺してやるんだ!」(5) ——をもちだすことにより、紳士の掟が、支配者側の理念と被支配者側の逆手との交渉によって成り立っていることを暴き立ててしまう。「ジョンと父は、紳士協定という大伽藍がくずれ落ちてこなごなにくだけるあいだ、ほとんど十秒近くも互いに相手を見あっていた」(9)。結局、ブーンは至近距離から標的をねらっても命中させることができず、罪のない黒人少女をまきこんでの大騒動となる。事の顛末は「温情的」(Urgo, 28)に解決される。白人家父長たちは、娘に傷をつけた損害賠償として父親には一〇ドルを支払い、娘本人には新しい洋服とキャンディー一袋を渡すことで、すばやく決着をつけるのである(15)。こうして、ジェファソンの秩序は無事回復する。

とはいえ、このエピソードは、旧南部の封建的秩序を模倣しているはずのジェファソン社会が、農本主義を装った初期資本主義の社会であることを露呈させる。お金さえあれば、「下層階級」でも「特権階級」と同等の象徴的記号を手に入れることができるのである。二十世紀初頭の南部においては、旧南部の農本主義は幻想として残っているだけである。このことは、貸馬車屋という商売にも象徴されている。ネッドが言及するように、貸馬車屋は「本物の馬」ではなく「たいそうな名前のついたやくざ馬」(117)を取り扱う。家畜化された馬は、アウラを纏った唯一無二の野生動物というよりは、交換可能な商品である。旅の出発地であるジェファソンには、来たるべき大量生産時代の兆しがみえているのである。

語り手は、ジェファソンとメンフィスとの途中にあるヘル・クリークを、「ほとんど原始的」(87)である自然と「文明」(92)との分岐点として提示する。ヘル・クリークの通行は、少年ルーシャスにとって、最初の通過儀礼となる。ルーシャスは、皆平等に通行料をとられることにより、資本主義経済が「カラー・ブラインド」(91)、すなわち年齢や人種の如何を問わない包括的かつ民主主義的な営みであると学ぶ。彼は、「紳士協定」の建前をとっぱらった剝きだしの資本主義の原理をつきつけられるのである。この分水域を超えることは、特権階級に属する彼が、ジェファソン的ノスタルジアから抜け出て、消費社会の現実を知ることを意味する。そして、彼の成長は、人種や家系ではなく金銭で定義される消費社会の成熟と同時に進行していくのである。

メンフィスへの大通りを走りぬける彼らの車は、一台の車とすれ違う。二台の車から立ち上る砂塵は、「未来の姿」――「癒やしがたい月賦購入の自動車熱や、機械化され、自動車化された、どう避けようもないアメリカの運命」(94)――を予告する。語り手は、自動車が一部の支配階級向けの希少品ではなく一般大衆向けの日用品となる近い将来を知っているからこそ、その姿を暗示する。ジェファソンの貸馬車屋から自動車に乗り換えて大都会メンフィスへと向うプロットは、南部の中期資本主義時代への道筋となる。

B. メンフィスの売春宿――中期資本主義時代の南部

メンフィスのミス・リーバの売春宿においては、旧南部の封建制度や農本主義は、パロディの対象としてかろうじて存在する。旧南部の騎士道精神は、たとえばルーシャスの「おじいさんの母親がおじいさんに教え、母が私たちに教えた」(100)マナーをオーティスが「猿真似」(102)できればいいのにとミス・リーバやエヴァビーが望む程度なのである。ここでは、オーティスがいうように、「驟馬《ジャック》」よりも「金《ジャック》」(141)がものをいう。「あのミニーの歯を考えてみな。あの歯だけでいくらの値打があると思う？　もしミニーが銀行へ行って、あれをはずしてカウンターの上において、これを金にかえておくれ、っていったらよ？」(142)。メンフィスの経済システムは、旧南部の「自然な」カースト的伝統よりも、商品の交換価値がうみだすヒエラルキーにならうのである。

ルーシャスは、この経済システムの申し子であるオーティスから「淫売稼業」(156)について学ぶが、それは商品の価値が現金との交換価値によって決定されるという資本主義の原則を学習することに他ならない。「商品」である女性たちは、身体の使用価値を売り物に、自身の労働とお金とを交換する。だが、女性の身体が、大量に消費され交換可能な複製品となるとき――「メンフィスじゅうの娘っ子が、部屋のあき次第はいりたがっている」(156)――商品の差異は解消し、労働力としての個人は交換可能な等価物となるのである。このことは、エヴァビーとブーンの関係にも表れている。「あいつが［中略］おれの専属になるように金でやとわれているのは、ちょうどおれが、大旦那とモーリーの旦那の［中略］専属になるように金でやとわれているのと同じなんだ」(197)。この論理によれば、ブーンもエヴァビーも労働力として交換可能な等価物であり、さらに敷衍するならば、モーリーに雇われているブーンとルーシャスも対等となるのである。

ルーシャスは、この売春宿で、女性の名誉を守るという騎士道精神からオーティスに対して素手での決闘を挑むが、オーティスのナイフにあえなく敗北する。旧南部的な道徳や騎士道精神は、この世界ではもはや何の役にも立たないのである。彼は、この疑似家庭空間において、貸馬車屋の空間が体現していたジェファソン的農本主義の幻想から覚め、複製技術時代における商品の民主主義的な交換原則について学ぶ。

以上のように、メンフィスの売春宿は、中期資本主義時代の南部を体現する。この時代においては、旧南部の「自然な」ヒエラルキーを模倣するという身振りは解消され、競争的民主主義が優勢となる。だからこそ、この売春宿には、すでに高度消費社会の兆しがみられる。

パーシャムに出発する前夜に行われたオーティスによる窃盗は、黒人女中ミニーの金歯がスペクタクル社会を先取りすることを露呈させる。彼女は、金歯を手に入れるために、「余分の仕事までしてうんと働き、貯金した」(200)という。しかし、この節約と勤勉という昔ながらの美徳は、使用価値のためでも交換価値のためでもなく、象徴的価値のために奉げられたものである。なにしろミニーは、食事中はそれをはずして眺めていたのである(201)。語り手によれば、彼女の金歯は、「ミス・リーバの黄色っぽい二箇のダイヤモンドをいっしょにしたよりももっと大きく見えるほど」であり、「金よりももっとたゆやかなゆたかなやわらかい光」(100)をもっている。彼女の金歯は、経営者ミス・リーバの富と権力を示す象徴的記号を凌駕する「差異表示記号」(ボードリヤール)となる。彼女の金歯の煌めきは、旅の終着点パーシャムに体現される高度消費社会アメリカの姿を予兆しているのである。

C. パーシャムの競馬場――後期資本主義時代のアメリカ

ネッドが自動車と馬とを交換したことに端を発して一行は、大都会メンフィスの売春宿から一転、「無垢な」片田舎へやってくる。この物々交換という原始的な取引といい、読者は、自動車の時代から馬車の時代へと、一昔前の時代に引き戻されたような感覚をおぼえるのである。ジェファソンからメンフィスへの道中、自動車の窓は、都市の発達が農村社会を消滅させていく様子を走馬灯のように照らし出した。「それから田舎はすっかり消えてしまった。もはや家や仕事場や商店のあいだの間隔がなくなり、すると突然眼の前に、中央に電車の線路のある、並木の植えられた、整然とした広い大通りが現われた」(95)。ところが、ここにきて一行は、姿を消してしまったはずの牧歌的な田舎を目にする。「そのころは、いくらも時間がかからずに、町を通り抜けられたのさ――だって、そこは小さな村で、鉄道が交叉しているところに二、三軒の店があり、それから駅と荷物を積む傾斜ホームと、貨物置き場と、棉の梱包を積むプラットフォームがあるだけだったからな」(166)。パーシャムの中心的存在は、「大きな家で、円柱と柱廊玄関と形式ばった庭園と厩と……馬車小屋と、以前黒人奴隷の住居として使われていた小屋がついていた――つまり、それが(現在も残っている)パーシャム屋敷で、その名前を町や近在や……何人かの住民にまでつけさせた人間、というより一族の農場の跡」(281)である。この旧南部プランテーションの名残である「テネシー州の独立国ポッサム」(243)に君臨するのは、「貴族であり、豪族であり、宗主でもあるリンスコム大佐」(234)である。このように、パーシャムは、旧南部の「自然な」封建秩序をそのまま現代に受け継いだ世界のようにみえる。

だが、この前近代的な田舎村は、冬になれば様相を一変させる。うずら猟や猟犬競技の数週間は、「……にわか景気でわきかかえり、従業員もそろっていれば、上品でもあり、空気そのものまでが気持ちよくて、金の音を鳴り響かせており、色とりどりのリボンもばらまかれていれば、銀杯が散乱してもいた」(194)。毎年、この小さな村に石油や小麦やウォール街の富が流れこみ、人びとは、スーパーリアルな「狩り」のスペクタクルに熱狂するのである。つまり、パーシャムは、旧南部の仮面の下から、高度消費社会アメリカのスペクタクルを顕現させるのだ。

パーシャムにおけるヒエラルキーは、旧南部の古典的秩序によってではなく、消費によって創出される。リンスコム「大佐」がこの田舎村の君主たり得るのは、彼の財力がなせる業である。彼はパーシャム農園を世襲したわけではない。弁護士でもあり馬主でもある彼の財力は、少年ルーシャスの視線をとおして詳細に読者に伝えられる。

リンスコム大佐の消費スペクタクルは、目にする者の消費欲望をかきたてる。白い柵でおおわれた競馬場は、「金持っていうものはいいものだと思わせる」見世物的価値がある。大佐が個人所有する厩は、プリースト家が「商売用」に所有するものと「同じくらい大きく、それよりもずっときれい」(226) である。リンスコム大佐の客間は、「これまで見たこともないほど立派な部屋」(284) であり、そのインテリアは、「労働、余暇、自然、文化等」(ボードリヤール、『消費社会の神話と構造』一六) が均質に溶けあったショーウィンドウ的な空間である。本棚には職業的知識や権威を示す「法律書」と「農業や馬に関する文書」が並べられており、ガラスケースには、自然や余暇を想起させる「釣り竿」「猟銃」が陳列されている。「フランス窓」「ばらの花園」「葉巻と酒びん」は、文化的教養や社交への精通を示す。絵画やオブジェの代わりに飾られるのは、彼に巨万の富をもたらした競走馬の勝利を記念する品物である――「ばらの花輪」、「勝った日付のついた馬や騎手の写真」、そして「名馬マナサスのブロンズ像」。この見世物的空間は、大佐の特権的地位が消費によって形成されたことを見せつけ、少年ルーシャスに「おじいさんもこんな部屋を造ればいいいな」(284) という気持ちを抱かせるのである。南部紳士であるはずの「大佐」は、高度消費社会を体現する人物である。

だからこそ、リンスコム大佐の競馬場には、リベラル・ヒューマニズムと消費社会とが結束したアメリカの姿が現れる。語り手によれば、そこは独立宣言に保障された不可侵の権利――生命と自由と幸福の追求――を実現した理想空間である。この競馬は「民主主義の現われ」であり、「もっとも純粋な形の、自由意志と選挙民の意思と選択権を重んじる個人企業」(235)のようなものである。この空間においては、白人も黒人も、「わが国を現在の姿にしている自由意志と個人企業の自由という憲法上の不可譲の権利」(215)を平等に行使できる。リベラル・ヒューマニズム的価値と資本主義的価値とが充填された競馬という見世物的光景は、後期資本主義時代におけるアメリカ消費社会を映写する。

このスペクタクル社会は、ネッドが物々交換する馬にも象徴されている。ネッドの方便によれば、馬ライトニングは、ボス・プリースト同様、ジェファソン的農本主義を体現する――「大旦那が好きなのは馬なのさ――といっても、お前さんやモーリーの旦那があの貸馬車屋で持っているような、たいそうな名前のついたやくざ馬じゃなくて、本物の馬さ」(117)。だが、この「本物の馬」は、実際のところコパーマインという馬名をもった大衆向けの娯楽商品である。見世物としての馬の価値は、移動手段の供給という使用価値によってではなく象徴価値によって決定づけられる。一度も勝ったことのない馬に賭けることは、西部開拓やゴールドラッシュのシミュレーションとなる。人々は、アメリカン・ドリームを夢見るためにお金を賭けるのだ。この経済システムにおいては、馬という商品の価値は、語り手が批判する高度消費社会における自動車と同様、見世物的な象徴価値へと転換している。競走馬は、旧南部の農本主義を体現するのではなく、高度消費社会アメリカを象徴する。

この旅の終着点において、主人公ルーシャスの消費社会へのイニシエーションは頓挫するかのようにみえる。ネッドの指導により、彼は競馬レースに参戦するが、途中で白人家父長たちに介入される。競馬場での騒動を解決するのは、リンスコム大佐、馬主ヴァン・トッシュ、そしてボス・プリーストである。「明らかに同じくらいの支払い能力がある」(268) 三人の登場により、競馬場の秩序は回復する。その場をおさめるのは、少年の祖父である――「諸君、私が一つの解決法を提案しよう。」これは、騎士道精神と温情にあふれた旧南部の復権に見えるが、彼は銀行家として「未交付捺印証書」(あずかり勝負) を提案する (269)。白人家父長たちは、リベラル・ヒューマニズムと結託した資本主義を代表する。

この白人家父長たちと交渉するのが、ネッドである。作品の大団円で明らかになるのは、このレースは、いとこのボボを助けるためにネッドが仕組んだものであったということである。ネッドは、白人家父長たちに従順に従いながらも、彼らがノブレス・オブリージュを果たさなかったことを指摘する (289)。ネッドは、責務よりも利益追求が優先することを暴き立てるのである。きわめつきにネッドは、家父長たちのマネーゲームに乗じて、ボス・プリーストには損をさせておいて自分はまんまと金を儲けるという反逆行為を行うのである。

こうして、ボス・プリーストとネッドとの間で、主人公ルーシャスは消費社会へのイニシエーションを完了させる。語り手は、主人公のイニシエーションになぞらえて、南部の消費大国アメリカへの参入を描き出す。小都市ジェファソンから大都市メンフィスへと向かう最初の旅程は、ルーシャスのジェファソン的幻想からの脱却に重ね合わせて、南部の初期資本主義時代から中期資本主義への移行を象徴的に描き出す。旅の終着点パーシャムでは、後期資本主義時代におけるアメリカのスペクタクル社会が顕現する。つまり、成長して語り手となったルーシャスは、資本主義のもとでの自由意思と民主主義を礼賛しておきながら、その仮面の下にある高度消費社会のスペクタクルを暴き出してもいる。『自動車泥棒』には、リベラル・ヒューマニズムへの迎合と攪乱とが見出されるのである。

2. 3.「老い」の政治学——主人公と語り手

『自動車泥棒』の語り手ルーシャスを通して我々が幻視する作家像は、若者に知恵を授ける老賢者の姿である。しかし、その老人の姿からは、十年前の『オムニバス』映像のように、文化政治学への迎合と攪乱とが垣間見える。それは、主人公と語り手との狭間から見え隠れする。

主人公は、旧南部の騎士道精神と道徳を有する「生まれながらの貴族」(Railey) である。たとえば、ルーシャスがパーシャムの競馬レースに参戦するのは高貴な使命を負ってのことである。彼は、「われわれ全部の——もちろんブーンとネッドの——運命を背負って」(224)、レースに臨む。少年はノブレス・オブリージュを果たすためにレースに参加するのである。そのため、彼は金儲けやペテンに荷担しながらも、清廉潔白である——「とにかく、私は金のためにああしたことをやろうとしたのではなく、金はまったく眼中になかったが、一度やりだした以上、私はやりつづけ、やり終えずにはいられなかった」(279)。自動車を拝借したことは、ルーシャスにとっては「自由意志」の行使であり、その責任を負うために競馬に参加したのである。こうして少年は、旅をとおしてボス・プリーストの「紳士の掟」、すなわち自分の行為の責任をとることを実践的に学びとる。主人公ルーシャスは、ブルジョワ的リベラル・ヒューマニズムを後押しするのである。

ところが、語り手ルーシャスは、主人公のノブレス・オブリージュが自己欺瞞であったことを孫

（読者）に隠し立てせずに正直に話す。語り手は、ネッドとブーンに対する温情的な家父長的責務は、「十一歳の少年が引き受けるにはもともと無理な、難しいものだった」（224）と言ってのける。少年であった当時ですら、彼は自分がネッドの手の内で踊らされていたに過ぎないことに気づいていたのである。「実のところボボが自動車を持っているのかも知れないと思った。だが、その考えは間違いだった。［中略］だがそのときふと、それが間違っていると思うのは、自分がそうあってもらいたくないと思っているからだ、ということに気づいた」（229）。語り手は、白人支配階級が支持するノブレス・オブリージュの実態について、ひそかに目配せしている。「もしも、ライトニングと私が［中略］ブーンとネッドを守ってやる、最後の、必死の防壁でないとしたら、もしも、レースに勝つことどころか、それをやらなくとも、ネッドとブーンが［中略］ふたたび仕事につくことができるとしたら、われわれすべては、まるで子供の泥棒ごっことたいして変わらない、一つの芝居を演じていたことになっただろうからな」（230, 傍点筆者）。しかしながら、彼らはまさに「一つの芝居」を演出していたのである。

　こうして、語り手は、生まれながらの紳士たる主人公を表看板にしながら、そのパフォーマンスについて自己言及する。語り手が孫（読者）に授ける真の教訓は、以下である。「私のいいたいのは、私たちはその土手のうしろに踏みとどまる必要はなかったかもしれないのに、そうしたということなのだ。つまり、紳士は［中略］自分の嘘は最後まで守りとおすものだということさな」（304）。「自分の嘘は最後まで守りとおす」――これが、語り手が伝える紳士の掟である。彼は、資本主義文明のもとでの自由意志の行使というリベラル・ヒューマニズムのヒロイズムを表向きは支持しながらも、裏ではそれに迎合する自身のパフォーマンスにも言及しているのである。

語り手の「賢明なる老人」としてのパフォーマンスは、教養ある一般大衆を育てるというアメリカの国家理念となったブルジョワ的リベラル・ヒューマニズムを体現する存在として家畜化《ドメスティケート》／教化された「国民作家」フォークナーのパフォーマンスと重なるのである。それは、高度消費社会アメリカの主力商品となった作家の最後の抵抗ではなかったか。さらにいうならば、国民文学として主流となったモダニズムの「老い」の政治学だったのではないだろうか。

3．モダニズムの晩年とフォークナーの「老い」の政治学

3．1．ポストモダンの誕生

『自動車泥棒』が出版された一九六二年、ポストモダンのイコン的存在となるアンディ・ウォーホルは、同年八月に死去したハリウッド女優マリリン・モンローの顔写真を転写した作品を世に送り出し、一躍ポップアート界の寵児となった。アメリカの日常生活に溢れている大量消費商品——エルヴィス・プレスリー、コカ・コーラ、キャンベル・スープ、ミッキーマウスなど——の写真を複製可能なシルクスクリーンに写す技術は、ボードリヤール流シュミラークル世界を（再）現前させる、まさにポストモダンの誕生を宣言するのにふさわしい手法であったといえよう。芸術と日常生活との距離を完全に解消するウォーホルの空虚な引用は、芸術作品の自律性に依拠するモダニズムの権威性／作

家性を嘲笑する皮肉さえ欠如していた。

　そのような時代、モダニズムは「時代おくれの昔のもの」になってしまっていた。若かりし頃の挑戦や実験が陳腐で凡庸なものになってしまった時代、モダニズムの行き着くところは円熟か、それとも老衰か？　フォークナーが遺作において選択した手法は、そのどちらにも回収されない新たな方向性を示している。

3．2．レトロ・スペクタクル

『自動車泥棒』に見出されるのは、社会との和解という円熟でも、旧南部への退行という老衰でもない。柔和な「老い」の仮面をつけて、したたかに交渉する狡猾な老人の姿である。「サムシング・ニュー」を求めるモダニズム的視線とは異なり、フォークナーが遺作で見せた回顧／懐古的な眼差しは、加齢のせいで旧南部神話に回帰したという誤解を招いた。いや、それこそがフォークナーの狙いだった。レトロスペクティヴな身振りの背後には、「国民作家」として飼い馴らされたふりをしながら自己のパフォーマンスに際限なく自己言及するゲリラ的戦略が隠されている。われわれは、フォークナーが映し出す甘美なレトロ・スペクタクルに幻惑されてきたといえよう。

『自動車泥棒』の語り手は、五十六年前の出来事を回想する。一九五二年の『オムニバス』映像が、二年前という近い過去を再現することによって何とか「ドキュメンタリー」の体面を保っているとすれば、一九六二年の『自動車泥棒』においては「ドキュメンタリー」は「身振り」として残っているだけである。作品の「語り」の構造は、リアリズムの伝統に倣いながらも到底リアリズムではありえないことを読者に知らしめる。『自動車泥棒』の世界は、南部神話喪失のリアルな認識にもとづいたシミュレーションである。たとえば、語り手は南部の「失われた大義」について次のように述べる――「私が長生きすればするほど、お前の未婚のおばさんたちとは逆に、それを失ったものがだれであれ、とにかくわれわれではなかったと、いよいよ確信しているあの大義」(234)。リオタールが『ポストモダンの条件』(*The Postmodern Condition*, 1979) で指摘したように、現代では「失われた物語に対するノスタルジアをほとんどの人が失ってしまった」(Lyotard, 41)。「大きな物語」への疑惑が確信に変わった時代において、フォークナーは、ジェファソン的理想の神話性をはっきりと認識したうえで、見せかけのノスタルジアをもって「理想郷」を(再)現前させ、そのスペクタクル性を暴くのである。フォークナーが描きだす南部風景は、モダン以前への回帰とポストモダンの先取りに特徴づけられている。

モダンの終焉をひしひしと感じとっていた後期資本主義時代、モダニズムは、ポストモダンのように意図せずモダンに終止符をうつのではなく、あえて意図的にモダン以前の「失われた時」に退却して遡及的に系譜を紡ぐ。フォークナーの遺作は、モダニズムの晩年における線香花火のような最後の抵抗の煌めきをみせるのだ。

『自動車泥棒』からの引用の和訳は、高橋正雄氏の『自動車泥棒――一つの思い出』(冨山房、一九七五年)を参照した。ただし、登場人物の表記は、『フォークナー事典』(松柏社、二〇〇八年)に拠る。

注

（1）Browne, *The Guide to United States Popular Culture*, 589 参照。
（2）『オムニバス』（*Omnibus: American Profiles*, 2011）。「ウィリアム・フォークナー」、三分五十五秒―五分二十三秒。
（3）『オクスフォード・イーグル』（*Oxford Eagle*）、一九五二年十一月十三日付けの記事を参照。
（4）フォークナーは、『ライフ』誌の強引な取材に怒り心頭となり一九五五年「プライヴァシーについて」（"On Privacy"）を発表することとなる。記事はのちに『フォークナーの私的世界』（Coughlan, *The Private World of William Faulkner*）と題されて出版される。
（5）一九四六年『ポータブル・フォークナー』（Malcolm Cowley, ed., *The Portable Faulkner*）の出版が、フォークナーを世間の忘却から救ったというのはもはや批評上の定説であるが、われわれはフォークナーとマス・メディアとの関係に今後もっと目を向ける必要があるだろう。
（6）卒業式の場面が再現映像であることは、『オクスフォード・イーグル』紙が伝えている。一九五二年十一月十三日と一九五三年二月二十六日の記事を参照。
（7）ロレンス・シュウォーツによれば、フォークナーの名声は、新批評家、ニューヨーク知識人、ロックフェラー財団に形成された。フォークナーは、「資本主義のもとでの個人の自由を象徴するものとして普遍化された」（Schwartz, 4）。
（8）たとえば、ドリーン・ファウラーは祖父の金言にフォークナーの世界観の変化をみる。すなわち、初期作品の「絶望と人間存在の否定」から「希望と人間のコミットメント」（Fowler, 74-75）への移行である。また、吉田迪子は、祖父の言葉が「フォークナーの最終的な人生観を代表する」（Yoshida, 210）とする。
（9）テレサ・タウナーは、ネッドが作品の中心にある隠された人種ジレンマを暴き立てる役割を果たす（Towner,

46）と指摘する。

（10）語り手がフォークナーのペルソナであるという感覚は、ウィリアム・ロスキーによれば、自伝的要素、自作品の登場人物や出来事の再登用、老人の回顧的語り（Rossky, 262-63）から生まれる。

（11）語り手の指摘は、消費社会の発達に伴い、商品の価値は使用価値から象徴的価値へ転換したとするボードリヤールの理論と同趣旨である。『消費社会の神話と構造』において、ボードリヤールは洗濯機や自動車といった商品が道具としてではなく幸福や権威といった差異表示記号として機能する現代社会を論じる。

（12）この時代区分は、ボードリヤールの用語でいえば「模造」の時代、「生産」の時代、「シミュレーション」の時代にそれぞれ対応する（『象徴交換と死』、一一八）。模造の時代では、シミュラークルは「自然」のコピーであるかのような「自然らしさ」を帯びる。生産の時代、シミュラークルはオリジナルの複製を大量生産する。現代においては、シミュラークルは、大量生産可能であるという認識のもとで、オリジナルなきコピーのコピーを創出する。

引用文献

Browne, Ray B. and Pat Browne, eds. *The Guide to United States Popular Culture*. Bowling Green, OH: Bowling Green State U Popular P, 2001.

Coughlan, Robert. *The Private World of William Faulkner*. New York: Avon, 1954.

Cowley, Malcolm, ed. *The Portable Faulkner*. New York: Viking, 1946.

Faulkner, William. *The Reivers: A Reminiscence*. 1962. New York: Vintage International, 1992.

——. *Selected Letters of William Faulkner*. Ed. Joseph Blotner. New York: Random House, 1977.

——. "On Privacy." *Essays, Speeches and Public Letters.* Ed. James B. Meriwether. New York: Modern Library, 1965.

Fowler, Doreen. *Faulkner's Changing Vision: From Outrage to Affirmation.* Ann Arbor, Michigan: UMI Research P, 1983.

Gresset, Michel, and Kenzaburo Ohashi, ed. *Faulkner: After the Nobel Prize.* Kyoto: Yamaguchi Publishing, 1987.

Hönnighausen, Lothar, ed. *Faulkner's Discourse: An International Symposium.* Tübingen: Niemeyer, 1989.

"Local Showing Of Nationally Televised Ford Foundation Film Depicting Home Life Of Nobel Prize Winner William Faulkner To Be Seen At Civic Auditorium Friday." *Oxford Eagle.* 26 Feb. 1953.

Lyotard, Jean François. *The Postmodern Condition: A Report on Knowledge.* 1979. Trans. Geoff Bennington and Brian Massumi. Minneapolis: U of Minnesota P, 1984.

Matthews, John T. *William Faulkner: Seeing through the South.* Chichester: Wiley-Blackwell, 2008.

Omnibus: American Profiles. "William Faulkner." Perf. William Faulkner. 1990. DVD. Entertainment One, 2011.

"Oxford's Second Movie Will Tell Story Of William Faulkner For Television Show." *Oxford Eagle.* 13 Nov. 1952.

Polk, Noel. *Children of the Dark House: Text and Context in Faulkner.* Jackson: UP of Mississippi, 1996.

Railey, Kevin. *Natural Aristocracy: History, Ideology, and the Production of William Faulkner.* Tuscaloosa: U of Alabama P, 1999.

Rossky, William. "*The Reivers*: Faulkner's Tempest." *William Faulkner: Critical Assessments.* Ed. Henry Claridge. Vol. 3. Mountfield, East Sussex: Helm Information, 1999. 261-71.

Schwartz, Lawrence H. *Creating Faulkner's Reputation: The Politics of Modern Literary Criticism.* Knoxville: U of Tennessee P, 1988.

Towner, Theresa M. *Faulkner on the Color Line: the Later Novels.* Jackson: UP of Mississippi, 2000.

Urgo, Joseph R. *Faulkner's Apocrypha:* A Fable, Snopes, *and the Spirit of Human Rebellion.* Jackson: UP of Mississippi, 1989.

Wittenberg, Judith Briant. "*The Reivers*: A Conservative Fable?" Gresset and Ohashi 211-226.

Yoshida, Michiko. "Faulkner's Comedy of Motion: *The Reivers*." Gresset and Ohashi 197-210.
Ziegler, Heide. "Faulkner's Rhetoric of the Comic: *The Reivers*." Hönnighausen 117-26.
フォークナー、ウィリアム『自動車泥棒――一つの思い出』高橋正雄訳（冨山房、一九七五年）。
ボードリヤール、ジャン『消費社会の神話と構造』今村仁司、塚原史訳（紀伊國屋書店、一九九五年）。
ボードリヤール、ジャン『象徴交換と死』今村仁司、塚原史訳（ちくま学芸文庫、一九九二年）。
日本ウィリアム・フォークナー協会編『フォークナー事典』（松柏社、二〇〇八年）。

「老い」の／と政治学
——冷戦、カリブ、『老人と海』——

塚田　幸光

道の向こうの小屋では、老人が再び眠りに落ちていた。依然として俯伏せのままだ。少年がかたわらに坐って、その寝姿をじっと見守っている。老人はライオンの夢を見ていた。

ヘミングウェイ『老人と海』

1．パパ・ダブルビジョン——アメリカとキューバ

反共と反米が老人の海／カリブで乱反射する。アメリカとキューバの「国民作家」ヘミングウェイとは一体何者なのか。そして、『老人と海』（*The Old Man and the Sea*, 1952）とは如何なる作品か。

一九五二年九月一日、フォトジャーナル誌『ライフ』（*Life*）における『老人と海』の全編一挙掲載。そして四十八時間での完売。アメリカは、作家ヘミングウェイの復活に熱狂するのだ――「老いたるヘミングウェイが傑作を書き、チャンピオンシップを奪還した」（*Life*, 124）。作品掲載の予告となる社説（八月二十五日号）は読者を煽り、「私たちみんなのパパ」（124）の復活を高らかに宣言する。全米作家会議での演説「ファシズムの嘘」（"Fascism Is a Lie", 1937）以来、左傾化した作家がアメリカン・「パパ」となる皮肉。それはある意味において、政治的「転向」と同義だろう。メディアが先導することで、老人の物語《ストーリー》はアメリカン・ナラティヴとなるのだ。この熱狂とは、サンチャゴ／ヘミングウェイの闘いに国民が共感した瞬間に他ならない。

だがキューバでは、奇しくも全く別の「パパ」イメージが形成されていたことを忘れるべきではない。カストロにとって、『老人と海』は『誰がために鐘は鳴る』（*For Whom the Bell Tolls*, 1940）の政治性の延長であり、反植民地主義革命のメッセージなのだ（宮本、一九八）。ノルベルト・フェンテスが述べるように、「『我々を破滅させることはできても屈服させることはできない』。こうした言葉は集会や行進におけるスローガンだったし、この二〇年間のキューバの歴史を貫くものだった」（フェンテス、三〇〇）。老人の「闘い」。それは第三世界の闘争を代理／表象《リプリゼント》し、強烈な物語／思想となる。老人に対するカストロの共感とは「連帯」の別名だろう。ガルフ・ストリームを挟み、相反するパパ／老人が出現する。これは一体どういうことなのだろうか。

『老人と海』、或いは老人の海／カリブ。この網状のテクスト／コンテクストは、アメリカとキューバという複層的な関係性のなかで、キメラの如く変化する。冷戦と赤狩り、そしてパクス・アメリカーナの五〇年代。繁栄と疑心暗鬼が横溢するこの時代において、文学は如何に政治に接続するのだろうか。本稿では、『老人と海』における政治と文化の交差を見る。メディア・イメージとして流通する「マッチョ・ヘミングウェイ」、そして大海原で苦悩する傷ついた「老人」。このギャップは奇妙ではないか。スペイン内戦を経験し、ファシズムを告発した作家が、冷戦時代に「老人」を描く。ここには一体何が仮託され、如何なる意味が付与されているのだろうか。「老人」が隠蔽《イン》／開示《アウト》する文化の政治学、そして政治の文化学を考察しようと思う。

2.「老い」の政治学——フォークナー、ヘミングウェイ、『ライフ』

アカデミズムと冷戦。無関係に見える両者は、戦後のアメリカにおいて奇妙にも深く結びつく。その象徴的事件は、ある一冊の本の出版から開始されるのだ。一九四六年四月、マルカム・カウリー編纂『ポータブル・フォークナー』(*The Portable Faulkner*, 1946) の出版。(1) そして、それに対するロバート・ペン・ウォレンの好意的書評。ウィリアム・フォークナー再評価の始まりである。

不遇の作家を「救出《レスキュー》」する。そして、彼／彼女を文学史の系譜に接続し、再評価する。これはアカデミズムの仕事であり、作家はそれに身を委ねることしかできない。当時のフォークナーといえば、成功とは全く無縁であった。ハリウッド／ワーナー・ブラザーズのスレイヴ・スクリプターとしての呪詛の日々。それは精神と肉体を摩耗させ、作家の才能を奪い取る——「私の本はさっぱり売れず、絶版状態です。私の生涯の仕事（架空の郡の創造）は、たとえまだそれに追加するものがあるにしても、全く生計の足しになりそうにありません」（Blotner, 199）。一転、不遇を一蹴するかのようなアカデミズムの態度、そしてフォークナー賛美の世論の高まり。だが、この流れは何やら不自然ではないか。

第二次世界大戦後、アメリカの繁栄は歴史的必然だろう。焦土からの復旧・復興途上の欧州に対し、国内の戦禍を免れたアメリカは、絶対的な経済的優位にあったからだ。大戦を境に、いよいよ欧米の立場は逆転する。そして、軍産複合体と政治の連携により、「帝国」は本格的に動き出すのだ。欧州の周縁／地方から、世界の中心へ。アメリカは旧世界の理念や価値観を継承し、文字通り「新世界を代理／表象する存在となる。パクス・アメリカーナ、或いは繁栄と君臨。そこでは、新しき「父」が誕生するだろう。「パパは何でも知っている」――そう、「パパ」とはアメリカの別名ではなかったか。郊外の一戸建て、豊かな暮らし、幸せな家族。強きアメリカ／パパのイメージは、冷戦の不穏さを覆い隠し、その強大な権力をメタフォリカルに逆照射する。政治、経済、軍事の覇権は、疑いようがない。では、文化はどうだろうか。アメリカが次に欲望するのは、他ならぬ「知」、文化の覇権であり、国家の成熟にそれは不可欠なのだ。ヤング・アメリカからマチュアなアメリカへ。「老い」とは成熟の別名だろう。

如何に文化を作り出し、それを政治へと昇華・接続するか。これこそが、国家のセカンド・ターゲットに他ならない。実際、五〇年代には、文化の政治化の一環として、「文化的自由のためのアメリカ委員会」（The American Committee for Cultural Freedom: ACCF）や「文化自由会議」（The Congress for Cultural Freedom: CCF）などの政府機関が誕生し、[2] ロックフェラー財団の人文部門が政府と連携を図っている（Schwartz, 73）。政財界がこぞって文化構築をバックアップするなかで、財団に協力した知識人の顔ぶれがとりわけ興味深い。アレン・テイトやジョン・クロウ・ランサムなどの新批評／ニューヨークリティシズム派と、ライオネル・トリリングやアルフレッド・ケイジンなどのニューヨーク左翼系知識人。本来であれば両者は相容れない。しかしながら、この文化的イデオローグたちは、ロックフェラーの下で手を結ぶのだ。そして財団は文芸雑誌に補助金を出し、大学に基金を与え、作家には創作奨励金を出す（その選定は先のイデオローグたちの仕事である）。この巨大な「財布」と政府の後ろ盾のもと、右翼・左翼の知識人が共闘し、国民作家の発見／創出を急ぐことになる。ジョイスやカフカのような独自性を有し、ドストエフスキーに匹敵する世界観を持つ作家。全体主義に抗し、民主主義を擁護し、個人の尊厳を描く物語。東西冷戦のイデオロギー構造に対し、政治色が限りなく薄く、アメリカ的神話に接続する作家とは誰か。ここで白羽の矢が立ったのがフォークナーである。

ロックフェラー財団と国務省、大学と出版業界、そして知識人が、冷戦イデオロギーの渦中で共闘し、国民作家を作り出す。メディアと政治が共犯関係を切り結び、文化は限りなく政治に接近するのだ。ローレンス・H・シュウォーツは、この政治文化の状況を仮説として提示するが、フォックスTVが共和党の政治的・宗教的プロパガンダ機関となる今日から見れば、それは仮説にとどまらない。そして、ここで注目すべきは、アメリカ的神話として文学が召還したのが、人種の差異越境を描くジムとハックの冒険譚『ハックルベリー・フィンの冒険』（*Adventures of Huckleberry Finn*, 1885）であったことだ。『ポータブル・フォークナー』から二年を経て、フォークナーは『墓地への侵入者』

（*Intruder in the Dust*, 1948）を世に問う。この物語を駆動するのは、ルーカス・ビーチャムとチック・マリソンという世代と人種の異なるカップリングであり、これはジムとハックのヴァリエーションに他ならない。フォークナーの冷戦対応「商品」は、トウェインの文学的遺産を受け継ぎ、その物語世界をヨクナパトゥーファというバルザック的世界に投げ込み、神話へと昇華する。結果、五〇年のノーベル文学賞受賞へとなだれ込む。メルヴィルの『白鯨』（*Moby-Dick*, 1851）から約一世紀、トウェインの『ハック・フィン』から約半世紀を経て、アメリカは「文化的成熟《カルチュラル・マチュリティ》」を成し遂げるのだ。

フォークナーの「非政治的文学」が、冷戦構造の中で政治化される時代。それは少なくともアメリカ的神話の誕生の瞬間と言えるかもしれない。だが、この神話と同時期に、「もう一つ」の神話も動き出す。「老人と少年」、もう一つのジムとハックの物語（或いは、エイハブと白鯨の変奏）。とはいえ、ヘミングウェイの場合、事はそう簡単ではない。「ファシズムの嘘」宣言、人民戦線時代のイヴエンス・コネクション、ソヴィエト共産党機関誌『プラウダ』（*Pravda*）への寄稿、共産党系新聞『ニュー・マッセズ』（*New Masses*）や左派系雑誌『ケン』（*Ken*）への接近、そしてキューバとの危うい関係。冷戦の負の遺産、その文化的ダークサイドが、マッカーシズムのマス・ヒステリアに接続していたことは周知だろう。[3] 赤狩りの洗礼とその密告の時代において、ヘミングウェイと共産党との関係は、推定無罪とは言い難い（彼が赤狩りの生け贄とならなかったのは、左翼的右翼作品『誰が為に鐘は鳴る』の功績だろう[4]）。では、如何に彼は国民作家へと変貌を遂げるのか。

ロックフェラーと文学、そしてマッカーシズムという流れに呼応し、出版業界が文学の政治化に荷担してきたことは重要である。ジェイムズ・スティール・スミスが述べる『ライフ』の右傾化はその好例と言える。『スペインの大地』(*The Spanish Earth*, 1937) の映像ショットを掲載し、その左翼的思想を伝えていた三〇年代の『ライフ』誌は、四八年以降、共産主義への警鐘を鳴らすようになるからだ (Smith, 36)。例えば、四八年一月五日号の特集記事は「アメリカン・コミュニストの肖像」(ジョン・マクパートランド)、一月十二日号の社説は「魔女狩りはあるのか」、一月十九日号の特集記事は「マルクス主義の失敗」(ジョン・ドスパソス) である。そして四九年一月二十日号では、カウリーによるヘミングウェイの特集記事「ミスター・パパの肖像」が掲載される。ヘミングウェイの生涯を辿るこのエッセイによって、彼とアメリカ／パパのイメージが重なり、彼の人生は「非政治的」にリライト／リセットされるのだ。共産主義への危機を煽り、ヘミングウェイを国民作家へと接近させる『ライフ』の戦略は、五二年九月一日号の『老人と海』の一挙掲載でピークを迎えるだろう。宮本陽一郎が指摘するように、この戦略は冷戦イデオロギーの延長であり、「三〇年代の社会的リアリズムを払拭した肯定的な文学」(宮本、一九七) の例証に他ならない。

フォークナーとヘミングウェイ。二人の文学的巨星は、文化の政治化という冷戦の渦中に飲み込まれ、その作品はアメリカン・ナラティブとして神話化される。ジムとハックの物語は、『墓地への侵入者』のルーカスとチック、『老人と海』の老人と少年に変奏／転移し、文化構築という冷戦期アメリカの欲望を映し出すだろう。だが、ここで疑問が残る。何故ヘミングウェイは、敗走する「老人」を描いたのだろうか。新たな世界の「父」としてアメリカ／パパが君臨する時代、少年の精神的な父が「老人」であるという皮肉。少なくともサンチャゴは、強き父親像とはほど遠く、むしろ彼は古き欧州のメタファーに限りなく近い。そして、狩りへの欲望とその失敗に暗示される不安定なマスキュリニティは、マカジキとの同一化というナルシシズムと相まって、国家的権力の誇示には接続しない。老人は実に絶妙なかたちでアメリカン・イメージを反転させ、その権力の行使も成功しない（老人の暴力もまたスペクタクルでしかない）。「老い」のスペクタクル——これは、老人の神話的世界を覆うカモフラージュではないのか。その神話／寓話のもとでは、カリブへの欲望は、少なくともその水面下に消え、政治色は見えないからだ。「老い」のテクスト、その氷山の下部には何があるのか。スペクタクルとしての「老い」と弱き「父」は、アメリカという国家の成熟なのか、老いなのか。(5) ここで我々は、『老人と海』のテクスト／コンテクストの交差を見る必要があるだろう。

3. 黒き少年とアメリカン・インヴェイジョン——テクスト／コンテクスト

老人の海／カリブとは、如何なる「場所《トポス》」なのか。トランスアトランティックな視座から見ると、カリブの地政学的な重要性は無視できない。欧州と南北アメリカ、文明と野蛮が出会う「場所」。イマニュエル・ウォーラステインが言う「拡大カリブ」（Wallerstein, 103）は、南ヴァージニアからブラジル東部に及ぶ（シェイクスピアの『テンペスト』（*The Tempest*, 1612）はさらに興味深い例だろう。地中海コンテクストが大西洋コンテクストに接続し、その先にカリブ／キャリバンという野蛮があったからだ。カニバリズムの起源の一つは、カリブのカリベ族であることは言うまでもない）。ポカホンタス神話の起源ジェームズタウン、コロンブスが到着した西インド諸島域、そしてロビンソン・クルーソーのプランテーション、ブラジルのバイーアに至る領域（Hulme, 4)。「拡大カリブ」は、南北アメリカ大陸を縦断し、大西洋西側の大半を占める。そしてここは、欧州の欲望の残滓、或いは植民地主義の爪痕が残る「場所」でもある。

当然のことながら、植民地主義的コンテクストは、西欧的ロマンティシズムと「原始主義《プリミティヴィズム》」と相性がいい。古代文明や原初の森というステロタイプは、未開の地が文明を誘う性的ファンタジーと同義ではなかったか（荒野で手招きする美女という類型を想起すればいい）。誘惑の処女地――それは、植民地に付与されたエロティシズムに他ならない。では、『老人と海』のキューバはどうだろう。ここで重要なのは、老人の住まうキューバ／カリブが、テクストに限りなく希薄であることだ。それどころか、テクストの随所にアメリカが見え隠れする。キューバ不在のテクスト、或いは偽装したアメリカ。これは一体どういうことなのか。

老人／アメリカが、マカジキ／キューバを欲望する。一方、テクストに散見するのは、アメリカを欲望するキューバであるという矛盾。この反転は、「ディマジオ」の反復によって、テクストに刻印され、キューバ文化に浸透したアメリカの存在を逆照射するだろう。例えばサメとの闘いの最中、老人はディマジオを幾度となく想起する――「そういえば、大ディマジオは、おれがサメの脳天をやっつけた、あのみごとなやり口を認めてくれるかな？」（*The Old Man and the Sea*, 103-4 以下、同書からの引用は *OMATS* と略記)。ローカル誌に掲載される野球記事、そしてディマジオの雄姿。アメリカン・ヒーローが、キューバの小漁村の老人の心を捉える。サメとの格闘においても、老人が行動の規範とするのは、キューバの英雄ではない。

老人はディマジオの個人史を知っている。父は漁師であり、ディマジオは足に障害を抱える。オールをバット代わりに素振りし、バッティングの練習をしていた、という具合に。マカジキとの闘いでも、「大リーグ」のことを考え、「大ディマジオは踵に蹴爪ができたのに、それをこらえて勝負を最後までやりぬく男だ」(*OMATS*, 68) と思う。実際、第二次世界大戦期から戦後にかけて、ディマジオはアメリカで最も話題に上った人物の一人であった (Melling, 6)。だがここで重要なのは、三〇年代から四〇年代にかけて、アメリカ文化がラテンアメリカ諸国に流入していた事実である。老人が船上で「ラジオがない」(*OMATS*, 105) と思うように、映画、ラジオ番組、ニューズリール、定期刊行物などが大量に流入し、ラテンアメリカ諸国を席巻したのだ (Melling, 7)。とりわけ大衆の娯楽であり、視覚文化の覇者である映画が顕著だろう。四八年、キューバで上映された映画の七五パーセントがハリウッド製であり、ラテン系の映画はマイナーな存在に過ぎない (Tunstall, 289)。また、印刷ジャンルの存在も侮れない。ラテンアメリカ諸国が輸入したアメリカ書籍は、四九年から六三年にかけて、実に十倍にも膨れあがる。ラテンに溢れる「アメリカ」、或いはアメリカ・インヴェイジョン。これは、アメリカの反共的文化戦略ではないのか。アメリカの文化と言語が、地場文化を駆逐し、その価値観を植え付ける。文化の側から共産主義を抑圧することが、戦後の「闘い」であったのだ (Wagnleitner, 62-3)。

アメリカの文化帝国主義が反共政策となる。そして、老人のヒーローがヤング・アメリカであるという皮肉。老人のディマジオへの同一化と崇拝は、長い年月を経て形成されたものであり、だからこそマカジキやサメとの格闘中においても想起されることは言うまでもない。老人はアメリカを内面化し、彼はその文化と共に人生を生きてきたのだ（実際、キューバ社会に多数を占める黒人のロールモデルは「白人」であり、政治的他者に他ならない）。ヘミングウェイの視座は、この揺れ、或いはねじれを、老人とディマジオの関係の延長線上に捉える。老人が内面化したアメリカ的価値観と、物語に希薄なキューバ。これは、同時代のラテンアメリカ諸国の現実だったのだ。

老人の背後に「アメリカ」が見える。「老い」に溶かし込まれたアメリカは、老人の価値観としてテクストの基調となり、この神話世界の違和感、或いは不純物となる。マカジキのカタチをしたキューバを欲望するアメリカと、アメリカに欲望するキューバ／老人。我々は、文化と政治が交錯し、依存しあうその関係性を無視すべきではない。そして、トランスアトランティックな想像力は、キューバとアメリカを結び、さらにトライアングルに発展するのだ。それは老人が夢みる「アフリカ」。キューバにアメリカが遍在するように、老人の意識にはアフリカが幾度となく現れる。

老人はすぐ眠りにおち、アフリカの夢を見た。彼はまだ少年だった。金色に輝く広々とした砂浜、白い砂浜、あまりに白く照り映えていて眼を痛めそうだ。それから高い岬、そびえ立つ巨大な褐色の山々。老人は、このごろ毎晩のようにこの海岸をさすらう。夢のなかで、磯波のとどろきを聞き、それをわけて漕ぎよせる土人の小舟を見た。いま、こうして眠っているあいだも甲板のタールや船筎の匂いをかぎ、朝になると、大陸の微風が送ってくるアフリカの匂いをかいだ。（*OMATS*, 24-25）

「白い砂浜」と「白い峰」(25)がきらめく。老人が想起するのは、白きアフリカであり、「黒さ」ではない。汚れ無き聖域、或いは崇高な野蛮。当然のことながら、アフリカは処女地でも無人の地でもない。だが「ロマンティック・サブライム」として、不自然さが隠蔽され、人工的な崇高が出現している点は重要だろう(Cronon, 76-80)。そして、老人の記憶の中のライオンは、いわば飼い慣らされたアフリカのメタファーであり、そこに驚異や畏怖はない――「夢はただきまざまな土地のことであり、砂浜のライオンのことであった。ライオンは薄暮のなかで子猫のように戯れている。老人はその姿を愛した。いま、あの少年を愛しているように」(*OMATS*, 25)。

ここで我々は、キューバがスペイン語圏における最大のスレイヴ・コロニーであったことを想起すべきだろう。十八世紀から十九世紀にかけて、キューバは三角貿易の中心であり、奴隷市場の拠点であった。ゴールド・コーストやニガー・デルタから新世界へ。キューバにアフリカ黒人が集められ、彼らはアメリカにシステマティックに「輸出」されるのだ(Klein, 38)。老人のアフリカ――それは、少なくともこの奴隷貿易と無縁ではない。彼の夢の中では、このビジネスが美化され、グロテスクな現実は捨象される。「白き」アフリカと、飼い慣らされた「ライオン」。老人の意識は、白人の植民地主義者の意識に限りなく近い。

何故「白き」アフリカが、キューバに出現するのか。或いは、何故少年マノリンが、老人の夢に出てこないのか――「少年は彼の夢のなかに姿を現さない」(*OMATS*, 25)。だが老人の意識は、執拗に少年を求める――「あの子がついていてくれたらなあ」(48)。老人と少年、そして老人とアフリカ。両者の関係が指し示すのは、白人アメリカ人と彼に寄り添う影、有色人種の共犯関係に他ならない。

このとき、マノリンはアフリカ的「黒さ」に接近するだろう。老人との関係において、マノリンは「黒く」なければならない。この好例は、「キリマンジャロの雪」("The Snows of Kilimanjaro", 1938)を見ればいい。

原住民の従者として、まるで白人の背後霊のように付き随うアフリカ人たち。「キリマンジャロの雪」の終盤、ハリーの脚を治療するために、飛行機が到着する場面が重要である——「朝だった。しばらく前から夜が明けていて、彼の耳に飛行機の爆音が聞こえた。とても小さな機影が見えたと思うと、それは大きく旋回し始めた。現地の少年たちが飛び出してゆき、ケロシンを使って火をつけた」(*The Complete Short Stories of Ernest Hemingway*, 55)。ハリーの意識の中では、飛行機の到着に合わせ、原住民の少年たちが駆け出していく。死出の旅の途上、ハリーが幻視する風景には、黒い「影」が映る。それは、ハリーを「旦那様《ブワナ》」と呼び、彼を主人として存立させる白人の分身。三〇年代の人種イデオロギーにおいて、両者は共犯関係を切り結ぶ。ハリーが幻視する光景に映る「黒さ」とは、そのイデオロギーの例証であり、残滓と呼ぶにふさわしい。当然のことながら、『老人と海』における老人と少年の関係においても、そのイデオロギーは継続している。老人に寄り添う黒き少年。ハリー／老人の再出発と、その人種意識を支える「黒さ」は不可分なのだ（老人はこの意味において、「白く」なければならない）。キリマンジャロの頂とカリブの大海原が示す神話的世界とは、ホワイトアメリカの価値観と同義だろう。だが、ハリー／老人の白き欲望は、実現しないという点において、逆説的なのだ。

4. 反転する狩り——「老い」のスペクタクル

老人とは、ホワイト・アメリカを体現するのだろうか。少なくとも、彼の身体は満身創痍に映る。痩せ衰えた身体。顔には深い皺が刻まれ、皮膚病による斑点が浮かぶ。そして、両の掌には畝状の傷。ここにあるのは、成熟ではなく、老いだろう。もちろん、ヘミングウェイ・ヒーローにおいて、傷は内面的な価値であり、男らしさの記号であることは言うまでもない。だが、そのマチズモは、フレデリックやロバート・ジョーダンに顕著なように「若さ」と表裏の関係にある。傷は「若さ」であり、「老い」ではないのだ。では、ここにおいて、「老い」は如何なる意味を持ちうるだろうか。我々は、テクストが示す反転の構図を見る必要がある。

冒頭のテラス軒、そこで語り手は、サメ工場のエピソードを語る。

そこ（サメ工場）では、サメは絞轆で吊りあげられると、肝臓をえぐりとられ、ヒレを切り落とされ、皮を剝がれたあげく、塩漬けにするために切り刻まれるのである。(*OMATS*, 11)

サメ解体の記述は、物語終盤のサメによるマカジキ解体を予告するだろう。狩る者と狩られる者という加虐と被虐の関係は、冒頭から予告され、物語の基調となるからだ。狩りの反転の構図は、この後、船上でのマグロやシイラの解体風景となって反復する——「彼は片膝で魚をおさえ背の線にそって頭から尻尾にかけ、赤黒い肉にナイフの刃を入れる。つぎに、そのくさび形の肉きれを、背にすれすれのところから横腹にかけて、つぎつぎと削いでいく。六つの切り身ができた」(57)。シイラの解体では、さらにグロテスクだ。

彼はその頭にナイフの刃を突き刺し、ともから引きずり出した。それを片足でおさえ、肛門から下顎の先にかけて、さっとナイフを走らせる。それからナイフを下におき、右手で腸をつかみ出して中をきれいにし、鰓を抜き取る。胃がばかに重くて、手から滑り落ちそうだ。彼はそれを裂いてみた。中からトビウオが二匹出てきた。(78)

自然の摂理において、加虐と被虐は反転する。そして、ヘミングウェイのテクストでは、奪う者は必ずしも強者ではない。『アフリカの緑の丘』(*Green Hills of Africa*, 1935)に顕著なように、「狩り」の成功は決して強調されないからだ。サイやクズーを仕留めても、仲間の獲物には及ばず、水牛は手負いのまま取り逃がす。マスキュリニティを誇示する「狩り」において、成功ではなく「失敗」を描くという矛盾。ヘミングウェイの描く狩りという暴力は、反転の機会を有し、強さへと接続しない。『老人と海』におけるサメ、マグロ、シイラの解体は、マカジキに同一化した老人のメタフォリックな解体へとなだれ込む。それは、マゾヒスティック／ナルシスティックな(作家の)欲望と無縁ではない。

老人はサメに恐怖し、魅了される――「海中のどんな魚も、速さということでは、これにかなわない。のみならず、顎以外は、一点非の打ち所のない美しさだ」(*OMATS*, 100)。老人とマカジキとの格闘が、いわば鏡像とのセクシュアルな融合であるのに対し、サメは彼らを食らう外部／他者と言うべきか（だが、老人はそのサメにも欲望しているわけだ）。鏡像としてのマカジキ——それは、記憶の中に現れる若き日の自分、或いは「若さ」そのもの。サメは、それを食らい、「老い」をスペクタクルとして開示する。

「半分しかない」と彼は声に出して言った。「お前はもう半分になっちまった。遠出したのが悪かったんだ。俺は、俺とお前と、二人とも台無しにしてしまった。けれどな、俺たちはサメを沢山殺したじゃないか、お前と俺とでさ」。（115）

加虐と被虐の反転、そして狩りの失敗。老人の手の傷は、船上で切り刻まれる魚の身体に転移し、さらにマカジキの残骸に接続する。「老い」と「傷」のスペクタクル。老人の奮闘は、脆弱なマスキュリニティの誇示となる。ここにファリックな父はいない。老人に仮託、照射される老いたアメリカがあるだけだ。

老人のアメリカ。その皮肉な響きは、大海原のスクリーンに欲望を照射する老人の記憶とも切り結ぶ。腕相撲勝負のエピソードが好例だろう。老人はマカジキとの格闘の向こう側に、ありし日の黒人との勝負を幻視する——「勝負は日曜の朝に始まり、月曜の朝におわった」（69）。これは強きアメリカへの警鐘と皮肉なのか。現実と記憶は融解し、彼は勝利の記憶に酔いしれる。だが、ここで提示されるのは、栄光ではなく、「老い」のスペクタクルに他ならない。彼はナルシス的イメージを幻視し、読者はそこに「老い」を見る。

老人の海とは何か。当然、その海とは、トランスアトランティックな欲望が渦巻くカリブであり、ここに冷戦期の政治学を読むことは容易い。キューバ不在のテクスト、或いは偽装したアメリカ。ヘミングウェイが描く老人の神話とは、アメリカの政治学に接続し、その帝国主義的欲望を煽る。だが、帝国の傲慢は、「狩り」という行為において二重化するのだ。加虐・被虐、支配・被支配の反転。それは、強きアメリカではなく、脆弱な国家身体のメタファーとなる。「老人」とは、ヤング・アメリカの裏返された鏡像であり、病めるアメリカを代理／表象するだろう。老人のテクスト／コンテクストから見えるアメリカは、必ずしも肯定的には描かれていないのだ。メディアは、この意味において、『老人と海』を誤読していたと言っていい（或いは、ヘミングウェイがそれを見越して、「老い」を描いたと言うべきか）。

身動きの取れない小舟／密室で格闘する老人。ここにはさらなる意味が潜む。自由と民主主義を標榜するアメリカとは、果たしてオープン・スペースな国家なのか。大海原とは「密室」の別名ではないのか。老人は迫り来るサメが見えていない。海面下の何も把握できないのだ。老人とサメの格闘は、密室のアメリカにおける暴力を暗示し、その不気味さを伝えるだろう。開かれた密室、そして老いのスペクタクル。ヘミングウェイの寓話は、冷戦時代の不穏なアメリカを映し出すのだ。

注

(1) 何故カウリーは、「南部」に焦点を当てたのか。南部はフォークナーの世界観を代理／表象する「場所」であることは言うまでもない。だが、南部をターゲットにすることで、カウリーが自身の「思想」にフタをしたことを見逃すべきではないだろう。共産党シンパとしての過去を隠すため、カウリーは、フォークナーと南部を執拗に結びつけ、南部知識人との連携を模索したのだ。『ポータブル・フォークナー』に対する批判は、マイケル・ミルゲイトが詳しい。

(2) 一九五〇年、「文化自由会議」は反共主義の名のもとに創設され、三十五カ国にオフィスを持ち、アメリカの文化や芸術の宣伝に寄与した。CIAからの潤沢な資金提供によって、アメリカの反共的文化戦略の一翼を担ったことは重要だろう。詳しくは、フランシス・サンダースを参照されたい。

(3) 赤狩りの恐怖、それは現代の魔女狩りに等しい。四五年一月、非米活動委員会は下院の常設委員会となり、FBIと連携し、権限を強化する。異端審問はまず映画関係者から開始された。四七年十月、十九名が非米活動委員会の聴聞会に出頭(十一名で第一次審問は終了)。外国人扱いのブレヒトの除く十名が「ハリウッド・テン」となる。ここから、「魔女狩り」はその猛威をふるうことになる。

四八年十月、ヘミングウェイはフォッサルタを再訪し、その後、ヴェニスを訪れる。ここでアドリアーナ・イヴァンチックと出会い、濃密な「父娘」関係を経て、彼は創作のエネルギーを得る。『河を渡って木立の中へ』と『老人と海』。老大佐と老人の告白の物語において、ヘミングウェイは神話へと接近するわけだが、これらの執筆の同時代は、マッカーシー旋風が吹き荒れ、マッカラン法(国内治安法)によって、思想と言論の自由が抑圧された時代であった。『老人と海』が出版された五二年は、非米活動委員会の喚問を拒否したチャップリンが事実上の国外追放となっている(この前年の五一年には、第二回の公聴会が開催され、三百二十四人の映画関係者がハリウッドを追われている)。共産主義への恐怖と疑心暗鬼の時代に、老人の神話が生まれる。この事実を無視しては、『老人と海』のコンテクストは見えてこない。エリック・ベントリー、ヒルトン・クレイマー、陸井三郎を参照されたい。

(4) ニューディール時代の文化思想は、社会主義的国家プロジェクトを偽装しながら、聖書的意味を付与されることで、右寄りのナラティヴとなる。その好例は、スタインベックの『怒りの葡萄』(*The Grapes of Wrath*, 1939) だろう。ジョード家の旅路とは、乳と蜜の流れるカナン／カリフォルニアを目指す旅。この疑似「出エジプト記」では、大恐慌の現実は、聖書的ナラティヴに覆い隠され、神話化されるのだ。この『怒りの葡萄』と同じく、ヘミングウェイの『誰がために鐘は鳴る』もまた、奇妙にも赤狩りをすり抜け、国民文学となった好例である。民主主義のアメリカ／ジョーダンが、途上国スペイン／マリアを救う、反ファシズム共闘の物語。左翼的思想がラブロマンスを偽装し、民主主義擁護のナラティヴと渾然一体となることで、左翼的「右翼文学」となるのだ。

(5) パクス・アメリカーナの弱き「父」。この逆説的関係は、同時代の演劇・映画においても確認できる。アーサー・ミラーの家族劇『橋からの眺め』(*A View from the Bridge*, 1955) とニコラス・レイ監督『理由なき反抗』(*Rebel Without Cause*, 1955) が好例だろう。前者では、主人公エディの姪キャサリンに対する過剰な愛情と関心が、近親相姦的な欲望へと変容し、嫉妬から殺人に至る家族の悲劇を描く。一方後者では、ミラーに呼応するように、娘の性的魅力に抗しきれない父親が描かれる。身内への(近親相姦的)欲望とは何か。それは鏡像に対するナルシス的欲望ではないか(これはサンチャゴとマカジキの関係の変奏と言えるだろう)。そして、エディの「密告」(『橋からの眺め』)やエプロンを着けた父親(『理由なき反抗』)に象徴されるスペクタクルは、父権の剝奪に接続し、「アメリカ／パパ」のイメージを打ち砕く。弱き「父」のスペクタクル。『老人と海』の老人と、これらの父親たちは、その脆弱さを共有している。

参考文献

Bentley, Eric. *Thirty Years of Treason: Excerpts from Hearing before the House Committee on Un-American Activities, 1938-1968*. New York: Viking, 1971.

Blotner, Joseph L., ed. *Selected Letters of William Faulkner.* New York: Random House, 1977.

Cowley, Malcolm, ed. *The Portable Faulkner*. New York: Viking, 1946.

Cronon, William. *The Trouble with Wilderness; or, Getting Back to the Wrong Nature.* New York: W.W.Norton, 1995.

Editorial note to "From Ernest Hemingway to the Editors of *Life*." *Life* 33.4 (September 1, 1952): 124.

Faulkner, William. *Intruder in the Dust.* New York: Random House, 1948.

Hemingway, Ernest. *Green Hills of Africa.* New York: Scribner's, 1987.

——. *The Complete Short Stories of Ernest Hemingway: The Finca Vigia Edition.* New York: Simon & Schuster, 1987.

——. *The Old Man and the Sea.* New York: Scribner's, 1980.

Hulme, Peter. *Colonial Encounters: Europe and the Native Caribbean 1492-1797.* New York: Routledge, 1986.

Klein, Herbert S. *The Atlantic Slave Trade.* Cambridge: Cambridge UP, 1999.

Kramer, Hilton. *The Twilight of the Intellectuals: Culture and Politics in the Era of the Cold War.* Chicago: Ivan R. Dee, 1999.

Lynn, Kenneth S. *Hemingway.* Cambridge: Harvard UP, 1987.

Melling, Philip. "Cultural Imperialism, Afro-Cuban Religion, and Santiago's Failure in Hemingway's *The Old Man and the Sea*." *The Hemingway Review* 26.1 (Fall 2006): 6-24.

Millgate, Michael. "Defining Moment: *The Portable Faulkner* Revisited." *Faulkner at 100: Retrospect and Prospect.* Eds. Donald M. Kartiganer & Ann J. Abadie. Jackson: UP of Mississippi, 2000. 26-44.

Moddelmog, Debra A. *Reading Desire: In Pursuit of Ernest Hemingway*. Ithaca: Cornell UP, 1999.
Saunders, Frances Stonor. *The Cultural Cold War: The CIA and the World of Arts and Letters*. New York: The New Press, 2000.
Schwartz, Lawrence H. *Creating Faulkner's Reputation*. Knoxville: U of Tennessee P, 1988.
Smith, James Steel. "*Life* looks at Literature." *The American Scholar* 27.1 (1956-7): 23-42.
Sylvester, Bickford. "The Cuban Context of *The Old Man and the Sea*." *The Cambridge Companion to Ernest Hemingway*. Ed. Scott Donaldson. Cambridge: Cambridge UP, 1996. 243-268.
Tunstall, Jeremy. *The Media are American: Anglo-American Media in the World*. London: Constable, 1978.
Wagnleitner, Reinhold. "Propagating the American Dream: Cultural Politics as Means of Integration." *American Studies International* 24.1 (April 1986): 60-84.
Wallerstein, Immanuel. *The Modern World-System II: Mercantilism and the Consolidation of the European World-Economy 1600-1750*. New York: Academic Press, 1980.
フェンテス、ノルベルト『ヘミングウェイ　キューバの日々』（晶文社、一九八四年）。
宮本陽一郎「老人とカリブの海――冷戦、植民地主義、そして二つの解釈共同体――」『ヘミングウェイを横断する』（本の友社、一九九九年）、一九〇-二一一。
陸井三郎『ハリウッドとマッカーシズム』（現代教養文庫、一九九六年）。

時を超える女たち
――ユードラ・ウェルティにおける「女たちの系譜」

金澤　哲

1．はじめに

キャスリーン・ウッドワード（Kathleen Woodward）は、新しい「老い」理解を提唱する批評家たちの中心人物である。本稿では、彼女の一九九五年の論文「年長の女性への賛辞――精神分析、フェミニズムそしてエイジズム」（"Tribute to the Older Woman: Psychoanalysis, feminism, and ageism"）を取り上げ、彼女の主張する高齢の女性と少女の間に存在する絆というものの意義を確認し、それに基づいてユードラ・ウェルティ（Eudora Welty, 1909-2001）の作品を読み解いていきたい。ウェルティの作品には、世代を超えた女性たちの絆がいくども描かれるほか、直線的時間というものを否定し、より自由な時間のあり方というものを追求しているところがあるからである。

さて、ウッドワードは上記論文において、フロイトの精神分析が基本的に二世代間の性的関係を枠組みとしていること、「嵐のような激情」への注目が主であること、子供を産める年齢を超えた女性に存在する余地を与えていないことを指摘している。ついで、彼女はフェミニズムのあり方について触れ、「近年の合衆国におけるフェミニスト精神分析批評では、女性は暗黙の内に年少の子供の母親として理論化あるいは表現されており」、フェミニズム自体が深く年齢差別的であると指摘している。その上で、彼女はこれまでの女性解放運動における「姉妹」関係の強調が、若い女性たちと年長の女性たちの間に不信と分裂を作りだしてきたと指摘し、古典的精神分析においてヒエラルキーや権威といった言葉で理解されてきた二世代関係とは異なる、新しい「縦」関係の意味を見いだすべきだと主張している。[1]

このような問題意識に基づき、ウッドワードは「女性の性」の起源に関するフロイトの議論の読み替えをはかり、人形遊びに興ずる娘とその母の姿に、二世代間の対立を前提とするエディプス的関係ではなく、三世代にわたって直線的に続く女性たちのつながりを見いだしている。[2] すなわち、子供が遊ぶ人形は子供にとって娘であり、母から見れば孫に当たるのであり、ここには三世代の関係があるというわけである。ウッドワードの言い方を借りれば、「母と人形遊びをする娘がおり、その娘はさらに次の世代を作りだしている。子供は第三項であり、それは干渉ではなく継続性を意味している。フロイト流精神分析における二世代間の悲劇的二項対立は、このように書き直すことができる。」(84-86)

さらにウッドワードは、女性たちの縦のつながりにおいて年長の女性は「歴史や時間が作り出す差違、実際彼女が文字通り体現している差違を表す知識の人物」（86）であるとし、女たちの縦の系譜を打ち立てていく。その際、繰り返し彼女が喚起するのは自身の祖母との個人的な記憶であり、その記憶のもたらす穏やかな感情「ムード」である（82）。それは「流れるような仲間意識」（82）であり、「理解したいというまさにその思いによって結ばれた二世代あるいはそれ以上世代の離れた女性たちが、互いに認め合う感覚」（90）なのである。このようにしてウッドワードは、穏やかな感情に包まれた認め合いに基づく女性たちの絆の存在を主張し、その意義を強調している。

ところで、以上のウッドワードによる議論は、ユードラ・ウェルティの作品を理解する上で、重要な手がかりを与えてくれるように思われる。というのも、ウェルティ作品中には、何世代にもわたる女性たちのつながりが、頻繁に登場するからである。

その典型的な例は、『デルタの結婚式』（*Delta Wedding*）におけるフェアチャイルド家の女性たちの関係であり、『負け戦』（*Losing Battles*）におけるグラニーからレディ・メイに至る女性たちの系譜である。これらは三世代以上にわたって続く系譜であるが、母と娘の絆という点では『楽天家の娘』（*The Optimist's Daughter*）を忘れることができない。

重要なのは、これら女性たちの系譜が「老い」あるいは「死」、別の言い方をすれば「時間」と深い関わりをもって描かれていることである。そもそも、ウェルティは「時間」というものに深い関心を寄せた作家であった。たとえば、短編「風」（"The Wind"）は一人の少女の無時間的永遠の世界から時間的存在への移行を描いた作品として読むことができる。また、母の死を直接の契機として書かれた『楽天家の娘』においては、死による喪失を乗り越える「合流」(confluence)の認識が説かれている。さらに、同時期に書かれた自伝『ある作家の始まり』(*One Writer's Beginnings*)では、直線的に進行する「時計の時間」が否定され、人生の真の意義を表す非直線的時間の重要性が指摘されている。

一方、ウェルティは「老い」に対しても常に深い関心を抱いていたように思われる。一九四一年に出版された処女短編集『緑のカーテン』(*A Curtain of Green*)には「慈善の訪問」("A Visit for Charity")や「通い慣れた道」("A Worn Path")といった高齢の女性を扱った短編が収められている。中期の作品である連作短編集『金色の林檎』(*The Golden Apples*, 1949)には「六月のリサイタル」("June Recital")が含まれており、そこに描かれるミス・エクハルトの姿には、「老い」のはらむ問題が集中的に表現されている。

さらに、右に触れた『ある作家の始まり』において、ウェルティは大胆な時間論を提唱し、「死」や「老い」をいわば一挙に超越しようとしている。それは実に大胆な「老い」の戦略であった。

以下では、ウェルティの作品における「女たちの系譜」に注目し、初期の短編から晩年の自伝にいたるまで、ウェルティが「老い」と「時間」の問題をどのように扱い、最後にどのような境地に至ったか、テキストに即して検証してみたい。

2.「慈善の訪問」

ウェルティ初期の短編「慈善の訪問」（一九四一年出版『緑のカーテン』所収）は、社会の周辺に追いやられた老女たちの姿を描いたものである。舞台は身寄りもなく財産もない老女たちを収容する施設「オールド・レディーズ・ホーム」であり、物語は主にそこを訪問する十四歳の少女マリアンの視点から語られる。彼女は少女たちの教育組織「キャンプ・ファイア」に属しており、得点稼ぎに施設を訪れたのである。それはいわば「健全な」家父長制社会による「慈善」の押しつけそのものであった。

だが、この短編は身寄りも財産もない老女たちを単純な弱者として描いているわけではない。それどころか、その正反対である。実際、施設を訪れたマリアンはひどくおどおどしており、二人の老女の部屋に連れて行かれると、まるで盗賊の隠れ家に閉じ込められたように感じる。

彼女には老女たちがはっきりと見えなかった。なんて暗いんでしょう！　ブラインドが引かれ、たったひとつのドアは閉められてしまっていた。マリアンは天井を見上げた……それはまるで盗賊たちの洞穴に閉じ込められ、今にも殺されるみたいだった。(3)

ここには、滑稽な転倒があると言えよう。すなわち、この短編では社会の周辺に追いやられた老女たちと、立派な大人となるべく修行中の少女が対置されているのだが、弱者となっているのは少女の方なのである。

だが、マリアンのおびえた様子を、次のように考えることもできる。すなわち、高齢者同様、少女もまた社会の周辺に位置する存在なのであり、マリアンと二人の老女はその意味で同類なのである。実はマリアンは優等生とはとても言えないような少女であり、そのような設定になっているわけは、この短編が少女と老女たちの対比ではなく、類似性を描こうとしているからだと考えることができる。この点は、この作品の結末の解釈を考える上で、示唆的である。

一方、二人の老女たちであるが、先に述べたように社会的弱者に収まってしまうような存在ではない。おびえたマリアンの目に盗賊のように映った二人は、すぐに彼女そっちのけで口論を始め、彼女を完全に圧倒してしまう。再び引用を見てみよう。

「私があんたみたいな小さな女の子だったときには、学校にもどこにでも行ったのよ。」老女が同じ親しげで脅すような声で言った。「ここじゃなくて、よその町で……」

「おだまり！」と病気の女性が言った。「あんたは学校に行ったことなんてないわ。あんたはどこから来たこともどこに行ったこともないのよ——ただここだけよ。あんたは生まれてもいないのよ！　あんたはなんかなんでもないわ。あんたはなにも知らないわ。頭は空っぽよ、胸も手も古い黒い財布もみんな空っぽよ、あんたが持ってきたあの黒い箱だって空っぽで持ってきたんだわ——あんた私に見せたじゃない。そのくせしゃべってしゃべってしゃべってしゃべって、いつもしゃべってばかりいて私の気が狂いそうだわ！　あんた誰よ？　あんたはよそ者よ——まったくのよそ者よ！　自分がよそ者だって知らないの？［中略］」

マリアンは老女の目が輝き自分に向けられているのを見た。この老女は絶望と計算を顔に浮かべて彼女を見ているのだった。（116）


二人のやりとりは、何が本当で何が嘘か、とても区別のつかないようなもので、一種猥雑なエネルギーを感じさせ、ほとんど爽快ですらある。このようなやりとりを前にして、マリアンは完全に圧倒され、やがて部屋から飛び出し、そのまま施設から逃げ出してしまう。彼女が押しつけようとしていた「慈善」は二人の老女によって巧みに拒まれ、せいぜい気晴らしの種となってしまった。ここにはほとんどカーニバル的な転倒がある。

だが、この短編はここで終わらない。施設を飛び出したマリアンは、外に隠しておいたリンゴを手にし、ちょうどやってきたバスに飛び乗ると、リンゴを大きく一口ほおばるのである。引用しよう。


白い帽子の下の黄色い髪、真っ赤な上衣、むき出しの膝がみんな日の光の中に輝き出た。ちょうど大きなバスが揺れながら通りをこちらに向かってきて、それを捕まえようと彼女は駆けだしたのだ。

「私を待ちなさい！」彼女は叫んだ。まるで皇帝の命を受けたかのように、バスは軋りながら止まった。

彼女は飛び乗り、大きく一口リンゴをほおばった。（118）

この結末には様々な解釈がありえるが、ここでは「老い」との関係から、次のように考えてみたい。すなわち、リンゴはマリアンがこれから生きていく人生の経験を象徴するものであり、リンゴを食べさせることによって、作者はマリアンが今後たくましく生きていき、やがて二人の老女のようなしたたかさまで身につけることを暗示しているのである。言うまでもなく、リンゴは堕落を象徴するものであるが、リンゴをほおばるマリアンの姿には、むしろ「食べる」という行為に内在する健康なエネルギーがある。とすれば、老女たちの猥雑なエネルギーに圧倒された彼女は、リンゴを食べるという行為によって、自分の若さを再確認しているのである。事実、バスを呼び止める彼女の声には力が満ちあふれ、バスは「皇帝の命を受けたかのように」急停止する。ここには、解放された彼女の発するあふれんばかりのエネルギーが感じられる。そしてそれは、実は老女たちが示した猥雑なエネルギーと本質的に異なるものではない。ということは、ここでウェルティは老いと若さの対立を解消し、両者に共通する生のエネルギーを肯定的に描いているのである。

結末部分をこのように解釈するとき、ここにウッドワードのいう女性たちの絆を見て取ることは容易であろう。もちろん老女たちはマリアンの祖母ではなく、マリアンは老女たちから存在を肯定してもらったとは必ずしも言えない。だが、マリアンのかじるリンゴが家父長制社会でしたたかに生きる術を暗示していると理解することができるかぎり、彼女は貴重な贈り物を受け取ったのであり、だとすれば老女たちは若いマリアンの存在を認めていたことになるはずである。

このように、ウェルティは世代を超えた女性たちの絆というものを十分理解していた。また彼女の理解する「老い」は、ステレオタイプとはほど遠いものであり、むしろ社会の押しつける「老い」イメージに抵抗し、したたかに反撃する力を秘めたものであったと言えよう。

3.『デルタの結婚式』

一九四六年に出版された『デルタの結婚式』は、タイトル通りアメリカ南部ミシシッピ州の「デルタ地帯」を舞台に、次女ダブニーの結婚式に集まってきたフェアチャイルド家の人々の姿を描いた小説である。

フェアチャイルド家はこの地域を支配する大地主であり、曾祖父の時代にやってきて開拓に従事し、今では広大なプランテーションといくつもの屋敷を所有するまでになっている。この小説の現在における中心は「シェルマウンド」屋敷に住むバトルとエレンの夫婦であり、ダブニーをはじめとするその子供たちである。だが、フェアチャイルド家は結束の固い大家族であり、このほかにも多数の叔母や叔父が登場するほか、一族のすでに亡くなった者たちもさまざまな形で言及され、一家の存在を幾世代にも渡る多層的なものとしている。

ところでフェアチャイルド家の者たちは、その名（「美しい子供」）の示すように、無邪気あるいは傲慢であり、自分たちを世界の中心と思い込んでいるような人々であった。その中でエレンは他家から嫁いできた存在であり、一族の者たちを冷静に見かつ理解しようとしている。ジョージの妻ロビーは、その貧しい出自からフェアチャイルド家に敵意と対抗心を抱きながら、誰からも愛される夫ジョージを独占しようと躍起になり、ジョージと衝突を繰り返している。さらに九歳のローラは、州都ジャクソンの生まれ育ちであり、奔放で自己中心的ないとこたちに戸惑い、惹かれると同時に疎外感を抱いている。

『デルタの結婚式』は、主にこれら三人の女性の視点から語られている。中心となる出来事はダブニーの結婚式であるが、そのほかに母を亡くしたローラが結婚式のためにフェアチャイルド家を一人で訪れ、最終的にフェアチャイルド家に引き取られそうになる経緯が、全体にまとまりを与える役割を果たしている。このような枠組みの中で、ロビーとジョージの物語が主にロビーとエレンの視点から描かれるほか、フェアチャイルド家のさまざまなエピソードが主に女性たちの視点から語られていく。このように、『デルタの結婚式』は女性たちの視点から女性たちの物語が語られていく、いわば「女たちの小説」なのである。

ところで、『デルタの結婚式』は直接的に「老い」をテーマにした小説ではない。確かにダブニーたちの叔母であるプリムローズやジム・アレンは高齢だが、彼女たちの「老い」は強調されていない。その理由は、彼女たちがいわば脇役であり、ダブニーのあふれんばかりの若さを周りから支える役割を果たしているからであるが、実はそれだけではない。というのは、ここには「世代を超えた女たちの系譜」が存在しているのであり、先行する世代と続く世代は決して対立せず、むしろ相互に溶けあい、一体化しているのである。ここには確かにウッドワードの言う穏やかな「ムード」があり、高齢の女性たちは「歴史や時間が作り出す差違」を示しながら、若い女性たちを肯定し認めているのであるる。ここにはほとんど理想的と言えるような「老い」のあり方が提示されていると言えるであろう。それはウッドワードのいう「女たちの幾世代にもわたる絆」の表現であり、ウェルティによるきわめて肯定的な「老い」の可能性の提示であった。

ここまで述べてきたことをテキストから確認していこう。まず『デルタの結婚式』の世界が女性中心であるという点については、作者が次のように述べている。

デルタでは大いに母権制だったのです、特に私が描いた二〇年代のあの頃は。実際、南北戦争で男たちがみないなくなってしまい、女たちがあらゆることを引き受け始めて以来、そうだったのです。本当に彼女たちはそうしたんですよ。私は女たちが支配権を握っている家の人たちと会ったことがありますし、それで私はあの本の中でそのようにしたのです。なぜなら、それが当時の南部のあり方だと考えたからです。(4)

一方、作中にはたとえば次のような説明がある。

デルタにおいて土地は女性たちのものであった――彼女たちはただ男たちにそれを持たせるだけで、時々彼女たちは土地を取り返し他の誰かに与えようとした。「グローヴ」はミス・テンペに遺贈されたが、彼女はピンクニー・サマーズ氏(大酒飲み)と結婚してインヴァネスへ移り、「グローヴ」をジョージにプレゼントした――そしてジョージは独身の姉妹、プリムローズとジム・アレンにそこに住んでもいいと言ったのだ。(5)

それはまるで女性たちが、なにかと引換に屋敷や土地を手に入れたかのようだった――自分たちが与えなければならなかったなにかと。それから、優美で上品そのものであろうとして、彼女たちは屋敷や土地を手放し――手綱の戯れひとつで――男たちに与えるのだった。(234)

そしてもちろん、この女性たちは男たちになにを要求すべきか知っていた。まず賛嘆――だがこれは一番ささやかなものだった。それから、犠牲に犠牲を払わせ、少しづつ身体全体を！(235)

これらの引用に加えて、母エレンの働きぶりやテンペ叔母の遠慮ない口の利き方などを考えれば、フェアチャイルド家が女性中心であることは疑う余地がないであろう。ウェルティの発言を踏まえれば、『デルタの結婚式』の世界は家父長制ではなく母権制なのであり、男性たちではなく女性たちが実権を握っている世界なのである。

次に、フェアチャイルド家における女性たちの「縦の関係」、祖先と子孫の関係について見てみよう。これに関しては、ダブニーの結婚を祝おうとするエレンや叔母たちの態度を見れば、明らかである。だが、この小説に描かれているのは、そのような一般的親族間の絆にとどまるものではない。次の引用を見てみよう。

この部屋にはメアリー・シャノンの肖像画がふたつあった。暗い壁の上には彼女がフェリシアノへ帰った際にオーデュボンが描いたものがあったが、それが好きなものは誰もいなかった。マントルピースの上には、曾祖父が描いたものがあったが、それこそ彼がそのために森林を切り開き「グローヴ」を建てたメアリー・シャノンだった――その絵は最初の小さな泥作りの家に掛かっていたのだ。彼はその絵をある冬に描き、暗い服を着て腕を組み、ほとんど内気なほど唇を結んで純な夢に浸っているように見せた。彼女の地味な装いの髪には建てたばかりの玄関への昇り段から取ってきた白いクリスマスローズが挿してあった。彼女の目の下には隈ができており――その点で彼は控えめではなかった、というのもその年は黄熱病が一番ひどかった時で、彼女は自分の家族や近所の人たちの他に、自分の家の者を何人も看病しなければならず、猟師が二人それに見知らぬものが何人も彼女の腕の中で亡くなったのだった。シェリーは誰にもわからない理由から、いつもそれが曾祖父が彼女に腕を組ませ手を隠させた理由だと考えたが、インディアはそれは彼が手を描けなかったからで、というのも自分ができなかったからなのだけれども、彼女に立派な挑発的なポーズを取らせれば、描こうとしなくてもよかったからだと考えた。ダブニーの考えでは、メアリーが腕を組んでいるのはすぐに最初の子を産むからだった。曾祖父は生涯に二度しか絵を描かなかった。自分の屋敷の書斎にある弟のロマンティックな絵と、妻のリアリスティックなものと――彼がこの世界で持っていたただ二人だった。(129)

この引用は、「グローヴ」屋敷の客間に掛けられたメアリー・シャノンの肖像画についての説明である。メアリー・シャノンはダブニーたちの曾祖母に当たり、彼女のポーズについて考えをめぐらせているシェリー、インディア、ダブニーはメアリー・シャノンの曾孫たちである。ここでは四世代にわたるフェアチャイルド家の女性たちが向かい合っているのであり、だとすれば、この場面はウッドワードの言う「女たちの系譜」を描いたものと見なしてもよいであろう。

まず重要なのは、ここで主役となっているのがフェアチャイルド家の始祖である曾祖父ではなく、曾祖母であることである。曾祖父は愛する妻の肖像画を描いた人物として意識されるのみであり、現在のフェアチャイルド家三姉妹が関心を抱くのは曾祖母であり、彼女が絵の中で取っているポーズの理由なのである。興味深いことに、まだ子供であるインディアは別として、シェリーとダブニーの考えはそれぞれ肉体に関わるものであり、彼女たちが曾祖母のことを遠い抽象的な存在ではなく、過去とはいえ現実に肉体を持ちリアルに生きた存在としてとらえていることが窺われる。ちなみに、ダブニーが曾祖母の妊娠を想像したのがいつのことであるか、この引用からは不明であるが、この小説の現在時点でダブニーはすでに妊娠しており、とすると彼女がメアリー・シャノンの妊娠を思い描いているのは、さらに深い意義を持つことになる。すなわち、メアリー・シャノンの肖像画は遠からぬ先のダブニーの姿だったのであり、二人はいわば時を超えて写し合っていたのである。さらにメアリー・シャノンが浸っている「純な夢」とは、結婚直前のダブニーがまた浸っていたものであり、二人をつなぐもう一つの絆となっている。あるいはその表情こそ、ダブニーにメアリー・シャノンの妊娠ということを思いつかせたものかもしれない。このようにウェルティは妊娠というモチーフを使い、世代を超える女性の絆というものを創造したのであった。

ちなみに、この点を逆に浮かび上がらせるのが、曾祖父の描いたもう一枚の肖像画、彼が自らの弟（あるいは兄）を描いた肖像画が登場する場面である。これも長い場面であるが、やはり引用しよう。

ドアのところからでさえも、書斎は途方もなく大きな辞書の匂いがした。それはポート・ギブソンの洪水と火災をくぐり抜けてきたもので、今ではたぶんシェリーの手によって、台の上に開いたまま置かれていた。長い壁の上、積み重ねられた本箱の上の方に黒く汚れた本よりも暗い色で、曾祖父の弟だったバトルの絵が掛かっていたが、その名前こそ辞書の見返しに記されているものだった。その絵は彼の兄である曾祖父ジョージ・フェアチャイルドの手で、ただ記憶だけをたよりに描かれたものだった。クルミの厚板の上の背の高い波打った絵は、サドルバックとピストルを持って馬に乗り、高い土手にはさまれた暗い道で立ち止まった彼の姿を見せており、彼は下向きに人々の方に向かってではなくまっすぐ部屋の中へ向かって笑みを浮かべ、その明るい色をした髪は押し花にされた野の花のように暗い色になっていた。彼の小さな黒い犬、子供の頃に大好きだったその犬も、曾祖父は絵の中に描き入れていた。この人は殺されるように見えるだろうか？　確かにそうだわ、で、この人は殺されたのよ。老バトルの絵と並んで、もう一人の兄弟であるデニスのものがあった。それは本当の画家によって描かれたもので、変わることなく輝き美しかった。もっとも、彼は「異国の地の上を行進し」、メキシコで死んだのだった。本箱のガラスの中で本を隠すように、あるいはテーブルの上に、小さな四角い本みたいに開くヴェルヴェットのケースに入って細密肖像画が置かれていた。その中にはエレン叔母さんのかわいそうなお母さんのものや（イギリスの貴族と結婚したのか、死んだのだった）、三人の兄弟そしてマック叔母さんとシャノン叔母さんの夫のものがあったが、子供たちには見分けがつかないのだった。(143)

この引用部はローラの視点から語られている箇所であるが、ここには曾祖母とダブニー、シェリー、インディアの間に存在したような親しみの感情は全く存在しない。ローラが感じているのは、恐いもの見たさ的な好奇心だけである。九歳の少女ローラにとってフロンティアに生きた祖先たちは遠い伝説上の存在であり、直接的に関わる対象ではなかった。それゆえ彼女の関心は、同じ部屋に置かれているもっと小さな肖像画に移ってゆくのであり、その中でも特に言及されるのはエレンの母なのである。エレンはダブニーたちの母親であり、ローラから見れば叔母となるが、母を亡くしたばかりのローラを深く気遣い、最終的には引き取ろうと言い出す。つまり、彼女はローラの母になろうとするのである。だとすれば、エレンの母はローラの祖母ということになり、ここにも一種の女性たちの絆を見て取ることができよう。

このように見てくると、ウェルティの書き方はかなり徹底しているように思われる。先に述べた通り、彼女がこの小説で書こうとしたのは女性たちの世代を超えたつながりであり、「女たちの系譜」である。それは女性たちが「時」を超え、「老い」を超えて生き続ける可能性の探究であったと言うことができよう。

以上、ウッドワードのいう「女たちの系譜」を踏まえながら、『デルタの結婚式』を検討してきた。最後に二点補足しておきたい。一点は先に見たメアリー・シャノンの肖像画に関わることであり、もう一点はフェアチャイルド家というものを主人公にしたこと自体に内在する限界についてである。

まず肖像画についてであるが、あの絵の中でメアリー・シャノンはダブニーたちとさほど変わらない若さの女性として描かれているはずである。それゆえ、ウッドワードが祖母と体験したような老若の認め合いという出来事が、ここで再現されていると言うことはできない。メアリー・シャノンはすでに亡くなっているのであり、それでもなお曾孫と向き合い励ますことができるとすれば、それは「時」の超越にほかならず、先ほどの議論が明らかにしたのは「死」あるいは「時」の超越というテーマであり、「老い」の超越とは言えないかもしれない。

とはいえ、自然的な意味における「老い」を「時」の中で「死」が形を取るプロセスだと考えれば、「時」の超越のテーマは「老い」のテーマと切り離すことができないのであり、だとすれば『デルタの結婚式』が「老い」と関わっていると主張することは、やはり可能であろう。また、ウェルティが「老い」に深い関心を寄せながら、繰り返し「時」を主題とする作品を書いているのは、このためであると考えることもできる。

次に、フェアチャイルド家を主人公にしたことから生じる限界についてであるが、ここまで議論してきたような女性たちの絆は、フェアチャイルド家という閉じた世界だからこそ可能だったと言うことができる。それは見方によればきわめて独善的、あるいは限定的な達成であった。その意味で、ウェルティがここで描いた「女たちの絆」がどこまで理想的かつ現実的なものであるかは、実は議論の余地がある。というのも、フェアチャイルド家のあり方を考えれば、ここで描かれている「女たちの絆」は、「デルタのおとぎ話」にすぎないとも言えるかもしれないからである。

だが、ウェルティはこの問題を明確に自覚していたように思われる。というのも、彼女はこの小説を閉じたものにせず、またフェアチャイルド家のあり方が単純に肯定されないよう、巧みに工夫しているからである。

その最もわかりやすい例は、ジョージの妻でありながらフェアチャイルド家を批判してやまないロビーの存在である。そのほか、たとえば結婚祝いにもらった先祖ゆかりの品をダブニーがあっさり壊してしまう場面や、ダブニーの夫となるトロイが、一家から見れば「格下」の男性であることなど、作者はこの小説が現実離れしたおとぎ話に終わらないよう種々の工夫を凝らしている。

その中でも特に重要なのは、ローラのあり方である。先に述べたように、ローラがフェアチャイルド家を一人で訪れ、やがて引き取られようとしていく経緯は、この小説全体の枠組みを構成しているが、実は結末においても、ローラが本当にフェアチャイルド家に引き取られるかどうかは、よくわからない。作者はわざとこの点を曖昧にしているのであり、このようにしてウェルティはフェアチャイルド家に存在する「女たちの系譜」の単純な理想化を避けていると思われる。

言いかえれば、ウェルティは「老い」を超える女性たちの絆というものが存在することを示しながら、その意義を絶対視せず、むしろその裏面に潜む問題性をも指摘しているのである。ウェルティのこのような態度は、小説というジャンルにまさにふさわしいものであると同時に、「時」あるいは「老い」の超越というテーマが避けることのできない限界というものを心得たものだと言えるであろう。この限界を忘れれば小説はすぐおとぎ話に転じるおそれがあり、ウェルティはそれを拒否し、どこまでも現実的に可能性を探究したのである。

では、「老い」を超越し「時」を超越するということが、現実的にどうすればありえるであろうか。この問題にウェルティが正面から取り組んだのが、『デルタの結婚式』出版から三十八年後に出版された自伝『ある作家の始まり』である。以下、この作品を検討することで本稿の結びとしたい。

4.『ある作家の始まり』

『ある作家の始まり』は、一九八三年、七十四歳のウェルティがハーバード大学に招かれて行った講演に基づく自伝である（出版は翌一九八四年）。作品は三つの章からなり、第一章は「聴くこと」、第二章は「見ることを学ぶ」、第三章が「声を見つける」と題されている。

概略を述べておくと、第一章「聴くこと」は生い立ちの説明であり、古いグランドファザース・クロックの音の記憶から始まって、幼いころに読んだ本、父母や学校の思い出などが語られる。第二章「見ることを学ぶ」は、子供の頃に訪れた祖父母たちや親戚たちの思い出が中心である。それは自らを形作ったルーツの確認である。

最後の第三章「声を見つける」では、まず彼女の経験した旅の記憶が語られ、出版社を探しにジャクソンからニューヨークへと出かけた旅の思い出や、その後の作家としてのデビューなどが回想されている。その上で、彼女は旅と文学を結びつけ、自分の作品を振り返りながら興味深い小説論や時間論を展開していく。

全体を通してウェルティの語り口はかなり自由なものであり、時間軸に沿って出来事を順番に書いていくといったものではない。また、第三章後半をのぞくと、おもなトピックは幼少期から作家としてデビューした頃までの回想であり、その意味でタイトル通り「作家の始まり」を描いたものと見なすのが自然であろう。

だが、ここではこの自伝が晩年に書かれたことを重視し、あえてウェルティが自らの「老い」に立ち向かうために書いた作品だと見なしてみたい。そのとき、この作品は避けがたい「死」を意識した作者が、作家として直線的時間を超越する可能性に挑んだ作品であると考えることができる。以下、「老い」と「時」を乗り越えようとしたウェルティの方法を指摘したい。

まず問題となるのは、『ある作家の始まり』が自らのルーツを確認し、過去の人生を振り返る形で書かれていることである。もちろん、このような態度は晩年の自伝としてはごく自然なものであり、「老い」を迎えた作者がそのような形で「失われた時」を取り返し、不滅化するというのはそれ自体なんの問題もない。

だが、そのような態度はいわば後ろ向きのものであり、それでは迫りくる死から目をそらすことにはなっても、その死を超越することにはならないのではないだろうか。

もちろん、作品は作者の死後も遺るものであり、その結果、作品に描かれた過去もまた生き続けると言うことは可能である。そのような素朴な形でよいのであれば、多くの作品をすでに書いていたウェルティには、何の心配もなかったであろう。だが、ウェルティはこの作品においてさらに進んだ戦略をとっているように思われる。より正確には、ここでウェルティは死後も作品が遺ることの意義を掘り下げ、「遺された作品の中に作者が生きている」という表現が真に意味するものを、時間論そして小説論として述べているのである。

右のことを具体的にテキストから確認してみよう。まず引用したいのは、次のような「旅」の説明である。

あの夏の旅行を振り返って、今、思うのは――この時そして後にしたいくつもの旅行で、車で行ったり汽車で行ったりしたのですが――それらのなかのもう一つの要素が私の心に影響を与えていたということです。旅行はそれ自体に向けて完結しています。それらは物語なのです。形においてだけではなく、方向、動き、発展、変化があるという点においても。それらは私の人生のなにかを変えました。旅にはそれぞれ特別の啓示がありました。もっとも、私にはそれを言い表す言葉が見つけられていなかったのですが。しかし、時が経つにつれて、私にはそれらの旅行を振り返り、それらが私に報せや発見、予感、約束をもたらすのが見えるようになりました。私にはいまだに見えますし、それらは今でもそうしてくれるのです。［中略］

私たちの人生中の出来事は時間の順番に起きますが、それらが私たちにとって持つ意味ということになれば、出来事の方が自分の順番を見つけるのです。時刻表は必ずしも時間順ではありませんし、あるいはそうなりえないのかもしれません。私たちが主観的に知っている時間というものは、ほとんどの場合、物語や小説が従っている時間です。それは切れ目ない啓示の糸なのです。(6)

ここでウェルティは旅を文学作品に喩えた上で、旅は実際にしている時にはわからなかったことを後になって教えてくれると述べている。そこからウェルティは一般論に移り、私たちの人生に起きる出来事の意義は、生起した順にではなく、それ自体の順番に従ってやってくると主張する。それは時計的時間から解放され、私たちが主体的に把握する時間であり、それこそ小説が従っている時間なのである。ウェルティの言葉によれば、その時間とは「切れ目ない啓示の糸」なのである。

ここで大事なのは、「旅」＝文学作品が、それを経験しているときだけではなく、むしろ後になってから、しかもいつまでも新しい意味を与えてくれるという主張である。それはとりもなおさず、文学作品の不滅性、不死性ということであろう。しかもそれは、単に本はいつまでも遺るというレベルではなく、文学というものが常に生きていて、いつまでも新しい意味を教えてくれるという認識である。

さらにウェルティは時間をめぐる旅というものについて触れ、それを記憶・回想と結びつけている。

後になって、私の知らなかったこと、気づかなかったこと、ひょっとすると認めるのが怖かったことを、両親について——そして私自身について——学んだことを通して、私には私たち家族の生涯全体がまるで時計の時間から解放されたようにかいま見えることがありました。そのような時間というものは、私たちをばらばらにして近づくのを許さず、老若を分かち、同じ経験を生きている私たちを離ればなれにしてしまうのです。

内面の旅こそ、時間を通して私たちを導くものです。前や後ろ、直線的に進むことはめったになく、たいていはらせん状に。私たち一人一人は、他の人に対して動き、変わっていきます。私たちは発見するにつれて思いだし、思いだしながら発見します。そしてこのことを私たちが最も痛切に感じるのは、私たちの切り離された人生が合流するときです。そのような集合点における私たちの生きた体験は、小説中のエネルギーに満ちた劇的な場のひとつなのです。(102)

この引用箇所は、きわめて感動的である。ここでウェルティは時計的時間を超越した時間について述べているが、ウェルティによれば、そのような時間の中でこそ彼女は家族について知らなかったことを知り、時計的時間(=いわゆる「現実」)において禁じられ離ればなれにされていた全体像といったものを、かいま見ることができたのである。ウェルティにとって、このような体験こそ真の意味における回想であった。

だが、話はそこで終わらない。ウェルティはそのような体験を文学と結びつける。すなわち、時計的時間から解放され、過去に起きた様々な出来事の真の意味を理解するという体験は、実は私たちが充実した小説を読むときに体験していることと同じものなのである。

回想において、我々は発見するにつれて思い出し、思い出しながら発見する。同様に、文学作品において我々は、先に読んだ箇所の意義を後になって思いがけず発見し、そのようにして全体の意味を徐々に理解していく。文学と回想は本質的に同じ営みなのである。

このように考えたとき『ある作家の始まり』の特徴の説明がつくであろう。先に述べたように、この自伝は時計的な時間に従って書かれた年代記ではなく、時間を自由に行き来しながら過ぎ去った出来事の意味を新しく発見するという方法で書かれている。つまり、この自伝そのものが、ウェルティの主張する回想＝文学の優れた実例なのである。

繰り返せば、この作品はまさにウェルティ流の回想＝文学であり、だからこそ、いつまでも読者に新しい意味を与えてくれるものなのである。ウェルティにとって、死後も作品が遺り、作者がいつまでも生き続けるとは、このようなことであった。それは「死」を乗り越える可能性の探求であり、一つの具体的な答えであったのである。ウェルティの「老い」の戦略とは、このようなものであった。

さらに、我々のここまでの議論に引きつければ、「時計の時間」からの解放とは、直線的人生観の拒否ということであり、それこそ新しい「老い」理解のカギとなるものであった。また、新たにかいま見られた「家族の生涯全体」とは、「時」を超えて実現する世代間の交わりそのものであろう。ここでウェルティが考えているのは自らと両親の関係であるが、そこには祖父母あるいはさらに前の世代が含まれていても、何の不思議もない。

ということは、ここでウェルティは「老い」あるいは「時」の超越ということを、きわめて現実的な経験として述べているのである。もちろん、それは文学における経験と同種のものであり、その意味で「現実的」ではないかもしれない。だが、ここでのウェルティの主張に従えば、実はそれこそ現実的なものなのであり、真の体験なのである。かくして、ウェルティはなんの留保もなしに「時」の超越を主張し、その意義を語ることができた。それを可能にしたのは、彼女自身の人生の体験であり、また文学の体験であった。ウェルティにとって文学と人生は真実の体験において相通じるものであり、その境地に達したとき、彼女は「時計的時間」からの解放を堂々と主張できたのである。それは文学に一生を捧げた作家ならではの境地であり、見事な「老い」の達成であったと言えよう。

注

（1）Kathleen Woodward, "Tribute to the Older Women: Psychoanalysis, feminism, and ageism." 81-89. 以下、本論文からの引用ページ数は、本文中にカッコ書きで記す。

（2）ウッドワードが取り上げているのはフロイト『続・精神分析入門講義』第三十三講「女性性」（岩波版全集第二十一巻一四五–一七七、特に一六七）である。

（3）Eudora Welty, *The Collected Stories of Eudora Welty*, 114. 以下「慈善の訪問」からの引用はこのテキストにより、ページ数は本文中にカッコ書きで記す。

（4）Peggy Whitman Prenshaw ed., *Conversations with Eudora Welty*, 304.

（5）Eudora Welty, *Complete Novels*, 234. 以下、『デルタの結婚式』からの引用はこのテキストにより、ページ数は本文中にカッコ書きで記す。

（6）Eudora Welty, *One Writer's Beginnings*, 68-69. 以下、『ある作家の始まり』からの引用はこのテキストにより、ページ数は本文中にカッコ書きで記す。

引用文献

Prenshaw, Peggy Whitman, ed. *Conversations with Eudora Welty*. Jackson: UP of Mississippi, 1984.

Welty, Eudora. *The Collected Stories of Eudora Welty*. New York: Harcourt Brace Jovanovich, 1980.

——. *Complete Novels*: The Robber Bridegroom, Delta Wedding, The Ponder Heart, Losing Battles, The Optimist's Daughter. Library of America, 1998.

——. *One Writer's Beginnings*. Harvard UP, 1984.

Woodward, Kathleen. "Tribute to the Older Women: Psychoanalysis, feminism, and ageism." *Images of Aging: Cultural Representations of Later Life*, eds. Mike Featherstone and Andrew Werrick. Routledge, 1995. 79-96. (http://depts.washington.edu/uwch/about_woodward_bio.htm よりダウンロード可能)

フロイト、ジークムント『続・精神分析入門講義　終わりのある分析とない分析』(『フロイト全集』二一、岩波書店、二〇一一年)

メイ・サートン
——老いと再生の詩学

……………………………………………………………………………丸山　美知代

1．メイ・サートンと老い

1．1．「老い」、この陰気な主題

ボーヴォワール（Simone de Beauvoir, 1908-1989）が言うように、老いのテーマは一般に「陰気な主題」(1)と受けとられがちであるため、社会的理論化は遅れ、今も進行中である。創作面では、老いた自分を「他者」と見る若者が書く作品ではなく、老年にある人が自らの老いを描く文学作品に関心が集まりつつあり、老年学（Gerontology）の立場から、作家の老いが創作行為にどう影響するか、逆に創作行為が作家の老いにどう反映するかを論じる著書やアンソロジーも目立つようになった。(2)老いの

テーマは作家個人にとどまらず、生きとし生けるものが直面しなければならない問題であり、それゆえに読者が老いを生きるための指針を宗教、哲学のみならず、文学に求めるようになるのは当然の成りゆきであったと言えよう。

1．2．二重の周縁性

ここに、六十年以上にわたる作家生活の中で、批評家たちに無視され、酷評を受けて傷つき(3)ながらも、五十以上の詩集、小説、ジャーナル、エッセイ、童話など多岐にわたる文学作品を発表したメイ・サートン（May Sarton,1912–1995）というニューイングランドの女性作家がいる。彼女は、「陰気なテーマ」であるはずの老いの問題、とりわけスーザン・ソンタグ（Susan Sontag,1933-2004）が指摘する、老齢の女性がおかれた「二重の周縁性（a double marginality）」(4)に思いをめぐらせ、控え目な声でその真実を語ったのである。その結果、老人は悟りをひらいた賢者であるか、さもなければ不機嫌で自己中心的な厄介者である、人を絶望と孤立に追い込む老いとは、病や死に向かって下降・衰退するプロセスであるというような通念を覆すことになった。加えて「オールドメイド（old maid）」や「スピンスター（spinster）」などの言葉から、「干上がり、人生を恐れて閉じこもってしまう独身女」(『すばらしい独身女性』*The Magnificent Spinster*, 1985, 61）という否定的なニュアンス(5)を払拭し、肯定的な意味へと転換を果たすことになったのである。

わが国では、彼女の作品のいくつかが翻訳紹介され、自己の内面を吐露するジャーナルの愛読者は少なからず存在すると思われるが、研究者が彼女の作品に言及することはあまりない。(6)アメリカ本国でも、ノートン社が新作を出版するたびに、研究者や批評家でない一般読者の熱心なファンが、人生の同行者サートンの作品を読んできたが、研究者の間で認知されたのは、ＭＬＡ大会でサートンを記念するシンポジウムが行われた一九八八年、作家七十六歳のときであった。

ベルギー生まれのサートンが、侵攻するドイツ軍から逃れ、亡命者として、両親とともにイギリス経由でアメリカ、マサチューセッツ州のケンブリッジにやってきたのは一九一六年のことである。父がハーヴァード大学で科学史に関する著書を執筆するためであった。進歩的な教育と自由な校風で知られるシェイディーヒル・スクールで教育を受け、高校卒業後はヴァサー女子大学に進学するはずであった。だが偶然に見た女優ル・ガリエンヌの芝居に感動したサートンは、そのまま演劇の道に進む。このような姿勢は人生の後半になっても変わらず、世界中を旅して世界情勢にも敏感に反応し、それについて発言することを怠らなかった。作家としては、何度もヨーロッパを訪れ、ヴァージニア・ウルフ、ジュリエット・ハクスレー、エリザベス・ボウエンらと友情を育むが、何人かの女性詩人とは親密な関係を結んだ。だが前述のごとく、詩人としては注目されるどころか、たびたび「陳腐である」との批判を受けた。キャロリン・ハイルブラン（Carolyn Heilbrun, 1926-2003）が述べるように、それは才能の欠如の証しというより、主として作品が一見、読みやすく親しみやすかったことに起因する。自己の分裂を描くポストモダニズム文学が主流を占めるなかで、自己発見、人と自然との交流などという見るからに古めかしく陳腐なテーマに執着するサートンは、難解さを尊ぶ時代のニーズに合わず、男性批評家たちは、彼女を暇つぶしに詩や小説を書きちらす結婚しない女の一人にすぎないと見なした。また正規の大学教育を受けておらず専門家とのコネクションがなかったこと、作品中に同性の友人、時には恋人の存在がほのめかされていることなども不評の原因に挙げられよう。(7)八〇年代以降、サートンが注目を浴びるのは、彼女が早くから話題にしていた、女性が老いるという「二重の周縁性」の諸問題に社会の関心が追いついた結果なのである。

2. 老いの国への旅

2. 1. 六十歳代の小説

エヴァンズが指摘するように、サートン作品には、天賦の才に恵まれた独身の老女が早くから、脇役として登場している（Evans, 17）。(8)若い頃、年上の傑出した女性に惹かれたサートンにとっては当然のことだが、老いた女性への洞察力は早くから育まれ、書くことで「老いの国への旅の予行演習を行っていた」（Henneberg, 4）と言えよう。

しかし老齢の女性を中心に据えた秀作を相次いで発表するのは、都会を離れてニューハンプシャー州のネルソンに移り住み、さらにメイン州の海辺ヨークの家に転居する六十歳以降のことである。ネルソンとヨークでは、庭の花や動物の世話をし、詩作と執筆、ファンメールへの返信書きに熱中した後、午睡をとり、夜はまた執筆や作品の推敲に没頭するという規則正しい生活をしながら、自己との対話に耽った。そこから田舎のシンプルな生活の喜びとともに、自然の猛威に耐える素朴な人々への感慨を表出した手記『独り居の日記』（*Journal of Solitude*, 1973）を始めとして、『今かくあるように』

(*As We Are Now*, 1973)、『総決算のとき』(*A Reckoning*, 1978) などの小説が生まれた。孤独のなかで、老いゆく自己の内面を見つめることから、この時期の作品が生まれたことは間違いない。その後、乳癌や卒中に見舞われたサートンに、心身の衰えとともに死がより一層切実なものとして迫って来る。彼女は、詩やジャーナルに比して「成長と変化」(*Conversations with May Sarton*, 18 以下、同書の引用は *Conversations* と略記。) を扱う小説を書くには「持続力と記憶力」(*Writings on Writing*, 35) が必要であると述べている。その力をいずれ失うであろうことを予感する作家にとって、『今かくあるように』『総決算のとき』が最後の作品となったと考えるのが通常であるが、果たしてそうだったのだろうか？この疑問に答える前に、『今かくあるように』と『総決算のとき』における「老いの国への旅」に注目してみよう。

2. 2. 老いと病いを生きる女たち

A. 浄めの火を放つ（『今かくあるように』）

個人差はあるにせよ、人は六十歳を過ぎた頃から肉体的・精神的な衰えを感じ始め、人生の最終段階に入ったことを意識するようになる。『海辺の家』(*The House by the Sea*, 1977) で、六十歳代の「彼または彼女が時の流れを意識するとき、その裏側にはかならず死がある」(26) とサートンも述べている。そのような認識をもつ人であったからこそ、六十二歳にして、七十六歳のキャロライン・スペンサーの悲しみと絶望を想像することができたのだろう。

中編『今かくあるように』は、卒中を起こしたあと、独り暮らしが困難になった元数学教師のキャロが、兄夫婦（ジョンとジニー）[9]によってニューハンプシャーにある陰気で不潔な私営の双子楡療養ホーム（Twin Elms Nursing Home）[10]に送られるところから始まる。自立して生きてきた知的なキャロは、ホームに詰め込まれた老人、病人、障害を抱えた人たちの無気力な様子に衝撃を受けるが、世話役の母娘の傲慢で偏見にみちた態度に我慢ならない。収容所の囚人のように扱われることも気に入らない。一人暮らしをしてきたキャロに家を売り払わせ、ここに送り込んだ兄の酷薄さにも失望するが、そうさせたのはもっぱら彼の軽薄な再婚相手ジニーだと思い込んでいる。このような状況で、従順に命令や規則に従うことは、キャロにとって唯一自分のものと言える自己を放棄することを意味するのだ。そこで怒りと絶望で自分を見失わないように、日付のない日記を密かに書き、それを『死者の書』（*The Book of the Dead*）と名づけるのである。『死者の書』はこのように始まる。

私は狂っていない。ただ年老いているだけ。自分を勇気づけるためにこう言明しておく。勇気がどんなことを意味するのかあなたに分かってもらうためには、このノートとペンを入手するのに二週間もかかったと言うだけで十分だろう。私は老人強制収容所にいる。ここは親や親戚を投げ捨てるごみ入れのようなところだ。（*As We Are Now*, 3）

老いと怒りによる記憶の混乱、強いられた鎮静剤の服用、不服従の罰として窓のない小部屋に閉じ込められることへの恐怖で、自己を見失う不安を募らせながらも、自分が狂っているのではないことを、不特定の読者［＝you］に伝えるために書くのである。独裁者で看守の母娘への軽蔑と反抗心を表明する同志は、ほとんど寝たきりになった元農夫スタンディッシュ・フリントだけである。「彼はまだ自己を保持している。［中略］絶食して死のうとしているように見えるときがある」（12-13）とキャロが言うように、自分の死を他人の手に委ねまいと決意しているように見えるのだ。しかし、この最悪の状態を脱するためには死ぬしかないと認めながらも、キャロは次のように言う。「死ぬ前に私自身の中でなさねばならないことがある。自分の死を死ななければならない。死に向かって成熟し、実が熟しきったときにやっと落ちるものなのだという信念が私にはある。生はそのプロセスだからこそ意味があり、それを不自然なやり方で終わらせたくはない。」（13）キャロは、崩壊でも腐敗でもなく、熟して行くプロセスを生きようとしているのだ。病状が悪化して、「こんな風に終わるとは思わなかった。（I never thought it would end like this.）」（12）と嘆くスタンディッシュの病室を訪れては、無言のまま手を握りしめるのである。ここで息を引き取りたいと願うスタンディッシュの「お願いだ。連れて行かないでくれ！」との懇願も空しく、病院に運ばれる途中、「救急車のなかで、見知らぬ人たちに囲まれて」（64）亡くなったのである。キャロは、死してなおその魂を身近に感じるスタンディッシュの願いに応えるためにも、何かを為そうと決意する。だが人間の尊厳さえ認められない環境で、同志を失ったキャロは、最初の言葉とは裏腹に、自分が記憶力と理性を失いつつあることに恐怖を覚えるようになる。その兆候は怒りの言葉の爆発となって表現されるのだが、それを書きとめることで何とか正気を保っていられるのだ。そして書きとめたものを読み返せば、内なる自己がまだ失われていないことを確認できるのだ。（40）

幸いにしてキャロには牧師のリチャード・ソーンヒルと娘のリサという善意の援助者と、臨時手伝いの親切なアナ・クローズという理解者がいた。しかしキャロを救い出すには力及ばず、キャロの秘密の計画を打ち明けられることはついになかった。それは「いつか脱獄して、ここを打ち壊してやる」(28) という思いを実行することである。アナへの思慕の情を綴ったページをハリエットに盗み読まれて汚い年寄りと罵られ、ホームの実情を暴露した手記も奪われそうになったキャロは、ノートを抱いてバスルームに閉じこもり、計画を実行に移す時がきたことを知る。それは、入所者たちを道連れにすることへの躊躇はあるものの、彼女を絶望させた施設や人間たちを破滅させること、同時に「緩慢な死ではない」(115) 自分の死を自らの手に取り戻すことであった。ライター用オイルを手に入れて密かに準備を進めていたキャロの企みがついに実現したことはあとがきで明らかになる。ホームは焼け落ち、冷蔵庫に残された手記は、その遺志にしたがってソーンヒル師によって出版されたことも分かる。日記の終わりには「いつの日か、これを読んでくれるあなたへ、ノートを遺言として残します」のあとに、「どうぞ分かってください」(127) とある。キャロの死は熟した実が落ちるという言葉から連想されるようなものではなかったが、自分の命を他人の手に委ねないという決意は現実となり、ソーンヒル師のみならず、キャロの思い込みによって批判の言葉を浴びせられた兄の心さえ動かし、老いた心の遺言は理解された。それ以上に、多くの読者に理解されることになったのである。

アメリカでは南北戦争後の「一八七五年以降、高齢者用の民間ホームが多く建てられるようになった。」(11) それは家庭的雰囲気を売りにした体のよい隔離施設である場合が多かった。この作品が、一部の民間老人ホームの劣悪さを暴き、社会に衝撃を与えたのは間違いない。しかし制度や施設の改善がいかに進んでも、キャロのような犠牲者が生まれる恐れは常にある。ナチス強制収容所の「浄化する火によるホロコースト（a cleansing holocaust）」（106）を連想させるキャロの放火は、自律的な生を阻むものへの抵抗のしるしだが、来るべき読者のなかにキャロのメッセージが燃え広がってほしいという願いも暗示しているようだ。

この作品が誕生する契機となった出来事が『独り居の日記』に記されている。サートンがネルソンに住んでいた頃、心を通わせた農夫パーリー・コールの死の経緯を記した部分である。貧しくも自尊心をもったパーリーを自分の同類と直感して親しみを感じていたサートンは、ホームで淋しく死にかけている友人をたびたび見舞っている。「こんな風に終わるとは思わなかった。（I never thought it would end like this.）」（*Journal of Solitude*, 23）と繰り返しながら、スタンディッシュ同様、病院に運ばれる途中、救急車のなかで息を引き取ったのである。その後、三ヶ月で書き上げられたのが『今かくあるように』なのだ。身近であった友人の記憶を語ることで、誇り高く生きながらも惨めな最期を迎えた人への共感とオマージュを表明する狙いがあったのは明らかだ。だが興味深いのは、パーリーを二度目に見舞った時、キャロに出会ったと『八十二歳の日記』（*At Eighty-Two*, 1996）でサートンが述べていることだ。ホームの人によれば、その女性は「貴族みたいに偉そうに」ふるまい（*Conversations*, 203）、あまり激しく泣き叫ぶものだから窓のない部屋に閉じ込めなければならなかったという。一九七三年の手記にキャロの原型への言及はないが、一九九六年になって、モデルがいたことをサートンは明かしたのである。事実の詳細と自分が創造したフィクションをサートンが混同しているのでなければ、キャロ像は小説発表後も作家のなかで眠っていただけでなく、いわば修正を加えられつつ育っていたのである。このように、サートンの場合、多様なジャンルの作品が互いに補完し合ってひとつの物語世界を構成している例が多く見受けられる。換言すれば、どの作品もサートン自身の思索や哲学に充ちており、異なるジャンルの作品のなかで、同一のモチーフやテーマが長い時間をかけて熟成し、「成長と変化」を続けるのである。読者がたびたび既視感を持つとともに、作家への特別な親近感を感じるのは、このような理由によるのだろう。

B. 死を生きる（『総決算のとき』）

ホートン・ミフリン社の編集者で六十歳のローラ・スペルマン（Laura Spelman）は、肺がんで余命数ヶ月と宣告される。すでに夫は亡く、成人した三人の子供たちは家を出ており、ローラは犬のグリンドルと猫のサーシャとボストンの家に暮らしている。自分に間もなく死が訪れることを知って衝撃を受けたローラは、しばし茫然自失した後、最後まで自然のままに生きるため、科学療法などの治療を拒否することを決意する。咳の発作が激しさを増し、肉体は衰弱の一途をたどり、死は確実に近づいてくるが、これまでの多忙な毎日が嘘のように、音楽に耳を傾けながら瞑想と追憶に沈み込むローラは、過去と現在の「本質的でないもの（the nonessential）」（*A Reckoning: A Novel*, 43）を次々に捨て去り、自分の人生で何が真に重要なものであったか、誰が一番大切な存在であるかを確認しようとする。最後の時を家で迎えると決めたローラを、心配する家族を始め、身近な者たちが訪ねて来る。彼女は、現実にあるいは夢の中で、彼らと最後の対話をしながら、一人一人との「本当の結びつき（the real connections）」（10）について総決算、つまりこの世での人間関係の棚卸しをするのである。

ローラが「恐れているのは［中略］死ではなく、死にいたるまでのプロセス」（37）で、「状態が悪化し、苦痛が増す」（88）ことである。サートンも「死は恐くないが、病気で心身が不自由になることが怖い」という主旨の発言をしている（*Conversations*, 153）。それまで健康であったサートンが六十五歳を過ぎた頃から、様々な病いに襲われることや、特に癌で苦しんだ末に亡くなった母親メイベルや、年上の友人、隣人たちを看取った経験が執筆の原動力になっているのだろう。

引退した七十六歳のキャロと違い、ローラには多くの係累や職業上の繋がりがある。だがローラは内心で、理解し合えぬまま痴呆になった母親シビルとの関係が本当は何だったのかを理解し、総決算しようと懸命になる。ローラとは別の道を行く、独身で社会的成功者の妹ダフネとの対話のなかで、優雅な独裁者として娘たちを支配した母親についてローラはこう述べている。病気になって、「私たちがこの世に生きている理由が［中略］より理解できるようになったと思うわ。」「それは、成功や名声のようなものではなくて、ただ成長し、より人間らしくなるためよ。」「そう、奇妙なことにシビルはは成長しなかった。なぜなら成長とは自分を見つめて、自分を理解できるようになることだからよ。」(*A Reckoning: A Novel*, 121-22, 傍点筆者) 独裁者と見えた母は、自分を見つめることには無関心、いやあえて見ようとしなかった。この点だけがローラとの違いであり、シビル自身も女性であり母であることを窮屈に感じていたというのが母に関する娘の総決算の結果である。

ローラがグリンドルやサーシャのように、今この瞬間、「純粋な生」を生き、最後には自然のままに死を迎えることだけを願っていると、総決算に関わった人々は徐々に理解するようになるが、彼女は常に病人と相対する威厳ある看護のプロ、アン・オブライエンやローラの意志を尊重する主治医ジム・グッドウィンと死や神について語り合い、より深い心の交流をする。

ではローラが真の結びつきを最後に確認した相手は誰だったのか？ それは手紙以外にほとんど最後まで姿を見せない幼なじみのイギリス人女性エラである。ローラが、病身にもかかわらず、作家志望のハリエットの処女作出版のために協力を惜しまなかったのは、ハリエットの小説が女性同士の友情や愛に伴う苦悩と喜びをテーマにしているからだ。それがローラの本心を代弁してくれているからでもある。出版することで現在の恋人や家族さえ確実に失うだろうと予想して、公表をためらっていたハリエットだが、出版を決意した時、死を目前にしながらも勇敢に社会のタブーを乗り越えようとするローラに、「あなたが死を生きているように、私も生きたいわ」(144) と賛辞を送っている。ローラはキャロとは違う種類の「自分の死」を生きることを選び、最後まで自己を保持し続けるが、ジムの顔つきから、医者としての義務とローラに「死を生き」させてやりたいという気持ちとの間で苦悩していることも見て取っていた。希望を聞き入れてくれたことを深く感謝するローラに、ジムは「あなたはあなたの死を生きたのです。死ぬのではなく生きたのです。そうでしょう？ 意義深い旅だったでしょう？」(245) と最後まで自分自身であった彼女の自制心と勇気を讃えている。

ジムは、木々が初春の朦朧とした緑の衣をまとうまで、初咲きの水仙に出会うまで生きられるように最善を尽くすとローラに約束する。なぜなら「彼女は彼ら（＝木や花）に会いたいと思った。どんな人間より彼らに会う必要があると思った。それは奇妙なことだった。いやそうだろうか？ 花も木も、もの言わぬ存在で、何も聞いてきたりしない。たぶん美しいものを見つめることが究極の力になる」(151) からだ。なぜなら今この瞬間に巡りあった一輪の花に喜びを感じることは、永遠を確信することに繋がるからだ。

詩集『八十歳になって』（*Coming into Eighty*, 1994, 56）に収められた「死を望みつつ "Wanting to Die"」のなかで、体力の衰えで、日々の家事をこなすことさえ苦痛になったサートンは「時々、死にたいと思う、もう終わりにしたい」と弱音を吐く。しかし次のスタンザは「でも次の瞬間には死にたくなくなる」という言葉で始まる。なぜなら「木の葉が赤や黄金色に変わるのをもう一度見なければ。一枚の黄色い葉が、輝く陽光のなかを舞い散るのを最後にもう一度見なければ」と、ニューイングランドの自然が八十歳の詩人の生きたいと願う気持ちを支えていることを明かしている。

だが「外の世界はもう彼女の関心を惹かなかった。彼女の内なる自己がまるで望遠鏡の反対側から見るように、すべてを遥か遠くから眺めていた」（*A Reckoning: A Novel*, 222）とあるように、ローラの心は次第に現実から遠ざかっていく。自分が散り落ちる透き通った木の葉のように、まもなく自然に還っていくのを感じるのだ。ローラが誰よりも強く再会を望み、それが実現するまで命の炎を燃やし続けたエラがついに到着する。女性同士の神秘的な友情が不滅であることを確信して、ローラは静かに息を引き取るのである。

ところでサートンはジョー、デイジーなどの登場人物名を、十九世紀ニューイングランドの女性作家ルイザ・メイ・オルコット（Louisa May Alcott, 1832-1888）の『若草物語』（*Little Women*, 1868）から借りていると思われる。キャロのようないわゆる「結婚しない女性」でなかったローラには子供がおり、息子ブルックスの娘はローリー（Laurie）と呼ばれている。しかも、オルコットの小さい婦人にはほど遠く、ジーンズしか履かない利発で活発な孫娘ローリーに、ローラは誕生日プレゼントとして、シビルのものであったラピスラズリのネックレスを贈る。曾祖母シビル、祖母ローラから『若草物語』の男の子の呼び名を持つ孫娘がネックレスを介して女性の血筋を繋いでいくのは興味深い。またローリーの母アンは、弟チャールズが女性的であることを気に病んでいるが、ローラは「すばらしいことが起こっているのよ。［中略］女らしさや男らしさの枠が崩れてきたのだと思う」（100）と「らしさ」に縛られる時代が過ぎつつあることを喜んでいる。

老いと病を勇敢に生きて死んだキャロを描くために、サートンはキャロの意識に寄り添った一人称の手記を選んだ。『総決算のとき』は三人称小説だが、作家は自由間接話法を効果的に利用することでローラの意識に密着している。そうして、人間には自分の内なる声に耳を傾けることが、とりわけ老いた人には、重要な人生の総決算になると提示しているのだ。

C．七十歳が書く伝記（『すばらしい独身女性』）

六十歳代にすぐれた小説を生み出したサートンは、これで終わりだろうという大方の予想を裏切り、七十三歳にして長編小説『すばらしい独身女性』を発表した。大学を退職した七十歳の歴史教師キャムが「すばらしい独身女性」と呼ぶジェイン・レイド（Jane Reid）の一九一〇年からの伝記を、回想と想像によって綴ったものである。ジェインはケンブリッジの中心に瀟洒な邸宅を構えるボストン・ブラーミンのベンジャミン・トルーブラッドの孫娘であるが、実在の文学者ヘンリー・ワズワース・ロングフェローの孫で、シェイディーヒル・スクール教師アン・ソープ（Anne Thorp, 1894-1977）をモデルにしている。

自分の知人だけでなく戦争で孤児となった子供たちを援助するために活動するヴァイタリティー溢れたジェインは「オープンで、情感が深い」若い頃のリーディー（Reedy）のまま、わずかな迷いも見せずに二十世紀を生き抜いたとキャムは考える。七十歳を越えて「苦痛と落胆に耐えながら陽気に振る舞うのは何とむずかしいことか」（315）と呟きながらも、キャムが「時を超えた場所」と呼ぶ島で、何世代にもわたる友人や知人たちを迎え、歓待し続ける。時の経過に影響されることなく、「アメリカの貴族」の義務を果たし、人々に避難所と愛情を与え続けたジェインを、亡命者の娘キャムは豊穣の女神セレスのように仰ぎ見るのである。

最後の小説は、作家六十歳代の作品とは違い、中心となる女性の意識を通して老いや死を描いているわけではなく、事実を重んじる歴史家キャムに扮するサートンの回想をもとにした伝記なのである。『今かくあるように』『総決算のとき』のように、ジャーナルの内容を発展させて小説化する伝記的小説を書いてきたサートンが最後に到った境地は、ロマンティックな小説的伝記を完成させることだった。それを象徴するのは、「生命力に溢れた死」という撞着語法で形容できる、ジェインの最期を描いた場面である。

私たちは一人づつジェインに会いに行った。彼女は長い髪を編んで、天蓋の下の大きなベッドに横たわっていた。その目はまだきれいなブルーで、手を伸ばして愛する友の手を握った。その手には何という温もりがあったことか！　ジェインと同い年の人の手を何度も握ったことがあるが、それは氷のようだった。だがジェインの手を握った瞬間、それが生命力に充ちて温かく、まるで祝福されている

ように感じた。(384)

「いつかこの島について長いものを書いてみたい」(*Journal of Solitude*, 171)と発言したサートンは最後に、アンはどうしてつねに自分よりも不遇な人の避難所「島」であることを重視し、他者のために自分の時間を捧げることができたのかと問うている。アンとは対照的な「芸術と人生の間でいつもひき裂かれて」(*Journal of Solitude*, 173)苛立ちがちであった詩人サートンはこう答えている。「私が詩作に没頭しているときは、庭のことも、返事を出していない手紙のことも考えない。創造という時間を超越した世界のただ中にいるからだ。アンも同じように、一日の一瞬一瞬を、それが最初で最後であるかのように、全身全霊で生きているのだ。」(*Journal of Solitude*, 174)言葉の詩人サートンが生きるものの瞬間の輝きに意識を集中するように、アンは生の一瞬一瞬を愛したという意味では人生の詩人なのだ。サートンは『海辺の家』でアンの老いた姿をリアルに描いているが(*The House by the Sea*, 254)、アン自身は老いることを下降や衰退と考えることはなかったし、彼女を懐かしく見つめるサートンの目には、死ぬ時も、変わらず情熱的で愛に溢れたアンしか映らなかったのだ。ただ老いたサートンが、善人ばかりの夢の島を描くことで老いや病いなどの現実から目を逸らそうとしたという不満があるのは事実だ。それを受けて、実現はしなかったものの、退院間もないにもかかわらず、もっと佳い小説を書こうと決意したことが、『卒中のあと』(*After the Stroke*, 1988, 136)に記されている。瞬間の積み重ねである時間が直線ではなく円環をなすこと、それゆえに生きるものには回復と再生が可能なこと——これを実生活と創作を通じてサートンは表現したのだ。同様に、不完全な作品にも改訂や書き直しが可能なことを示したのである。

3．老いを生き、老いを描く

サートンは人や動物が老いて死を迎えるのを間近に見ながら、その意味を考えつづけた。自分を「巡礼する魂」(*Conversations*, 28) と呼び、心の奥底に沈潜しつつ、自らの孤独、老い、病い、死を吟味した結果、どれも自分が成長するために必要不可欠なものと考えるにいたる。孤独 (loneliness) に耐え、孤独 (solitude) を愛で、その価値を見出すことができるのは、若い頃から自らのうちに力と知恵を蓄えてきた人だけだ (165)。ネルソンでは孤立感と絶望から自殺を考えたこともあるサートンの場合、それが空論ではなく実体験から導き出されたものなのである。ここで、サートンが自己の内にこのような叡智を蓄積するのを可能にした要素が何であったのか考えてみよう。

彼女はニューイングランドの過酷な自然を恐れ呪いつつも愛した。雪に埋もれる極寒の冬にはすべてが死に絶えたようになる。しかしローラが最後に見たいと願った春が確実に訪れたように、消滅したはずの命は時が来れば甦る。サートンは植物を世話することを好み、とりわけ大量の球根を取り寄せて家の周囲に植えることを怠らなかった。球根の中には新しい花や葉の命が蓄えられているが、土に埋められないと命が芽生えることはない。芽生えるためには地中で眠り、目覚めるための準備期間が必要なのだ。[12] 植物の季節ごとの死と甦りをジャーナルに書きとめることにサートンが執着したのも、それが魂の営みのメタファーであり、自然の環境のなかでこそ、そのことが実感できると信じていたからだ。

ところでサートンは同性の友人との決別を契機にネルソンからヨークに移住したのだが、ついの住処としてワイルド・ノルを選んだ理由のひとつは海にあったように思われる。起き上がれずに見ることさえできなくなっても、海の声は絶え間なく耳に届いた。波音はくりかえし、亡命者サートンを遠い故郷ヨーロッパへ送り出し、また巡礼する魂が根を下ろすことになったアメリカへと送り返すのであった。

自然とともにサートンにとって甦りのメタファーとなったのは、老齢にさしかかって訪れた病いからの回復である。『回復まで』(*Recovering*, 1980) や『卒中のあと』に明らかなように、彼女は入院、手術後の一時的鬱状態に陥るものの、書く力を取りもどすにつれて憂鬱と無力感が徐々に消えていくのを実感する。病いは、単に衰弱による無力感をもたらすものではない。またそれからの回復が完全な元の状態への復帰を指すわけでもない。回復するとは、病いによってもたらされた体力や能力の限界を知ったうえで、新しい状況を生き直すことを意味しているのである。

自然の営みと同様、キャロは冷蔵庫に残した日記と出版された本となって、ローラはエラやローリーたち女性同士の繋がりのなかに生の意味を見いだし、ジェインはキャムの伝記のなかに生き、読まれることによって限りなく再生をくり返す。そして作家サートンの成熟にともなって、ジャンルの境界を超えて書き直され、より完全なものへと、文字どおり改訂［= re-vise］される作品は、再生をくり返す彼女自身の生き方そのものを反映しているのだろう。(13)

七十歳代の詩集『今は沈黙』（*The Silence Now*, 1988）に「フェニックスふたたび」（"Phoenix Again"）という詩が収められている。そこでは炎に焼かれたフェニックス（＝it）がしばしの休息のあと、灰から立ち上がる。ある日「フェニックスは飛び立つ／悲しみの海を越えて。彼女のわくわくさせる歌（＝her thrilling song）を歌うために／星や波や空に向かって／老いてもいない、若くもない／フェニックスは死なない。」（220, 傍点筆者）ここで甦る女性のフェニックスがサートン自身を指すのは言うまでもないだろう。

注

（1）シモーヌ・ド・ボーヴォワール『老い・上』六。
（2）アンソロジーの一例　Wayne Booth, *The Art of Growing Old: Writers on Living and Aging*, 1992.
（3）サートン文学について、カール・シャピロやジョン・ガードナーは "shallow" "bad" と批判している。また七〇年代になって『ニューヨーカー』誌に作品が掲載されなくなったことに、サートンが受けた衝撃については *Conversations* に詳しい。
（4）Susan Sontag, "Double Standard of Aging," 29-38.
（5）L. Aiken は「孤独で、自己中心的、神経質で無責任、あるいは道徳的逸脱者」（217）と定義している。
（6）武田尚子「メイ・サートンの世界：追憶の緑野ほか」『へるめす』四十九号、26-61。「メイ・サートンを悼む」『みすず』四一四号、52-61。

（7）キャロリン・ハイルブランはサートン文学をフェミニズムの立場から擁護したばかりか、サートンとの交流の記録を残した。

（8）『今かくあるように』のイザベル叔母と『総決算のとき』のミナ叔母は、老いても自立して生きる人たちである。

（9）シャーロット・パーキンス・ギルマン（Charlotte Perkins Gilman）の『黄色い壁紙』（*The Yellow Wallpaper*, 1892）では、若妻が夫ジョンとジェニーに閉じ込められて狂気に陥っていくが、二十世紀の『今かくあるように』では老女がジョンとジニーに同様の扱いを受ける。Barbara Bair, "Double Discourse: Gilman, Sarton, and the Subversive Text" を参照。

（10）ホームが Elms と名付けられているのは、「死人、棺桶」との連想からでもあろう。

（11）パット・セイン『老人の歴史』、三〇八を参照。

（12）ひとつのジャーナルのタイトル『夢見つつ深く植えよ』（*Plant Dreaming Deep*）が表わすように、サートンは「球根などを土に深く埋めることが、開花の前提」というメタファーを多用するが、それは心の奥深く沈潜しなければ、目覚めることができないことを示唆しているのである。

（13）サートンにとって、老いることは過去の経験を新しい目で見直し、書き続けることを意味しただけでなく、書く行為そのものが彼女の生を支えたのである。Anne M. Wyatt-Brown, "Another Model of the Aging Writer: Sarton's Politics of Old Age," 57 を参照。

引用文献

Aiken, Lewis R. *Aging*. Thousand Oaks, CA: Sage, 1995.

Alcott, Louisa May. *Little Women.* New York: W.W. Norton & Co., 2004.

Bair, Barbara. "Double Discourse: Gilman, Sarton, and the Subversive Text." Swartzlander, Susan, and Marilyn R. Mumford, eds. *That Great Sanity: Critical Essays on May Sarton.* Ann Arbor: University of Michigan Press, 1995.

Booth, Wayne. *The Art of Growing Old: Writers on Living and Aging.* Chicago: University of Chicago Press,1992.

Braham, Jeanne. "Seeing with Fresh Eyes : A Study of May Sarton's Journals." Swartzlander, Susan, and Marilyn R. Mumford, eds. *That Great Sanity: Critical Essays on May Sarton.* Ann Arbor: University of Michigan Press, 1995.

Daziel, Bradford Dudley, ed. *Sarton Selected: An Anthology of the Journals, Novels, and Poetry of May Sarton.* New York: W.W. Norton & Co., 1991.

Evans, Elizabeth. *May Sarton Revisited.* Boston: G. K. Hall & Co., 1989.

Heilbrun, Carolyn. *Hamlet's Mother and Other Women*. New York: Columbia University Press, 1990.

——. *The Last Gift of Time: Life Beyond Sixty.* New York: Random House, 1997.

Henneberg, Sylvia. *The Creative Crone: Aging and the Poetry of May Sarton and Adrienne Rich.* Columbia: University of Missouri Press, 2010.

Ingersoll, Earl G, ed. *Conversations with May Sarton.*Jackson: University Press of Mississippi, 1991.

Newtson, Richard L. "Single Women in Later Life" in *Handbook on Women and Aging*. Coyle, Jean M., ed. Westport: Praeger, 1997.

Sarton, May. *After the Stroke.* W.W. Norton & Co.,1988.

——. *A Reckoning: A Novel.* New York: W.W. Norton & Co., 1981.

——. *As We Are Now.*New York: W.W. Norton & Co., 1973.

——. *At Eighty-Two, A Journal.* New York: W.W. Norton & Co., 1996.

——. *Coming into Eighty.* New York: W.W. Norton & Co., 1994.

——. *Journal of Solitude.* New York: W.W. Norton & Co., 1973.

——. *Plant Dreaming Deep*. W.W. Norton & Co.,1968.
——. *Recovering: A Journal*. W.W. Norton & Co.,1980.
——. *The House by the Sea*. New York: W.W. Norton & Co., 1977.
——. *The Magnificent Spinster*. New York: W.W. Norton & Co., 1985.
——. *The Silence Now*. New York: W.W. Norton & Co., 1988.
——. *Writings on Writing*. London: The Women's Press, 1995.
Sontag, Susan. "The Double Standard of Aging." *Saturday Review* Sept.1972: 29-38. Rep. in Woodward, Kathleen. *Figuring Age: Women, Bodies, Generations*. Indiana U.P., 1999.
Swartzlander, Susan, and Marilyn R. Mumford, eds. *That Great Sanity: Critical Essays on May Sarton*. Ann Arbor: University of Michigan Press, 1995.
Wyatt-Brown, Anne M. "Another Model of the Aging Writer: Sarton's Politics of Old Age." *Aging & Gender in Literature: Studies in Creativity*. Wyatt-Brown, Anne M& Janice Rossen, eds. Charlottesville: University of Virginia, 1993.
サートン、メイ「追憶の緑野ほか」武田尚子訳『へるめす』四十九号（岩波書店、一九九四年）。
セイン、パット編『老人の歴史』木下康仁訳（東洋書林、二〇〇九年）。
ボーヴォワール、シモーヌ・ド『老い・上』朝吹三吉訳（人文書院、一九七二年）。
武田尚子「華麗なる求道者」『へるめす』四十九号（岩波書店、一九九四年）。
「メイ・サートンを悼む」『みすず』四一四号（みすず書房、一九九五年）。

高齢者差別社会における「老い」の受容
――ジョン・アップダイクの描く「老い」

柏原　和子

1. 現代社会における「老い」の苦境

二〇〇五年五月十五日付の『ニューヨーク・タイムズ』に掲載された記事「年老いて過密スケジュール――ただよろよろ歩いてはいられない」(“Old and Overscheduled: No, You Can’t Just Dodder”)には、現代の高齢者がいかに多忙な日々を過ごしているかが描かれている。記事は六十代を過ぎてなお、新曲を発表しワールド・ツアーを行なうローリング・ストーンズの紹介から始まり、退職後にフィレンツェでイタリア語を学んだり、アフリカの世界遺産の地で考古学の発掘をしたり、あるいはジョージ・ブッシュ・シニアのように八十歳の誕生日にスカイダイビングをする、といった例が挙げられ、今や高齢期とは、若い頃、時間的・経済的理由でできなかった経験をする時期なのだと述べられる。一方、これは社会の要請でもある、すなわち社会が高齢者に忙しく活動することを求めている、と記事は続く。彼らが健康で忙しく活動していれば、資源や財源の浪費をおさえ、薬品など老化関連産業を支える源となってもらえるからである。高齢者は退職後、ロッキング・チェアに座ってただリラックスして時を過ごすことは許されない。社会は彼らにただリタイアするのではなく、スーパー・リタイアすることを期待している、と記事は述べている。

社会が高齢者に忙しく活動することを要請し、また高齢者自身も進んでそのような老後の過ごし方を選ぶのは、老いが苦境であることの裏返しでもある。二十一世紀の今、老いは一般的に否定的に捉えられている。老人たちは、視力や聴力の衰えや、動作が緩慢になるなどの肉体の衰弱に加え、記憶力や判断力の衰えも自覚する。若者たちは自動販売機の前でもたつく老人にいらつき、とろとろと歩く老人を自分たちの活動の邪魔だと言わんばかりに追い越していく。数々の小説の中でも、老いを衰退として悲観的に捉えたり、周囲の人々から疎外される人物像が描かれてきた。スコット・フィッツジェラルドの『グレート・ギャッツビー』においては三十歳になったニック・キャラウェイが、「三十歳――孤独の十年が待ち、独身の知人がどんどん少なくなり、熱狂することも減り、髪までが薄くなる」(Fitzgerald, 142) と年を取ることを否定的に捉える場面が出てくるし、ヘミングウェイの『老人と海』では漁師としての腕も落ち、日々の食料にも事欠くサンチャゴが周りから疫病神のように蔑まれる場面が描かれる。ソール・ベローの『サムラー氏の惑星』においては、自分が正しいと信じることが若い世代には通じず、孤軍奮闘するものの時代の風潮に抗うことは不可能だと悟る主人公が登場する。アップダイクの作品においても、初期の短編には少年時代の作者自身が投影されていると思われる主人公がたびたび死の恐怖におののく場面が登場するし、初の長編小説『プアハウス・フェア』(*The Poorhouse Fair*, 1959) では若い院長が、身寄りも財産もなく、救貧院で暮らすしかない老人たちのことを、まるで存在価値がないかのように言う場面が出てくる。このように老いが否定的に捉えられているからこそ、世間ではアンチ・エイジングを謳ったさまざまな商品が人気を呼び、人々は老いていないふり、若いふりをして生きていくことになる。

社会の要請に応じて老後を活動的に過ごすことは資本主義社会における社会的価値の評価に関係している。社会学者のデイヴィッド・スタナードは老いの苦境を次のように述べている。

> 生産および消費能力の程度と様式により人の価値を量る社会においては、自分の生産・消費能力が奪い去られ将来的にも取り戻す見込みはないと分かった者は、実際、とてつもなく複雑な苦境に陥る。［中略］社会的価値の中心的評価基準である生産・消費活動に従事する能力が乏しいという理由で、高齢者の社会的価値を低下させ軽視する社会において、快く生きること、あるいは少なくとも考えないで生きること、そしてそのような社会で年老いて自由に生産・消費する力を奪われていると自覚すること、老齢期における悪くない自己イメージを維持することは、今までに出くわした最も難しい仕事であると分かる。(Stannard, 13)

このように生産と消費能力により価値が決まる社会において、生産現場から引退した高齢者が社会の中で自らの価値を保つためには、消費能力を発揮するしかない。したがって高齢者たちは遺跡を発掘し、スカイダイビングをし、バンジージャンプをするなど、若い頃に夢見ながらできなかったことを、時間的、経済的に余裕のできた今、次々と行なうことになる。逆に言えば、それができない高齢者は社会的価値が低いことになり、自らの存在価値を社会的に認めてはもらえない。racism《レイシズム》, sexism《セクシズム》と並んで高齢者差別を表す ageism《エイジズム》という言葉があるように、蔑視される対象になるのである。

2. 高齢者観の変遷

最初からアメリカ社会にこのような高齢者観があったわけではない。植民地時代から十九世紀の初めごろまで高齢者はその経験と知恵ゆえに権威と尊敬の対象であった。死亡率が高く平均寿命が短かった時代には高齢者の数が少なく、長く生きていること自体が尊敬の対象でもあった。一八三〇年代から南北戦争の頃に、アメリカ社会は革命的な社会的変化を経験した。科学の出現が知識の源を年長者の経験と知恵から科学的知識へとシフトさせ、人々は年長者の知恵に頼らなくなった。科学的思考法は若者の領域であり、新しい教育の産物であった。時がたつにつれて年長者の助言は求められることが少なくなり、彼らの権威はますます疑問視されるようになった。「若さ崇拝」が定着していき、さまざまな製品が若者向けにデザインされるようになった。工業化と近代的工場システムが年長者の経験の価値を低下させ、代わりに若者の強さ、スタミナ、機敏さに価値が置かれた。老人はジョークや漫画の中で嘲笑される対象となる（Conner, 24-30）。十八世紀には一般的でなかった定年退職が、多くの職業で行なわれるようになったのは十九世紀の終わりごろであった。この頃にはアメリカの高齢者の社会的地位は著しく低下してしまった。二十世紀に入り、近代産業がますます発達し、テクノロジー主導の経済社会が完成すると、高齢者の居場所はさらになくなることになった。効率を重んじる社会では、年を取り、肉体的にも精神的にも衰えた高齢者は若者に道を譲ることを要求されるのである。

十九世紀に生まれた「若さ崇拝」は二十世紀になると急速に発達し、一九六〇年代には最も極端になった。六十歳を過ぎた男女が若者と同じ服装や髪型で装うようになり、ある統計によれば、彼らのうち、自分のことを老人だと考える者は三分の一のみであり、あとの三分の二は中年だと考えている。さらには自分がティーンエイジャーと変わらないという自己イメージを抱いている高齢者も多いという（Fischer, 133-134）。この状況は二十一世紀の現在まで続いていると思われ、gerontophobia《ジェロントフォビア》（老齢恐怖症）という言葉も生まれるほどアメリカ人は若さに固執するが、これは年を重ねることに対し、価値を見出さない現代のアメリカ社会の価値観とつながる。

しかし老いは本当に苦境なのだろうか。年をとることは不愉快な体験でしかないのだろうか。ジョン・アップダイクはその作品に苦境ではない老いの形を示しているように思われる。もちろん年齢によって老いの観念は変化するが、概して彼は老いを肯定的に捉えているようである。ここではアップダイクの老いの観念の変遷を見るために二十代、五十代、七十代の作品を取り上げ、老いがどのように描かれているかを考察し、最終的に彼が到達した老いの観念とはどのようなものであったかを検証する。

3. アップダイク作品中の「老い」

3. 1. 二十代の作品——『プアハウス・フェア』『走れウサギ』

アップダイクの最初の小説『プアハウス・フェア』において、二十代半ばの作者は高齢者の個人的尊厳の保ち方について、異なる二つの考えを示している。この小説はタイトルの通り、救貧院でのバザーの一日を描いたものである。ここは貧しくほとんどが身寄りもない老人たち、すなわち生産・消費能力を失い、社会の周縁に押し込められた人たちの暮らす場所である。物語はこの救貧院に入居している老人たちと三年前に赴任してきた弱冠三十歳の院長スティーヴン・コナーとの対立が軸となって展開する。小説の冒頭、ベランダの椅子に突然取り付けられた金属製の名札を発見した老人たちは、コナーが自分たちの自由を奪い自分たちを支配しようとしていると感じ、憤慨するのであるが、コナーの方は老人たちに所有感を与えてやろうとして名札を付けたのだと言う。コナーは、個人の尊厳を保つためには物を所有することが必要であると考えており、自分の財産を持たず、消費活動から疎外されている老人たちは自己の存在価値を見いだせないはずだというまさに資本主義社会の論理に基づいた老人観を抱いている。しかし老人たちの方は物を所有したいなどとは思っていないことはグレッグたち老人の反応を見れば明らかである。

老人たちの側の、自己の尊厳を保つための行為として挙げられているのが、エイミー・モーティスのキルト制作とトミー・フランクリンの桃の種細工である。八十歳を超えたモーティス夫人は毎年、六枚のキルトを縫い、それを年一回、八月のこのバザーで売るのを習わしにしている。院長のコナーには価値のわからない彼女の縫う古風な美しいキルトは、毎年、トレントンからやってくる古道具屋が買い占めて大儲けをしているらしく、今年もやってきて全部、しかも言い値の二倍で買いたいと申し出るが、彼女は「お金が私にとって何になるんですか」と言ってすぐには売ろうとしない。彼女は自分の縫ったキルトを前に、バザーに来るお客たちと会話を楽しみたいのでそんなに早く売り切れてしまっては困るのである。結局、彼女はキルトを欲しがった貧しい若夫婦に一枚を無料であげてしまい、残りを古道具屋に売る。モーティス夫人にとっては金銭よりも彼女のキルトの価値を認め自分で使用してくれる方が大切なのである。同じことは桃の種で作ったミニチュアの籠や動物を売るトミー・フランクリンについても言える。モーティス夫人もトミー・フランクリンも一年間かけて思いを込めて作ってきた物を、その思いが分かる人たちの手に渡したいのである。スティーヴン・コナーの資本主義的な価値基準とは違って、彼らは自分が大切に思うものを他人から認めてもらうことで自己の尊厳を確認できるのである。

老人たちはくりかえし、今は亡き前院長のメンデルスゾーンのことを懐かしく思いだす。救貧院の管理者という点からすれば、コナーのほうが有能であるのは明らかである。荒れ放題だった土地を畑にし、納屋を清潔に整頓し、西の棟に火災用非常階段をつけ、ここをこの地区で最高級の五つの施設の中に数えられるまでにしたのはコナーの功績である。しかしコナーと違ってメンデルスゾーンは入居者たちに愛情を持っていたように思われる。老人の心に寄り添い、彼らの幸福を願っていたようである。それゆえに彼らは今でも彼を懐かしみ、涙ながらに思い出を語り合う。一方、無神論者でヒューマニストのコナーは天国はこの地上に建設できると主張し、老人たちを育んできたキリスト教精神に寄り添うことはしない。また効率と秩序を重んじる合理主義者である彼はたしかに物質的には救貧院を改善したが、老人たちはその中で、人間らしく扱われていないと感じており、コナーに不満を募らせている。バザーの朝、届いた「町の住人」からだという手紙にもそれが表れている。実はこの手紙はグレッグが町の住人を装ってコナーを非難するために書いたものと思われ、彼はコナーが老人たちの権利を奪い、「最後の報酬へと向かうのを邪魔」(*The Poorhouse Fair*, 190)していると非難している。最後の報酬、すなわち自分の尊厳を保ち、自分らしく生きることこそが、財産も収入も身寄りもない老人たちの「最後の報酬」なのである。エイミー・モーティスのキルト作りもトミー・フランクリンの桃の種細工も、ささやかではあるが彼らの尊厳を保ち、自分らしく生きる行為であり、年に一度のバザーは自己の尊厳を確認できる機会なのである。

ここに生きる老人たちは収入も地位もなく権力も体力も持たないが、スタナードの言うような苦境に陥ってはいない。現状を受け容れ絶望に陥ることなく生きている。最後の場面、コナーと衝突したジョン・フックは相手のことを気遣い、自分から声をかけて関係を修復することを考えている。バザーの直前に起きた投石事件でコナーはフックが首謀者であると誤解し、彼の好きな葉巻の喫煙を禁じるという罰を与えたにもかかわらず、フックは若いコナーの心の痛みに思いをはせ、気遣っているのである。

コナーとの衝突が彼を悩ませ始めていた。あの若い男はひどく傷ついていたのだ。彼の腹心の部下が葉巻を奪った後、彼の顔にあらわれた弱さを思い出すと気づかわしかった。今までの親密さに報いるために、フックは彼を助けてやらなければならなかった。ほんのひとこと声をかければおそらく事態は良くなるだろう。教師であった時のフックの欠点はあまりにも誠実すぎることだった。彼がお節介を焼かずにいる場所はどこにもなかった。彼はなかば月光を浴びながら、じっと立ったまま、コナーに伝えるべき忠告がふっとそこに影をあらわしはしないかと探し求めていた。その言葉は二人を結ぶものとなるだろうし、また、この世での彼自身の死に耐えるためのあかしにもなるであろう。それはどういう言葉だろうか？（198）

これはフックの人格の成熟を表していると言えるだろう。子供の頃から祖父母と一緒に暮らしてきたアップダイクは老いの良い面をも理解していたようである。しかしどうすればそのように老いることができるのかはこの小説を書いた二十六歳の時点ではまだ分かっていなかった。小説の最後が疑問文で終わっていることはその表れであるように思われる。

以上のようにアップダイクは二十代にして苦境ではない老いの姿を描いて見せた。たとえ資本主義社会の価値基準である生産・消費能力を持たずとも、自己の尊厳を保つことは可能であり、それを確認する事ができさえすれば、人は老いても苦境に陥ることなく、穏やかに生きていける。しかも老齢期には若い頃には得られない、人格の成熟という実りさえ、手にすることができる。これが二十代半ばのアップダイクが抱いていた老いの観念であった。

二十代で書いたもう一つの小説『走れウサギ』(*Rabbit, Run*, 1960)には年をとることがどういうことなのかということについて主人公が思いを馳せ、それが世の真実と結びついていることを感じる場面が登場する。二十六歳の主人公、ウサギことハリー・アングストロームは妻のジャニスとの結婚生活には自分の居場所がないと感じており、自分の存在意義を実感できる場所を探して走り回っている。高校時代、バスケットボールのスター・プレーヤーだった時には、確かに彼は自らの存在意義を感じていた。この経験は彼に自分が特別な存在であるという信念を与え、彼は時折、自分とダライ・ラマを同一視することもある。ウサギがエクルズ司祭に「このすべてのものの［中略］背後のどこかに、僕に見つけてもらいたがっている何かがあるんです。」(*Rabbit, Run*, 127)と言うとき、彼は他の人たちが分からないものを自分は分かっていると考えているようである。彼は何かこの世の真実を発見したいと切望し、それを手に入れることによって自分の存在意義を確信できると思っているようだ。ウサギ自身、それが何なのか分からないのだが、それが確かに存在することは分かっている。

ベッキーが生まれた後、ジャニスが入院中にウサギは息子のネルソンと二人で数日間を過ごす。子供と遊び、自分自身の子供時代を思い起こして、彼は突然、真実を感じる。

彼の人生を去ってしまったものは取り返せないところへ去ってしまった。どれだけ探してもそれは取り戻せないし、どんなに飛翔しても手は届かないだろう。それはここに、この町の真下に、この匂いや声の中にあったのだが、永遠に彼の背後に去ってしまった。私たちが解放のための代価を自然に与えるとき、すなわち子供を作るとき、満ち足りた時は終わる。それから自然は私たちのところを去っていき、私たちはまず内部が、そして外部がしおれていく。花の茎のように。(226)

ここでウサギは、年を取ることとの不可避性とこの世での自分の役割、つまり生殖により生命の連鎖をつなぐことを認識している。彼は自分の役割は個人の経験を超えたところにあると感じており、自分自身の存在を過去から未来へと続く永遠の時間の流れの中で捉えている。実際、この認識はアップダイクが後年、確立する世界観の核となる部分なのであるが、若いウサギは(そしておそらく若いアップダイクも)この認識の本当の意味を理解することはなく、したがってこれを彼の自己探索と結びつけることもしない。彼は高校時代、スター・プレーヤーとして自己実現していた時のような輝かしい何かを求めている。あの時の彼は、何ものにも囚われないユニークな存在であり、自分が宇宙の中心であると信じることができた。しかし試合の時と同じ栄光を現実の社会で実現するのは不可能である。この世を支配する何らかの真実の存在を悟ってはいても、過去の栄光に囚われている若いウサギには、それが何か分からない。自分が感じる真実と自分が求めるものを結びつけることができないので、彼は自分の居場所も存在意義も見つけることはできないでいる。

このように二十代のアップダイクの作品には苦境ではない老いの姿のみならず、年を取ることとの不可避性とそれが何らかの真実と結びついていることが提示されている。これは作者の老いに対する肯定的な捉え方を示すものであるが、まだ若く、老いが遠い存在であるアップダイクにはどのように老いを迎えるのが良いのかは見えていない。

3．2．五十代の作品――『さようならウサギ』

その約三十年後、五十代後半にさしかかったアップダイクが書いた『さようならウサギ』(*Rabbit at Rest*, 1990) には五十六歳になったウサギが自ら老いに直面し、死への恐怖と老いの疎外感に苛まれる姿が描かれる。「ウサギ四部作」最後の作品であるこの小説を作者は「憂鬱な男による、憂鬱な男についての、憂鬱な本」("Why Rabbit Had to Go," 1) だと評しているが、ここには老いと死の予感、あらゆる人間関係での孤立感といった憂鬱な要素が詰め込まれている。ウサギは最近、家族の者たちが彼をいたわるような口のきき方をするようになり、まるで耄碌したかのように扱われていると感じるが、実際、肉体的衰えは自覚せざるを得ない。かつてはスポーツ選手だったウサギも五十六歳になった今では、ジャンクフードの食べすぎのため肥満気味で、少し早足で歩いただけで鼓動が速くなって息が切れてしまい、また時折、胸のあたりに締め付けられるような感覚を覚えることさえある。判断力も鈍り、空港で家族とはぐれてしまったり、孫たちと遊びに行ったジャングル・ガーデンで鳥の餌をスナック菓子と間違えて食べてしまったりといった失敗を犯す。

このような老いの自覚は迫りくる死への恐怖を呼び起こし、小説全体に死の予感が漂っている。小説冒頭部分には、空港で息子一家の到着を待つ間、飛行機の形をした自分自身の死を待っているかのような奇妙な感覚を覚えるウサギの様子が描かれている。そして爆破されたパンナムのジェット機のことをたびたび考え、乗客たちの死に自分の姿を重ね合わせてみたりする。このような漠然とした死への恐怖は彼が心臓発作を起こして集中治療室に入れられると急に現実味を帯び、ウサギは自分のすぐ前に死が存在することを認識し恐怖で息がつまりそうになる。「死は人生の飼いならされたペットではなく、野獣なのだ。それは〔多くの人たちを〕呑み込み、今また、自分を呑み込もうとしている。死は実際自分の下にあり、まったく自分のものなのだ。自分の死。痛む喉の焼ける感じが強くなり、ウサギは恐ろしさで、ほとんど窒息するような気がする」(*Rabbit at Rest*, 176)。ゴルフ仲間の年上の賢いユダヤ人たちに、死をどう思っているか聞きたくてたまらないがなかなか聞くことができない。彼は声にならない叫びを上げる。「助けてくださいよ、皆さん。どうやって性や死を超越し、気にしなくなったのか、教えてくださいよ」(71)。彼らは助けと慰めを求めるウサギの沈黙の叫びを察するものの、彼を子供扱いしてからかい、最も知りたがっている問いにきちんと答えることはない。

ここでは『プアハウス・フェア』で描かれた老人像とは随分と違った老いの姿が見られる。経済的には救貧院の老人たちよりはるかに恵まれ、十分に消費生活を行う力を持っているウサギだが、精神的には比べものにならないくらい不安定で、死の恐怖に押しつぶされそうになっている。彼の死への恐怖は自分の人生が無駄な努力ではなかったかとの疑問を抱くことによりさらに深まる。彼は自分が主体性もなく、意味のない人生を送ってきたことを発見し、またずっと求めてきた自己実現の機会をまだ得ていないことに気づきショックを受ける。このまま死を迎えることになれば、まさに彼の人生は無駄な努力、取るに足らないつまらないもので終わってしまうのだ。

落ち込んだウサギを救い出したのは舟遊びでの事故で孫娘ジュディを救ったことである。[1] この事件で、まずウサギは一人の人間の命を救ったことにより自分の存在はつまらないものではなく意味のあるものだとの確信を得る。さらに重要なことは、彼が助けたのは彼の遺伝子を受け継ぐ孫娘の命であったことである。十年前の『金持ちになったウサギ』(*Rabbit Is Rich*, 1981) の最後のシーンで赤ん坊のジュディを抱いているとき、突然、ウサギの心に死の観念がよぎる。自分の遺伝子が孫娘に受け継がれ、彼の死後もそれは生きながらえると彼は認識する。彼の人生は、彼自身が生命の連鎖の一部であるから意味がある。サンフィッシュの事故の際、ウサギは単にジュディの命を救ったのみならず、生命の連鎖が途切れることを防いだのである。それゆえ、この事故はウサギが自分の存在意義を明確に確信する機会となり、これ以後、彼が自分の人生を「無駄な努力」だと考えることはなくなる。このエピソードの後、彼はさらなる孤立状態に置かれ、仕事と家という自分が愛着を持つ二つのものを同時に奪われるという事態にも陥るが、そのような過酷な状況にあっても、彼は主体性を失わず苦境に耐えることができる。死の恐怖が消えることはないが次第に死を客観的に見ることができるようになる。そして二度目の致命傷となる心臓発作のあと、死の床でネルソンに「そんなに悪くないよ」と言って死んでいく。

二十代のときに思い描いていた貧しいが穏やかな生活や人格の成熟といった観念的な老いと比べ、五十代になり自らが老いに直面したアップダイクが描き出した老いはやはり苦境であったが、それはスタナードの言う苦境とは別のものである。経済的に恵まれ、消費生活を続けることができても老いの苦境は訪れるものなのである。しかしながら、自分の存在意義を確信することにより、その苦境は克服でき、死への恐怖も緩和できるということをウサギの経験は伝えている。三十年前、若いウサギが漠然と感じていた、子孫を残すことで人間はその役割を果たすという真実をここに来て五十代のウサギは自分の存在意義と結びつけることができた。

3．3．七十代の作品――「突然の出現者」

『さようならウサギ』から約二十年後、七十代のアップダイクはいくつかの短編小説に年老いた者の精神状態を表わしている。「突然の出現者」（"The Apparition," 2007）は、七十代前半のヘンリー・ミルフォードが妻とともに参加した、南インドのヒンズー教の寺院を巡るツアーで、四十代前半の女性ロリーナ・ビリングズと出会い、淡い性的欲望を抱く話である。物語はホテルの階段でロリーナがミルフォードの妻を呼びとめ声をかける場面から始まる。彼女の出現があまりにも突然だったのでミルフォードは驚き、彼女のことを「突然の出現者」と表現する。ミルフォードは統計と確率が専門の元大学院教授であるが、退職した今は驚くほどその専門分野には関心がない。教えることは義務を果たす仕事であった。そして今は観光旅行が彼の義務を果たす仕事だと思っている。彼には退屈なこのツアー参加は妻のジーンの提案のようである。彼女は結婚前は小学校教師をしていた。当時、教室で子供たちを支配していたように今は、夫である自分を支配しているとミルフォードは感じている。ジーンは何事にも生真面目に取り組む性格で観光中もガイドの説明をメモに取り、またツアーの参加者リストもチェックしてロリーナが自己紹介する前から彼女の名前を知っていた。ロリーナの夫で弁護士のイアン・ビリングズもジーンと似たような性格らしく、ジーンとイアンはヒンディー語とサンスクリット語のメモを照らし合わせてメモの正確さを競いあっている。その間に、残されたミルフォードとロリーナは自然と親しくなる。ミルフォード夫妻はニューイングランドの人間であるが、ツアーの参加者のほとんどがニューヨークの高級住宅地アッパー・イースト・サイドの住人である。ビリングズ夫妻もまだ若いのに非常に裕福らしく家や別荘を五軒も持っている。またミルフォードはロリーナの父親くらいの年齢であるが、年齢や、富や階級の差はインドという異郷の地が与えるプレッシャーの下では意味のないもののようにミルフォードには思われる。

ロリーナはチリ人の母を持ち、ほんのわずかではあるが外国なまりの英語を話す。ミルフォードは彼女のエキゾチックな話し方、都会的な小粋さにも魅力を感じているが、最も惹かれているのは彼女の体つきである。

肉体的には妻とこの突然の出現者はともに彼の好みのタイプだとミルフォードは思った。中背でしっかりした体格で、太ってはいないがヒップは十分に大きく、子供を産む準備ができていることを示している。男が赤ん坊を産ませたいと思うような体つきをした女性。彼とジーンの子供たちは彼ら自身が子造りの年齢だったし、上の二人の娘たちはそれを超えてしまってさえいた。しかし原始の本能はいまだに彼の中で生きていた。すなわち彼はこの突然の出現者を彼の子供の母親にしたいと思ったのだ。(*My Father's Tears and Other Stories*, 233-34)

この後、アップダイクのお定まりの展開、不倫へと突き進むのかと思いきやさすがにそうはならない。「彼はロリーナのあまり近くに寄りたいとは思わなかった。彼の年では、安全な距離から見守る方が、よこしまで好色な流し目で彼女を包む方が好ましかった」(237)。そしてツアー最後のフェアウェル・パーティでサリーを着たロリーナの美しさに口もきけないほど魅せられるが、ロリーナからの誘いとも受け取れる「あなたとジーンはニューヨークに来ることはないの?」という問いかけにミルフォードは否定的に答えるがこれは明らかに彼女から逃げたいと思ってのことである。

最後の夜、妻の傍らでベッドにうつぶせで寝そべったミルフォードは再び、ロリーナと体と体で向き合っているように感じながら、数日前の夜、観光に行ったある寺院の儀式のことを思い出している。その寺院では毎晩、シヴァ神の妃であるパールヴァティ神を朝までシヴァ神とともに過ごさせるために、そのブロンズ像を高僧たちが彼女のサンクチュアリから連れ出し、神輿のようなものに乗せて鳴り物入りでシヴァ神の所まで運んでゆくという儀式がおこなわれている。すなわちヒンズー教の神が夫婦の交わりをするのを崇め、たたえるのである。これを思い出しながらミルフォードは真実に触れたと思う。

出発の間際の眠れない夜を過ごしながら、ミルフォードはこれが真実だったのだとわかる。現世のそしてこの世を超えた真実、一つの肉体がもう一つの肉体を愛すること、不潔さと偶然や宿命の混乱のうちに、結ばれる見えないシヴァ神たちやパールヴァティ神たち。彼は甘美な愚行の中でもう一度魅惑され、それを味わったことをうれしく思う。もっとも彼がその上に寝ている黒い形、彼にぴったり合ったその形は墓の中の彼の遺体の形であるのだが。(243)

男女がお互いに肉体を崇拝し交わること、これが大昔から続いてきた真実であるというのは、これが最も原初的な形での人類を存続させている原理であり、それが太古の昔から連綿と続いてきたからこそ、自分も今、存在するのであり、自分の子供たちも存在する。生命の連鎖の中に自分も加わっているということは、自分ひとりの人生を超えて大きな人類の営みの中に自分が加わっているということである。ベッドに寝転びながらミルフォードは今、自分の存在意義をかみしめているのである。『走れウサギ』において若いウサギが漠然と感じていた真実の意味を七十代のミルフォードは明確に理解している。最後の言葉は彼が自分の死に思いを馳せていることを表している。死が近づいている今でもなお、ロリーナという女性に魅了されそれを感じる能力が残っていたことを彼は喜んでいる。そして死を全く怖がらなくなっている主人公がここには見られる。

4. アップダイクの世界観と「老い」の受容

このように最近の短編に描かれる老いは肉体的衰えの自覚はあるものの決して苦境ではない。精神的に安定しており、死への恐怖も感じていない。『さようならウサギ』のウサギ同様、ヘンリー・ミルフォードも大きな時の流れの中での自分の存在意義を確信している。人類を存続させてきた生殖活動に自分も加わることにより、自分が過去から未来へ連綿と続く、永遠の生命の連鎖に連なっていることを感じている。ここには『プアハウス・フェア』で描かれていたような自己の尊厳を確認する作業すら必要ない。これこそが神が創造した世界であり、自分もその一部であることを感じるだけで満ち足りた幸福感に浸れるのである。

バスの中で現地人ガイドはヒンズー教について次のように説明している。

「ヒンズー教は、人生にはいくつかの段階があり、それぞれの段階が聖なるものだと教えます。性行動も人生の一部だし、ビジネスもそうです。［中略］人生最後の段階で人は家族や仕事を離れて、神や人生の究極の意味の探究を許されますが、それ以前の世俗の段階もまた聖なるものなのです。仏教は克己と世俗の超然を求めますが、このようにヒンズー教は人生を十分に表現することを許すのです。ヒンズー教は最古の宗教ですがいまだに広く実践されています。そして何物とも矛盾しないという点では最も現代的な宗教でもあるのです。」(240)

ここにはクリスチャンであるアップダイク自身の世界観とも重なる部分がある。ダレル・ジョドックは「善とは何か——アップダイクのルター派的根源」の中で、この世における神の存在と働きを強調し肯定することをルター派の伝統の特徴の一つとして挙げている。そしてマルティン・ルターの言葉を引用して次のように説明する。

神の力は本質的にあらゆる場所に、最も小さな木の葉にさえも存在する。いかなるものも神の「仮面」

でありうる。キリストの肉と血が聖餐式のパンと葡萄酒の「中に、それとともに、そしてその下に」確かに存在するように、神はこの世のあらゆるものの「中に、それとともに、そしてその下に」存在する。神の遍在に与るキリストは「石にも火にも水にもそして綱にさえ」、ことごとく存在するのである。この世のすべては聖なるものなのだ。(Jodock, 133)

ヒンズー教と同じくルター派教義においても、この世のあらゆるものは神聖なのである。数多くのインタヴューの中でアップダイクは、自分がルター派教会員の家庭で育ったこと、ルター派の「この世を受け容れる姿勢」を自分も持っていることを述べており、エッセイ集『自意識』(*Self-Consciousness*, 1989)の中で、「不完全で堕落してはいてもこの世をそのまま受け容れなければならない」(129)と書いている。この姿勢の裏には、この世界は不完全な部分も堕落した部分もすべて神によって創造されたものであり、それゆえ、すべてが神によって是認されているというアップダイクの世界観がある。[2]したがって老いや死も神の創造物として受容しなければならないのである。そしてその受容を可能にするのは自分自身が神の創造した世界の一部であり、神から受け容れられているという意識である。

死への恐怖はどうすれば克服できるのだろうか。この答えは次の短編「満たしたグラス」("The Full Glass," 2008)に示唆されている。作者アップダイクと同じく、この主人公も子供のころ、祖父母と同居していた。この作品にはあちこちに祖父母との思い出がちりばめられているが、自分が彼らの年代になった今、当時、感じていた疑問の答えがおのずから分かったことが述べられている。

子供のころ、私は祖父を見て、そんなに死の近くにいて、どうして正気でいられるのかと不思議に思ったものだった。しかし実際、今、分かるのは、自然が毎日、血管の中に少量の麻酔剤を落とし、それが一日は一年と同じくらい十分であり、一年は一生と同じくらい長いのだと思わせるのだ。歯を磨いたり薬を飲んだり、デンタルフロスを使ったりグラスを水で満たしたりといった生活のためのルーティーンが疲れさせるのだ。(*My Father's Tears and Other Stories*, 289)

どうやら死への恐怖は克服するものではなく、自然に薄れていくもののようである。それゆえに「突然の出現者」のヘンリー・ミルフォードも最後の場面で死を恐れてはいないのである。

5. 結び

スタナードをはじめとする社会学者たちが指摘するように、一般的に、現代の資本主義社会では生産および消費能力を持たない高齢者の社会的価値は低く、年老いた者は軽んじられる傾向がある。しかしこのような高齢者差別社会においても、老いを苦境と捉えない生き方があることをアップダイクは数々の作品の中で示してきた。自身の老いが身近ではない二十代のときでさえ、経済的生産性や社会的役割に依存しない自尊心の基盤を確立することで老いは苦境ではなくなることや、年を取ることは自然の摂理であり子孫を残すことで過去から未来へ向けて永遠に続いていく生命の連鎖に自分も連なることを自覚し、これをこの世の真実であると感じる若者を描いた。五十代で自らが老いに直面した時には、孫娘との関わりを通じて、たとえ自分が死んでしまっても自分の遺伝子は子孫に伝えられることを認識し、生命の連鎖に連なることこそが自分の存在意義であると悟る主人公を描き出した。そして晩年の作品にはいよいよ死を間近に感じながら、まったく動揺しない高齢者を登場させる。すなわち資本主義的価値観に基づかない自己の尊厳を確立し、自分の人生の意義を明確に自覚することで老いは苦境ではなくなることをアップダイクは示している。

資本主義社会において社会的地位を失った高齢者が自己の存在意義を自覚するのは難しいことであるが、あらゆるものは神によって是認されているというアップダイクの世界観はこれを可能にする。すべてが是認されているのであるから彼自身の存在もまた、神によって是認されている。神による是認と、神が創造したこの世界全体を受容することは肉体的衰えや社会的地位の喪失といった老齢期の困難な状況をも平静に受け容れることにつながる。生殖によって私たちは太古の昔から続いてきた永遠の生命の連鎖に連なることができる。それが神が創造した世界であり、私たちはその一部なのである。それゆえに私たちはこの世を動かす私たちの生の意義を確信することができる。アップダイクはすでに二十代の時にこの世界観の原型を抱いていた。この世界観は『走れウサギ』で、若いウサギが見つけたいと思っていた「何か」であり、エクルズ司祭がしきりに知りたがっていたものでもある。作者はこの原型を数十年かけて確固たる世界観に発展させてきた。この世界観に基づきアップダイクは、老いの受容は、神からの是認の意識と、神が創造したこの世界での自分の存在意義の確信によって達成されることを示している。

注

（1）この事故のエピソードを作者はこのままにしておくことはせず、この後、ジュディは溺れたのではなく、ただ祖父をからかうために帆の下に隠れただけであり、ウサギは彼女を救ったという偽りの確信を抱いているだけだということを明らかにするが、ここで重要なのはウサギ自身がこれをどう認識したかである。ジュディが何度か本当の事を言うが、そのたびにその言葉を否定するほど、ウサギの確信は強い。この事故の経験を通じて得た自分の存在意義に対する彼の確信は確固たるものだったのである。

（2）アップダイクの世界観については拙論「John Updike の現実受容の世界観―― Saul Bellow との比較において」『関西外国語大学研究論集』第九〇号を参照のこと。

引用文献

Conner, Karen A. *Aging America: Issues Facing an Aging Society*. Englewood Cliffs, NJ: Prentice-Hall, 1992.

Fischer, David Hackett. *Growing Old in America*. New York: Oxford UP, 1977.

Fitzgerald, F. Scott. *The Great Gatsby*. London: Penguin Books, 1994.

Fountain, Henry. “Old and Overscheduled: No, You Can’t Just Dodder.” *New York Times* 15 May 2005.

<http://www.nytimes.com/2005/05/15/weekinreview/15fount.html?pagewanted=1&_r=1&sq=old%20and%20overscheduled&st=nyt&scp=1>

Jodock, Darrell. "What Is Goodness? The Influence of Updike's Lutheran Roots." In *John Updike and Religion: The Sense of the Sacred and the Motions of Grace*, ed. James Yerkes, 119-44. Grand Rapids, MI: W. B. Eerdmans, 1999.

Stannard, David E. "Growing Up and Growing Old: Dilemmas of Aging in Bureaucratic America." *Aging and the Elderly: Humanistic Perspectives in Gerontology*. Ed. Stuart F. Spicker et al. Atlantic Highlands, NJ: Humanities Press, 1978.

Updike, John. "The Apparition." *My Father's Tears and Other Stories*. New York: Knopf, 2009. (First Published in *The Atlantic Monthly*, Summer Fiction Issue 2007: 10-13, 14, 16.)

——. "The Full Glass." *My Father's Tears and Other Stories*. New York: Knopf, 2009. (First Published in *The New Yorker*, 26 May 2008: 66-71.)

——. *The Poorhouse Fair*. Fawcett Crest, 1991. (First Edition: New York: Knopf, 1959.)

——. *Rabbit at Rest*. New York: Knopf, 1990.

——. *Rabbit, Run*. New York: Knopf, 1987. (First Edition, 1960.)

——. *Self-Consciousness: Memoirs*. Harmondsworth: Penguin, 1990.

——. "Why Rabbit Had to Go." *New York Times Book Review* (5 Aug. 1990): 1, 24-25.

柏原和子「John Updike の現実受容の世界観—— Saul Bellow との比較において」『関西外国語大学研究論集』第九〇号（関西外国語大学、二〇一〇年）、一-一四。

成長と老いのより糸

——サンドラ・シスネロスの『カラメロ』に見るボーダーランドの精神——

松原　陽子

1．死にゆく父と看取る娘

現代チカーナ文学を代表する作家サンドラ・シスネロス（Sandra Cisneros, 1954-）はこれまで、歴史的・社会的に周縁化されてきたメキシコ系アメリカ人女性たちの経験を描き出してきた。小説デビュー作『マンゴー通りの家』（*The House on Mango Street*, 1984）では、貧しいバリオに暮らしながらもたくましく成長する少女の自己形成を描き、短編集『女が叫ぶ川』（*Woman Hollering Creek and Other Stories*, 1991）では、伝統的なメキシコ人女性のステレオタイプを解体し、アメリカとメキシコの両文化の狭間で生きる現代女性の多様な現実を浮かび上がらせている。(1)

今世紀に入り出版された小説『カラメロ』(*Caramelo*, 2002) は、散文作品としては三作目にあたり、メキシコ系アメリカ人少女のビルドゥングスロマンという点では、『マンゴー通りの家』の流れをくむものである。ただ、ここで注目したいのは、これまで主に女性を中心に描いてきた作者が、この作品を父親に捧げているという点である。[2] シスネロス自身が明らかにしているように、この小説はもともと、彼女の父親アルフレド・シスネロスについての物語を書こうとしたことから始まっている。[3] アルフレドには第二次世界大戦に従軍した経験があるが、一般にアメリカの歴史について人々が考えるとき、彼のような人物が思い浮かべられることはない。自分が大切に思う人が、「死んでしまうと、まるで何の意味も無かったかのように忘れ去られてしまう」ことに心を痛めたというシスネロスは、この作品はそんな彼女の父親と同様、歴史から忘れられた移民たちの物語でもあると語っている (qtd. in Rivera, 72)。

そのアルフレドは、作者がこの小説を執筆中の一九九七年、七十二歳でこの世を去っている。作品に取りかかる以前から父の死を予感していたというシスネロスは、九カ月間仕事から離れ、末期癌と診断された父親の看病に当たっている。[4] こうした状況を踏まえると、『カラメロ』は、父親の老いに直面した作者が、公的な記録には残されない彼の存在を、物語として人々の記憶に残そうとする思いから生まれた作品であることがうかがえる。その父親の晩年を看取った経験は、この小説に少なからぬ影響を与えていると考えられるだろう。同年秋のメキシコの祝祭日「死者の日」に寄せた寄稿文において、この時の経験を語ったシスネロスは、死について語るとき、人はみな「当然のように喪失」について語るが、「必ず得られるもの」については誰も話そうとしないと述べている。[5] では、シスネロスはこの経験から一体何を得たのであろうか。

そこで本稿では、『カラメロ』に描かれる主人公の成長過程に「老い」がどのように関わっているかを検討することによって、逆照射的に作者の「老い」に対する意識を浮かび上がらせることを試みる。その際、主人公のメキシコ系アメリカ人女性としての社会的文化的背景に注目しながら、彼女と彼女の祖母との関係、そして父親との関係について考察する。

2. ボーダーランドに育つ

ララという名で呼ばれる思春期の少女セラヤ・レイジェスを主人公とするこの小説は、彼女が語る三部からなる物語で構成されている。第一部では、幼少期に毎夏恒例であったシカゴから父の故郷メキシコ・シティへと里帰りしたときの思い出が語られる。第二部では、さらに時をさかのぼり、父方の祖母ソレダの生い立ちを中心に、ララが生まれるまでの三世代に渡るレイジェス家の物語が米墨両国の歴史を背景に明らかにされる。最後の第三部では、物語の現在に戻り、ソレダのアメリカ移住と彼女の死、またレイジェス一家がシカゴからサン・アントニオへと引っ越し、さらにその後再びシカゴへ戻るまでの様子が描かれる。

この概要からも明らかなように、『カラメロ』の主要なテーマの一つは、時空間の移動、それも境界を横断する移動である。米墨間の国境やアメリカ国内の異なるコミュニティ間の往来だけではなく、ララによる時系列を無視した語りは、過去と現在の時間的な境界の侵犯も示唆している。しかし、この移動という行為は、安定した自己の形成には妨げとなる。それを象徴しているのが、第一部の冒頭を飾るアカプルコの浜辺で撮影された親族の集合写真にまつわるエピソードである。「まるで存在しないかのように」(*Caramelo*, 4)ララだけ写っていないその記念写真は、彼女の確立された自己の不在を暗示している。無論、まるで自分がその写真を撮った写真屋であるかのように感じるララの感覚は、他者の「思い出/記憶(*un recuerdo*)」(4)を語ることを通して自己の存在を認識していくこれからの物語展開を予感させるものである。しかも、「どこで事実が終わって、お話が始まるのか思い出せない」(20)というララの語る物語もまた、虚実の境を越えている。それは、巻頭に「自分の知らないことは作り出し、知っていることは誇張して、健全な嘘をつく一家の伝統を継承した」という作者自身の免責文が付されたこの小説全体にも通じている。

現実であれ想像上であれ、こうした境界をめぐる経験は、二つの異なる文化を背負ったメキシコ系アメリカ人の多くにとって、多少なりとも共通しているだろう。その問題にフェミニストの立場から取り組み、境界に生きる新たな主体のあり方を模索したのがグロリア・アンサルドゥーア(Gloria Anzaldúa, 1943-2004)である。(6)

彼女の主著のタイトルである「ボーダーランズ(borderlands)」は、国境地域を指す言葉であるが、アンサルドゥーアは、南テキサスのリオ・グランデ渓谷という米墨国境地帯で育った自らの経験を踏まえた上で、より広い意味でボーダーランドを捉え直す。彼女によると、「ボーダーランドとは、不自然な境界線による感情の残滓によって作り出された漠然として不確定な場所」(Anzaldúa, 25)である。そして、「常に過渡的な状態」(25)にあるその場所は、「『正常』の境界を横断するか、越えるか、もしくは通り抜ける人々」(25)のすみかでもある。アンサルドゥーアは、この「横断(cross[ing] over)」から生まれるのが「新しいメスティーサの意識」(99)、すなわち「ボーダーランズの意識」(99)であると主張する。「メスティーサ/ソ」とは、主にヨーロッパ系の白人と先住民の混血を意味するスペイン語だが、彼女はここでもその意味を広義に捉え直し、複数の人種の遺伝子が「掛け合わさる(crossing over)」(99)ことによって生まれた「ハイブリッドな子孫、変化しやすい、より適応性のある種」(99)と説明する。この新たなメスティーサは、「矛盾に対する寛容、曖昧さに対する寛容」(101)を持ち、その意識は、「白人種と有色人種、男性と女性」(102)といった従来の二項対立的思考に見られる「主体・客体の二元性を解体する」(102)働きをするものである。

ところで、この議論に先立ち、アンサルドゥーアは、メキシコおよびチカーナ/チカーノ文化の中で長く伝えられてきた三人の神話的女性像――グアダルーペの聖母、マリンチェ、ジョローナ――を解体し、それらの起源がアステカ神話の女神コアトリクエにあると論じている。(7) グアダルーペの聖母は、アステカの土着信仰とキリスト教が融合した褐色の聖母マリアのことで、メキシコおよびチカーナ/チカーノの人々の精神的支柱として、現在でも強力な国家的・民族的アイデンティティの象徴である。一方マリンチェは、征服者エルナン・コルテスの通訳となり、彼の子を産んだ先住民の女性奴隷であるが、スペイン人に祖国を売った売国奴として裏切り者の代名詞とされてきた人物である。また、「泣き女」という意味のジョローナは、伝統的な民話に登場する女性の幽霊で、夫(もしくは愛人)に裏切られ、その腹いせに川に沈めて殺したわが子を、夜な夜な泣きながら探し回るという言い伝えがある。アンサルドゥーアは、これらの女性像は、男性支配のアステカ社会とそれに続くスペイン人による征服後のメキシコ社会の中で、支配者にとって都合よく「処女／娼婦」(53) の二分法に沿って作り上げられてきたものであることを指摘する。「私のチカーナとしてのアイデンティティは、インディオの女性の抵抗の歴史に根差している」(43) と語るように、彼女はそれらの分断された女性像を土着の女神の中に回復することによって、女性の中で恥ずべきものとして抑圧されてきた先住民のルーツとの精神的なつながりを取り戻す。こうしてアンサルドゥーアは、これまで周縁化されてきた土着文化を含め、ボーダーランドで重なり混じり合う文化の複数性・雑種性を肯定的に再解釈し、それに基づく重層的なアイデンティティのあり方を提唱する。

話を元に戻すと、アンサルドゥーアが論じるボーダーランドの意識は、やがてララの中に芽生える意識と通底するものである。この点については後述することにして、ここでは、そうした意識に至るまでの過程を確認しておきたい。ララがいわゆるアイデンティティの危機を経験するのは、引っ越し先のサン・アントニオにおいて、経済的理由によってカトリック系の学校から公立の職業高校へ転校したときのことである。たとえアメリカ生まれであっても、「れっきとしたメキシコ人」(*Caramelo*, 353) と感じているララは、歴史の授業中、スペインのセビリア出身の曾祖父エレウテリオのことを「うっかり話してしまった」(353) ことから、一部の民族主義的な女子生徒集団に目をつけられてしまう。その結果、彼女たちから「ガバチャ (*gabacha*)」といった白人に対する蔑称で呼ばれるようになったララは、ついにある日の下校時、彼女たちから襲撃を受ける。このとき、逃げ場を失った末、フェンスをよじ登り州間高速道路へと飛び出したララは、中央分離帯に向かって駆け出しながら、

「構わない、ここは私のいるべき場所じゃなかったんだ。もう自分の居場所がどこなのかも分からない」(356) との思いを強め、帰属意識の喪失に陥る。「お喋りだけが私の取り柄」(353) と話していたララだが、皮肉にもその口が災いして自ら窮地に陥ってしまう。

この小説の主要テーマである移動と物語りの関連性について論じるヘザー・アランボーは、このシーンに描かれるララの「横断 (crossings)」(Alumbaugh, 68) が引き起こす逆説に注目する。一方で、フェンスを越える行為は、彼女を女子生徒たちの攻撃から救うが、他方、高速道路を渡る行為は、彼女を危険にさらすことになる。アランボーは、この逆説こそが「彼女のアイデンティティ形成を象徴するもの」(69) であると指摘し、次のように説明する。「家族との数々の移動は、彼女の自己意識を危機にさらすと同時に、まさにそれらの移動が、メキシコ系アメリカ人女性として、そしてストーリーテラーとしての彼女が何者であるかを定義する」(69)。

横断をめぐるアランボーの議論は、アンサルドゥーアのボーダーランドの意識を彷彿させる。ただしここで確認しておきたいのは、中央分離帯の上で恐怖で身動きできなかったララに、向こう側まで渡り切るきっかけを与えたのが、彼女の名を呼ぶ祖母ソレダの声であったという点である。もちろん、この時点でソレダはすでに亡くなっており、ララが耳にしたのは、死後幽霊となって現れたソレダの声である。しかし、ララが横断する際、祖母の声を意識したということは、ララの自己形成においてソレダが重要な役割を果たしていることを示している。そこで次節では、祖母ソレダに焦点を当て、彼女とララの成長との関係について具体的に考察する。

3. 祖母の物語

一般に、若者の成長を描いた物語に登場する老人と言えば、長年の経験と知恵を兼ね備えた指導者的人物が想像されるだろう。例えば、現代チカーノ文学を代表するルドルフォ・アナーヤの作品『ウルティマ、ぼくに祝福を』（*Bless Me, Ultima*, 1972）は、メキシコ系アメリカ人少年の成長を描いたビルドゥングスロマンであるが、主人公の師となるウルティマは、超自然的な力を持った呪医の老女である。彼女は伝承の知識や教訓を主人公に教え、精神的後継者としての自覚と自立へと彼を導きこの世を去っていく。

一方、『カラメロ』に登場する老女ソレダは、「人生の先達」としての老人像をことごとく覆す人物として描かれている。長男にあたるララの父親イノセンシオを溺愛する以外、家族みんなを邪険に扱う女家長として君臨するソレダは、孫たちからは「ひどいおばあちゃん」として恐れられる存在である。また、彼女はラテンアメリカのソープオペラにあたるテレノベラを愛好する俗人であり、死後、幽霊となってララの前に現れるのも決して霊的な力によるものではない。生前の横暴な態度が災いして、「あの世とこの世の間で」（*Caramelo*, 406）立ち往生しているからである。あの世に行くためには、自分が傷つけた人々に許してもらわなければならない。そこでソレダは、ララを先導するどころか彼女につきまとい、皆に理解してもらえるように自分の話を語ることによって、「あの世へ渡る（cross over）」（408）手助けをしてほしいと懇願する。

ソレダの幽霊は、境界の横断がテーマのこの小説に特徴的な死生観を端的に表しているだろう。それは、西欧近代思想によって二項対立的に分断された生と死を、一続きの連続体と考えるものである。そして、その境界がしばしばレイジェス家の人々によって侵犯される様子は、「老い」もまた一つの境界域――ボーダーランド――であることを暗示している。ソレダの義父エレウテリオが、脳塞栓で死の宣告を受けた後、葬式の途中でまだ生きていることが分かり、「半復活」(144) を遂げるように、生前のソレダも心臓発作からの蘇生を経験している。幽霊となった彼女がララの前に姿を現すのも、わが子イノセンシオが心臓発作を起こしたときのことである。運び込まれた病院の集中治療室の中で、生死の境をさまようイノセンシオを挟んでソレダとララは対峙する。


セラヤ、こんなふうにいるのはとても寂しいんだよ、死んでるわけでも生きてるわけでもなく、階の途中のエレベーターみたいに、中途半端なままで。おまえには分からないだろう。何て酷いこと! 何もないところにいるなんて。[中略] 助けておくれ、セラヤ、渡るのを助けてくれるだろう?

――国境を越えて密入国させるコヨーテみたいに?

――まぁ……言ってみればね。

――誰かほかに運んでくれる人はいないの?

――誰がいるって言うんだい? 私のことが見えるのはおまえだけなんだよ。あぁ、女でいるってことは大変なことだね。胸が大きくなるまでは世間なんて目もくれやしないのに、一旦母乳が出なくなったら、また見向きもされなくなるんだから。私を助けられるのはおまえだけなんだよ、セラヤ。(408)

こうしてララは、父イノセンシオをあの世に連れて行かないことを交換条件として、ソレダの物語を語ることに同意する。それがこの小説の第二部にあたることを、読者はここでようやく知る。

この引用は、ときにその口が災いを招く「お喋り屋」から、意味を生み出す有機的な物語を紡ぎ出す「ストーリーテラー」へとララが成長していく契機となる重要な場面である。「コヨーテ」とは、正式な書類を持たない移住者をアメリカへ密入国させる人物を指す言葉であり、代表的なボーダーランドの住人である。そこに含意される「違法性」は、既存の境界線を自在にすり抜ける柔軟さに加えて、そこからはみ出しこぼれ落ちる存在であることを意味している。そして、そこに生まれる「除外された者」としての意識は、複数にまたがる文化を生きるボーダーランドの意識そのものであり、後に詳述するように、ララがこれまで敬遠してきた祖母ソレダと彼女自身をつなぐものでもある。

確かに、ララがソレダの要請を受け入れたのは、父親を死から救いたいとの一心からであるが、このときララの中で起こったソレダに対する認識の変化も見逃せない。ソレダが息を引き取った当初、なかなか祈りの言葉が浮かんでこなかったララは、「私のお父さんの母親ってだけで、私にとっては何でもないおばあちゃんのために何も言うことが思いつかない」(350)と説明していた。しかし、あの世に行くことができず、「ひとりぼっち」(406)のソレダが目の前で泣き叫ぶのを見て、「人生で初めて、おばあちゃんがかわいそうだと思う」(406)に至る。というのも、父親が救急車で運ばれるとき、ララ自身も「そんなふうに泣いた」(406)からである。七人兄妹の末っ子で一人娘であるララは、これまで常に父親の手厚い庇護のもとに育ってきた。台所に貼られた白馬に乗ったカウボーイにさらわれる美女の絵に憧れ、ボーイフレンドとメキシコ・シティに駆け落ちの真似ごとをしたとき、怖気づいた彼氏に置き去りにされたララを迎えに来てくれたのも父であった。そして、その存在を当然視していた父親に死が迫っているという現実に直面した今、ララは初めて一人残される孤独を実感する。このことはつまり、死すべき存在としての人間の有限性、すなわち生の終焉としての「老い」に対する意識がララの中で芽生えたことを意味している。その意識の芽生えはしかし、父親への精神的依存から独立する成長の契機にもなりうる。これまで「父親の母」という認識しか持っていなかった祖母ソレダに対してララが同情を抱いたのは、彼女がソレダを父親に付随する存在としてではなく、同じ感情を共有しうる一個人として認識したからである。それはまさしく、ララが父親の庇護から離れ、独り立ちへの一歩を踏み出したことを表しているだろう。では、その一歩とはどのようなものなのだろうか。

ここで再び先の二人の会話の引用に戻ろう。ソレダが用いる「胸」のメタファーは、男性中心社会の中で、女性が性的もしくは生物学的存在へと還元されてしまっていることを示唆している。したがって女性には、性の対象あるいは母親としてのアイデンティティ以外は認められない。それは、アンサルドゥーアが指摘した「処女（聖母）／娼婦」の二分法に基づく女性像と重なり合う。ソレダのこうした見解は、第二部で明らかにされる彼女自身の経験に基づいている。レボソと呼ばれるメキシコの伝統的な女性用ショールの有名な織職人の家に生まれたソレダは、幼くして母親を亡くし、父の再婚に伴い親戚の家に預けられた。ソレダ曰く、「**母もなく、父もなく、吠えかかってくる犬さえいない**」（102）状態で取り残される中、彼女は密かに運命の出会いを待っていた。そこに現れたのがナルシソ・レイジェスである。ナルシソに「父親のような保護」(107)を感じたソレダは、彼の提案に従いレイジェス家で使用人として働くことになる。やがてナルシソは、「貧弱な胸に貧弱な尻ではあるが、それでも見た目は愛らしいほっそりした若い娘」(151)へと成長したソレダのもとに夜な夜な通うようになり、彼女のお腹が大きくなり始めたのを見かねた彼の父エレウテリオの一喝によって、二人は結婚する。しかし妊娠中のソレダをよそに、ナルシソは別の女性に心を奪われたあげく捨てられ、残りの人生を虚ろに過ごす。母となったソレダが長男イノセンシオを溺愛する背景には、こうした夫への愛情の飢えがあったのである。

興味深いことに、我々読者は、女性のアイデンティティに関するソレダの見解と同じ内容のことを、それに先立つララの語りの中で目にしている。

> 祖母は、彼女の体が変化し、男性の注目という戦利品を獲得したときだけ、目に見える存在となった。しかしそれから、子どもを出産するたびに彼女の体型が変化し崩れるにしたがって、彼らの注目を失ってしまった。そしてそれから、彼女がもはや虚栄心を無くし、自分に構うことも気にしなくなると、彼女はだんだん消え始めた。男性たちはもはや彼女を見ることはなかったし、母親業が終わると、社会はもはや彼女をそれほど重視しなくなった。
>
> 四十代のとき、彼女は自分自身と社会における自分の地位とのこの変化を痛感した［略］。(347)

第三部のララの語りが、原則としてすべて一人称である「私」の視点から現在形で語られているのに対して、右記の引用を含む第七十章は、例外的に過去形で語られている。その上、「私」は一切顔を出さず、ララは限りなく全知の語り手に近い視点で語っている。この変則的な語りについて、一つには、語り手ララに仮託した作者シスネロス自身の声によるものと考えられる。しかしそれは同時に、ソレダの内面を彼女に成り代わって代弁できるほどララが彼女に共感していることを表しているとも言えるだろう。その共感を可能にしているのは、ララ自身の中に芽生えた一女性としての自覚にほかならない。その意識は、第二部において自分の語りにたびたび口を挟んでくる幽霊のソレダに対して「おばあちゃんの物語は私の物語なんだから」(172) と言うように、ララが祖母ソレダという女性の生涯を自分なりに解釈し、それを主体的に語ることによって形成されている。

したがって、ここでソレダの人生を総括的に振り返るララの意識は、ソレダの意識に寄り添うもの、すなわち、男性支配の社会の中で疎外された存在としての女性の意識である。性の対象であれ母であれ、規定の女性像から外れた者は、社会から無視され、「不可視 (invisible)」(347) の存在となる。そうした女性は、社会的役割を終えた者という意味において、実年齢に関係なく、観念上は「老女」と同じ範疇に入れられる。この点に関して、チカーナ・フェミニストのアナ・カスティーリョは、「もはや『子宝に恵まれる』ことを望めない」年配の女性は「存在理由を失ってしまっている」と指摘する (Castillo, 193)。アンサルドゥーアがメキシコ文化圏における性差別的要素の一つとして、「老女 (*vieja*) であるということは、嘲笑されることである」(Anzaldúa, 106) という点をあげているように、男性中心社会の中では、女性は性差別だけではなく年齢差別の犠牲者であることも強いられる。老齢の女性を軽蔑の対象として捉える社会通念は、女性同士の間にも分断をもたらす。夫イノセンシオに「ばあさん（*vieja*）」と呼びかけられて、「私のことをばあさんって呼ぶのやめてよ、［中略］私、その言葉大っきらい！　私は年寄りじゃない、年寄りはあんたの母親よ」（*Caramelo*, 8）と怒鳴り返すララの母ゾイラの反応がその証左となるだろう。一方ララは、ソレダが経験してきた名前通りの「孤独（soledad）」の中に、社会が女性に強いる疎外・孤立を透かし見ることによって、女性同士のつながりを回復する。言い換えれば、ララがソレダに抱く世代を超えた連帯感は、「老い」を定義する境界線に挑み、その定義自体の恣意性を暴露するものである。そして、その連帯を可能にしているのは、社会が用意した女性像をくぐり抜けようとするボーダーランドの意識なのである。

このように、ララの精神的成長は、祖母ソレダの存在抜きには語れない。そもそも、でたらめな駆け落ちを試み、男性本位の女性像を無意識のうちに内面化しつつあったララの目を覚まし、彼女自身の人生を歩むことを促したのは、ソレダの次の言葉である。「耐えられないよ。どうして私の人生を繰り返そうとするんだい？　それがおまえの望みなのかい？　私のように生きることが？　身も心も恋に落ちることに罪はないけれど、まずは自分自身を愛せるくらい大きくなるまで待つんだよ」(406)。ソレダは、自らの人生を見習うべき手本としてではなく、学ぶべき教訓としてララに差し出す。『マンゴー通りの家』についてフェミニズムの観点から論じるソニア・サルディバル＝ハルは、主人公の少女の「曾祖母の物語が伝える教訓を理解しようとする苦闘は、チカーナの歴史の空白部分を読み取るための原型となっている」（Saldívar-Hull, 92）ことを指摘しているが、『カラメロ』におけるララの語りは、まさしくその空白を埋めるための実践である。ララは、ソレダという一人の女性の物語を語ることを通して、社会によって「不可視」とされてきたメキシコ系アメリカ人女性の経験に自らを重ね合わせ、それを自分の物語の一部として伝える。そのとき、その物語を伝える声は、ララの声を借りながらも、彼女一人だけのものではない。第二部のソレダの物語が、ララの語りにたびたび口を挟む幽霊ソレダとの対話によって進行するように、祖母の物語を語ることは、その声に耳を傾けられることのなかった女性たちとの共同作業を意味する。それは、孤立していた個々の女性たちを結びつけ、これまで顧みられることのなかった彼女たちの経験を伝える物語を紡ぎ出す。

こうした女性たちの経験を象徴しているのが、ソレダの母の代から伝わる「カラメロ」と呼ばれるデザインの「未完のレボソ」（*Caramelo*, 94）である。それはこの小説の中心的メタファーであり、無視され抑圧される立場にありながらも、その境遇に屈することなく独自のアイデンティティを作り出そうとする女性の主体意識を表している。「私の祖母の時代には、金持ちでも貧しくても、不器量でも美しくても、年老いていても若くても、メキシコの女性はみんなレボソを持っていた」（93）とララが説明するように、レボソは女性のアイデンティティに直結している。作者による注釈が「レボソはメキシコ生まれだが、すべてのメスティーソと同様に、あらゆる所に由来する」（96）と述べるように、「インディオの女性が赤ん坊を運ぶために使った布から発展し、その結び目付きのふさ飾りはスペインのショールから借用し、中国宮廷からマニラへ輸出され、それからスペインのガリオン船でアカプルコに伝わったシルク刺繍の影響を受けている」（96）レボソは、土着文化を含めた複数の異なる文化によって形成される「メスティーサの意識」を象徴している。(8) さらに、一枚の布でありながら、「ゆりかごとして、傘やパラソルとして、市場に行くときのかごとして、もしくは母乳を与える青筋のたった胸を慎ましく隠すレボソ」（94）は、状況に応じて変幻自在に姿を変えるボーダーランドに生きる女性の多様なアイデンティティを反映している。

そんなレボソの有名な織職人だったソレダの母ギジェルミナは、「絹のより糸（strands）を数え分け、それらを編んで結ぶ（braiding and knotting）」（93）技術を、彼女の母親から受け継いでいる。その技術が代々母から娘へと伝承されてきた様子は、ララとソレダの語りの共同作業に重なり合う。「それはまるで、母親と娘がみんなで作業しているようで、一本の糸で格子に編んだり二重結びを作ったりしながら、それぞれの女性が、自分より前の女性から学び、しかし自分の特徴になるような飾りを加えて、そしてそれを伝え渡していくようだった」（93）。このことは、祖母の物語を語るララのアイデンティティが自立と連帯の相互作用によって形成されていることを示しているだろう。

ソレダにあの世への橋渡し役を頼まれたことをきっかけに、ララはさまざまな認識上の境界を横断する。ララがソレダの物語を通して「狭間」を生きる者としての自覚に至ったことを考えると、ソレダもまた、子どもから大人へとララが成長する過程において、橋渡し的役割を果たしている。この点に関して、再びアンサルドゥーアの言葉を借りたい。女性にとっての新しいアイデンティティを提唱する彼女は、前節であげた三人の神話的女性像を、チカーナ／ノの人々にとっての「三人の母」（Anzaldúa, 52）として捉え直し、それらを「橋渡し役（mediators）」（52）として再定義している。つまり、ララとソレダが共有するそのアイデンティティは、伝統的な女性像を解体するとともに、それを再構築することによって生まれるメキシコ系アメリカ人女性の新たなアイデンティティであると言える。

4．老いと親子のきずな

ララの精神的成長は、自分の中に存在していた「ひどいおばあちゃん」という固定観念を解体し、ソレダを一人の女性として認識することから始まった。ララのソレダへの共感が、彼女をより大きな女性同士の連帯意識へと導いたように、無意識のうちに自分の意識を支配していた既存の境界線を見直すことは、自分と他者との関係性を再編することを意味する。娘ララと父イノセンシオとの親子関係もその例外ではない。

イノセンシオが病院に運ばれたとき、ララは母ゾイラから、メキシコ・シティのソレダの家に手伝いとして出入りしていた少女カンデラリアは、イノセンシオがゾイラとの結婚前にインディオの血を引く洗濯婦との間にもうけた婚外子であり、ソレダをはじめとするレイジェス一家がそのことをゾイラにずっと隠していたことを明かされる。父親をずっと「紳士」（*Caramelo*, 407）だと思っていたララに対して、幽霊のソレダは次のように説明する。「そうだよ。あの子は紳士だよ。醜くて、強くて、そして責任感があって（*Feo, fuerte, y formal*）。それがおまえの父親だよ。そのことをあの子が一生恥じていたことが分からないのかい？　だからあの子は一生懸命、おまえたちみんなに対していい父親でいようと頑張ってるんだよ。それを償うためにね」（407-8）。「男は醜く、強く、そして責任感を持つべきだ」という考え方は、イノセンシオの父ナルシソの時代の「文化的世論」（103）であり、ソレダの世代にとっての理想の男性像を表している。つまりイノセンシオは、一人の男性として、社会が求める男性像とのずれに苦しんでいるということになる。それは、祖母の物語を語ることを通して彼を救ったララが到達した認識でもある。

それが明らかになるのは、物語の最終章で、心臓発作から回復したイノセンシオがゾイラとの結婚三十周年を祝うパーティーを開催する場面である。マリアッチを雇い、アメリカ国内だけではなく、メキシコからも親類や友人を招いての盛大なパーティーに、ソレダの案で例のカラメロのレボソを身につけて出席したララは、その喧騒の中で、「突然ひらめいた、恐るべき真実が。私がひどいおばあちゃんなんだ」(424) とソレダとの意識の共有を自覚する。と同時に、現実と幻想が交錯するように、自分が語った物語に登場した人々が「大人も子どもも、老人も若者も、死者も生者も、想像上の人も実在の人もみんな、人生という大きなクンビアの踊りの輪の中で足を高くあげながら通り過ぎていく」(425) 様子を目にする。それは、あらゆる既存の境界線を横断することによって、分断された人々をつなぎ合わせる橋渡し役としてのララのアイデンティティ意識を表している。

一方、ここでのイノセンシオの描写は、すでに孫ができ、彼が年老いたことを印象づけるものである。「しかし年を取ったもんだよ。お迎えも近いだろう」(425) と語るイノセンシオから、ララはカンデラリアのことを打ち明けられることを覚悟するが、結局彼の口からは語られずじまいに終わる。しかしララは、彼女自身の駆け落ちについて何も尋ねてこない父親の態度から、自分が子ども扱いされているのではなく、一人の女性として尊重されていることに気づく。こうして「誰にでも敢えて言いたくない話がある」(428) ことを悟ったララは、彼に対する追及を控える。イノセンシオもララと同様、その理由がどうであれ、「結婚」という公的制度からの逸脱に対して厳しい目を向ける世間からは「恥知らず」(430)のレッテルを貼られてしまう過去を持つ身なのである。

その結果ララは、「たぶん、より合わさったもの(strands)をほぐして、それを言えない人たちみんなのためにその言葉を結び(knot)合わせて、最終的にうまくいくようにすることが私の仕事なんだ」(428)との思いに至る。これまで絶対的存在として頼ってきた父親に意味付けを求めるのではなく、語り継がれた物語を彼女自身が語り直すことによって、言葉にできなかった人々にとっても意味をなすような物語へと再編する。ララのこの決意は、彼女自身の父性からの自立だけではなく、保護者としての「父」の役割からイノセンシオを解放することも意味している。言い換えれば、ララが父親の老いを受け入れることによって、二人の父娘関係は、親が子を守るという一方的な保護的関係から、保護者・被保護者の立場が逆転可能な関係へと変化するのである。「お父さんの顔をのぞきこむ、おばあちゃんの顔と同じ、私の顔と同じその顔を」(430)という物語の最後のララの言葉は、血縁によるつながり以上に、公に語られることのない経験を持つ者たちに対する彼女の深い共感を物語っているだろう。その世代や性別を超えた連帯意識は、かつて駆け落ち先で一人訪れたグアダルーペ寺院において受けた啓示的感覚、「全世界という一枚の布に、全人類が編み込まれているみたい。まるでレボソのより糸みたいに、一人ひとりが私とつながっていて、私もみんなにつながっている。一本糸を引き抜くと、すべて解けてしまうように。私の人生に関わる人はみんなその模様に影響を与えるし、私もみんなの模様に影響を与えている」(389)というより包括的な集団意識をララが体得したことを暗示している。

以上見てきたように、『カラメロ』におけるララの精神的成長は、まさしくレボソのより糸のように、彼女の「老い」に対する認識と表裏一体のものとして描かれている。祖母の物語を介してボーダーランドの精神を受け継いだララは、「老いたる者」との対照性によって自己を規定するのではなく、むしろ彼らへの共感によってその多様なアイデンティティを実現する。

男性優位の社会における女性の自己形成には、象徴的意味での「父」との葛藤がつきまとう。特に男らしさが称揚されるマチスモ文化であれば、それはなおさらのことである。祖母から伝わる物語は、抑圧され無視されてきた女性たちが生き抜いてきた証であるとともに、彼女たちを結びつける術でもある。しかしララの抱く連帯意識は、女性の間だけにとどまらず、象徴的「父」の役割から「ずれ」を生じた者、つまり老いを迎えた父イノセンシオにまで拡大する。男性優位社会が生んだ性差別に苦しめられるのは何も女性ばかりではない。その社会が求める「男らしさ」にそぐわない男性もまた、その犠牲者である。その意味において、老いを自覚し始めたイノセンシオは、社会における「父」としての役割を終えつつあると言えるだろう。

しかしだからといって、彼がララの父親であり、またララが彼の娘であることには変わりはない。この点に関して、性差別と戦うフェミニズムの文脈では、父親と娘の関係はしばしば「男性」対「女性」の二項対立的関係に引き裂かれ、父親の娘に対する愛情は男性権威の押し付け、また娘の父親に対する愛情は、内面化されたその権威への無自覚な服従を表すものとして批判的に語られがちである。(9) 作者シスネロスは、娘ララに父の老いを受け入れさせることによって、あえてイノセンシオから男性性をはく奪する。そうすることによって、二人が対立的関係に陥ることを回避し、精神的に自立したララが、イノセンシオの娘であると同時に彼に共感を寄せる一個人として、立場を変えて親子のきずなを維持することを可能にする道を開く。もちろん、ララが父の老いを受け入れることができるのは、排除される者の経験を共有する彼女のボーダーランドの意識によるものにほかならない。

このように、『カラメロ』に描かれる父娘関係は、老いを受け入れ、男女の間に引かれた強固な境界線をすり抜けることによって再編される、社会の枠組みに回収されえない親子のきずなの一つのあり方を示している。それはまさしく、老いゆく父を看取った作者自身の経験に裏打ちされたものであると言えるだろう。

注

（1）シスネロスのこれら二作品に関して、Sonia Saldívar-Hull は著書 *Feminism on the Border* の第四章において、チカーナ・フェミニズムの立場から論じている（81-123）。
（2）献詞には、スペイン語で《*Para ti, Papá*》（For you, Dad）と記されている。
（3）アメリカの公共放送 PBS で放映された Suaréz とのインタビューによる。
（4）Heise の死亡記事、Buckendorff の電話インタビュー記事、および Birnbaum とのインタビューによる。
（5）シスネロス自身のロサンジェルス・タイムズへの寄稿文による。
（6）アンサルドゥーアの経歴や思想に関するより包括的な解説は、吉原を参照。
（7）アンサルドゥーア、三章四章（47-73）、吉原、二二六-三〇を参照。
（8）『メキシコを知るための６０章』の第一一章「民族服」におけるレボソの解説は、シスネロスの注釈を裏付けるものである。

（9）たとえば、アナ・カスティージョは、「マチスモ」の概念に関する議論において、「私の父のような男性にとって、『男らしい』（“macho”）ということは、母や私たちを守り養うのに十分に強いということと同時に、愛情を示すことができることを意味していた」（Anzaldúa, 105）と父親を引き合いに出して「個人的な観点」（Castillo, 67）から述べるアンサルドゥーアに対して、その父親が「愛情を通して彼の権威を押しつけることができる」（Castillo, 67）場合、マチスモの存在が正当化されるとして批判している。カスティージョの批判には、「個人的なことは政治的なことである」というフェミニズムの信条が見て取れる。

引用文献

Alumbaugh, Heather. “Narrative Coyotes: Migration and Narrative Voice in Sandra Cisneros’s *Caramelo*.” *Melus* 35. 1 (2010): 53-75.

Anaya, Rudolfo. *Bless Me, Ultima*. 1972. New York: Grand Central Publishing, 1994.

Anzaldúa, Gloria. *Borderlands/La Frontera: The New Mestiza*. 1987. 3rd ed. San Francisco: Aunt Lute Books, 2007.

Birnbaum, Robert. “Sandra Cisneros.” *Identity Theory* 4 Dec. 2002. 20 Aug. 2011 <http://www.identitytheory.com/people/birnbaum76.html>.

Buckendorff, Jen. “Father’s Death Opened New Insights for ‘Caramelo’ Author Sandra Cisneros.” *Seattle Times* 21 Oct. 2003. 20 Aug. 2011 <http://community.seattletimes.nwsource.com/archive/?date=20031021&slug=cisneros21>.

Castillo, Ana. *Massacre of the Dreamers: Essays on Xicanisma*. New York: Plume, 1995.

Cisneros, Sandra. *The House on Mango Street*. 1984. New York: Vintage Books, 1991.

——. *Woman Hollering Creek and Other Stories*. 1991. New York: Vintage Books, 1992.

——. "An Offering to the Power of Language." *Los Angeles Times* 26 Oct. 1997. 20 Aug. 2011 <http://articles.latimes.com/1997/oct/26/opinion/op-46848>.

——. *Caramelo, or Puro Cuento*. New York: Knopf, 2002. Vintage Contemporaries ed, 2003.

Heise, Kenan. "Alfredo Cisneros, 72, Operated Winnetka Upholstery Business." *Chicago Tribune* 12 Feb. 1997. 20 Aug. 2011 <http://articles.chicagotribune.com/1997-02-12/news/9702120288_1_mr-cisneros-upholsterer-winnetka>.

Rivera, Carmen Haydée. *Border Crossings and Beyond: The Life and Works of Sandra Cisneros*. Santa Barbara: Praeger, 2009.

Saldívar-Hull, Sonia. *Feminism on the Border: Chicana Gender Politics and Literature*. Berkley: University of California Press, 2000.

Suaréz, Ray. "Conversation: Cisneros." *Online NewsHour*. PBS. Oct. 15, 2002. Transcript. 20 Aug. 2011 <http://www.pbs.org/newshour/conversation/july-dec02/cisneros_10-15.html>.

吉田栄人編『メキシコを知るための６０章』（明石書店、二〇〇五年）。

吉原令子「越境するチカーナ・フェミニスト——グロリア・アンサルドゥーア」『行動するフェミニズム』（新水社、二〇〇三年）、二一一–四三。

そして誰もが黒くなった
――アリス・ランダルの『風は去っちまった』における再生の政治学

白川　恵子

1．不朽の名作をパロディする

アリス・ランダルの『風は去っちまった』（Alice Randall, *The Wind Done Gone*, 2001）は、タイトルから如実に窺えるように、マーガレット・ミッチェルの『風と共に去りぬ』（Margaret Mitchell, *Gone with the Wind*, 1936）のアフリカ系アメリカ人版パロディである。本作は、オハラ家当主ジェラルドと乳母マミーとの間に生まれたスカーレットの異母妹シナラ（Cynara）の視点から、ミッチェルが描かなかったオハラ家の実態を再構築する物語である。南北戦争後、識字力を得た二十八歳の混血主人公シナラは、自身の来し方――タラに生まれ、奴隷市場に出され、ベルの娼館でレットと出会ったのち、その情婦となった自身の半生――と、その後、黒人政治家に惹かれ、レットを捨てるさまを日記に綴る。こうした彼女のネオ・スレイヴ・ナラティヴは、同時に、南部農園主一家を支配していたのが、実は黒人使用人たちであった事実をもあぶりだす。その過程で、ジェラルドの男系嫡子早逝や、アシュレイのホモセクシュアリティ、スカーレットの死の事由が暗示され、挙句に、フランス貴族系の名家の出であったはずのエレンが、黒人の血を引いていた秘密もが語られていく。

シナラの日記には、直截な老いの表象や死への思索が明示されているわけではない。若い主人公は、過去の苦い奴隷経験と、白人一家によって独占された母から愛情を受けられなかった記憶に苦しむが、ミッチェルのスカーレットよろしく、シナラには、未来に向かう独立の気概が本来的に備わっている。だが、本作主人公の起点が、母への愛憎にあることに鑑みれば、ナラティヴを司る基盤は、マミーから始まる過去に遡及されざるを得ない。物語冒頭で死を迎える老いた乳母や狡猾な黒人従者に、暗黙のうちに支配されてきた白人一族の凋落と、その貴族的農園の根底に流れる黒き血の継承、すなわち人種をめぐる死と再生が、物語、ひいては、アメリカの地脈に流れているさまが浮かび上がる。というのも、そもそも、農園主ジェラルドをめぐる白人女主人と黒人奴隷情婦の三角関係が、レットをめぐる異母姉妹スカーレットとシナラへと、子の世代にまで引き継がれる複雑な人種模様のひな形は、トマス・ジェファアソンの義父ジョン・ウェイルズ（John Wayles）をめぐるマーサ・エップス（Martha Eppes）とエリザベス・ヘミングス（Elizabeth Hemings）のそれが、第三代大統領をめぐる異母姉妹マーサ・ウェイルズ・ジェファソン（Martha Wayles Jefferson）とサリー・ヘミングス（Sally Hemings）に継承された史実と酷似しているからだ。二十一世紀の脱農園神話が、奇しくもアメリカ建国当時の実話に倣って構築されたのだとすれば、ステレオタイプに過ぎると批判されたミッチェルの描く老いた善良なる乳母が、ランダルによって、農園基盤を支える異人種間雑婚（miscegenation）の作為的遂行者として再提示されたのは、むしろ極めて自然な成り行きに映る。ランダルは、「マミー」それ自体を、アメリカ文学史上、不滅の南部神話体現者から体制転覆的抵抗主体に変化させしめ、老いて尚、否、死して尚、その娘シナラを独立へと導く、農園の文字通り中心的存在に作り替えたのである。

興味深いことに、『風は去っちまった』は、ミッチェル財団から著作権侵害の誹りをうけ、出版差し止めの訴訟を起こされ、法廷闘争の挙句、最終的には和解し、「無認可のパロディ」（"The unaurhorized Parody"）と表紙に明記することで出版を容認された経緯を有する。歴史改変小説や、名作に対するパロディ、パスティーシュ、また異なる作家による視点を変えた再提示や続編等の派生物語は、文学史上、枚挙に暇なく、『風と共に去りぬ』に関しても、その続編が絶えず希求されてきたことそのものが、作品を「決して死なない《保守的な》」大衆小説たらしめている。実際、これまで続編執筆依頼を模索し続けてきたミッチェル財団による執筆条件交渉不成功がその都度ニュースとなり、現在までに正式な出版許可を与えてきたアレクサンダー・リプリーの『スカーレット』（Alexander Ripley, *Scarlet*, 1991）とドナルド・マッケイグの『レット・バトラー』（Donald McCaig, *Rhett Butler's People*, 2007）が（その文学的評価は別にして）ともにベストセラーとなったのは周知であろう。だが、「不朽の名作」を伝統的南部白人史観に抵触せぬよう継続させるための政治学が、ランダルのパロディによって試され、黒人作家が表現の自由を勝ち取るとき、アフリカ系アメリカ文学ジャンルの物語再提示力が、いかにアメリカ史そのものを再生させてきたのかを知らしめることにもなる。パロディとは、積極的な書き換え行為によって、先行作品を常に再活性化《アンチエイジング》させる行為に他ならない。『風は去っちまった』とは、『風と共に去りぬ』に書かれなかったことを敢えて書くことにより、隠蔽された過去を再生・回復する物語なのである。ジェファソン家同様、皮肉にも、オハラ家の血は、白人直系よりも、マミーによって生み出された黒人の血の中に回収されていくのである。

本稿の主たる目的は、従って、作品に直接的に描かれる老いの表象を抽出したり、物語要素としての老いの哲学を検証することにあるのではなく、『風は去っちまった』を、「文学の消尽」を人種的政治性の観点から否定していく作品ととらえることにある。先行するテクストに対するパロディという物語の派生形式そのものが、原型的言説およびアメリカ神話に対する補完と修正、再生と再評価を同時に行う機能を有しており、本作がその一例であるならば、その出版事情にこそ、不朽と改変の政治性の標榜がみられるはずである。文学的表現力に関しては極めて凡庸かつ未熟な『風は去っちまった』が、アメリカ言説の再活性化を拓くのは、ランダルがミッチェル作品に対するカウンター・ナラティヴを提示したからばかりではない。ミッチェル財団との訴訟の結果、言論の自由が著作権侵害を凌駕する法的決着となったことも、再生し続けるアメリカン・ナラティヴ、換言すれば「老いない」アメリカの物語再生能力を知らしめたことになる。こうした事情を論ずるにあたり、まずは本作がいかなる批判精神を発揮した内容となっているのかを示すことから始めたい。

2. そして誰もいなくなった

ランダルは、中学生のとき最初に『風とともに去りぬ』を読んだとき、大方の読者同様、小説に「恋をした」という。だがそれは「当初から問題の多い恋だったのです。野心的で、がむしゃらに働き、熱烈な愛の人スカーレットを尊重するためには、紋切り型の人種差別にもクランのごまかしにも目をつぶらなくてはならなかったのです。」その後、異人種間雑婚の歴史を知ったランダルは、ある日「タラに混血はいなかったのか？　スカーレットに姉妹はいなかったのかしら？」と思い立つ(Bates, 126)。こうしてマミーに混血の娘がいたとの発想を得たランダルは、ミッチェル作品の設定を踏襲しながらも登場人物の名前を風刺的に変化させ、伝統的南部史観を全面的に反転させる続編を作り上げていく。

ミッチェルに対するパロディ精神は、本作主人公の命名およびテクスト枠組設定の段階からすでに明示されている。主人公の名前シナラは、ローマの詩人ホラティウス（Quintus Horatius Flaccus, 65-8B.C.）の『頌歌』（*Odes*）をもとに英国叙情詩人アーネスト・ダウスン（Ernest Dowson, 1867-1900）がかつての恋人を謳った詩「われ今や、かつて麗しきシナラのもとにありきものなかりぬ」（"Non sum qualis eram bonae sub regno Cynara"）に由来するのだが、この詩の第三節一行目には、ミッチェル作品タイトルとなるかの有名な句「われ多くを忘れたり、シナラよ！　風と共に去りぬ」（"I have forgot much, Cynara! Gone with the Wind"）を含む。(1) ランダルは、このダウスンの詩片が、シナラの皮革版日記帳に挟み込まれていたと言い、作品冒頭に掲げている。またその前頁に配された

「本作に関する覚書」にて、本書出版の経緯を紹介する。そもそもシナラの日記帳は、プリシー・シナラ・ブラウンなる黒人女性によって所有されていた。元来「素晴らしく健康な人生を謳歌していた」ブラウン夫人が突如、激しい情緒的虚脱状態によって入院したのは一九三六年七月。その後、夫人は一九四〇年の元旦に再度、入院を余儀なくされており、これらは「偶然にもマーガレット・ミッチェルの『風と共に去りぬ』の出版および映画のプレミア時期と一致する」という(v)。[2] 彼女は、シナラの日記を出版する準備をしていたが、叶わず、結局、一九九〇年代初頭に日記の現物とタイプ打ちされた原稿が発見され、このほど日の目を見たのであった。

ミッチェル作品のタイトルとシナラとが、同一男性詩人によって創作された詩篇に由来するのと同様、シナラとミッチェル作品の主人公もまた、同一男性によって誕生し、同一男性を共有することになる。まさに南部神話を標榜するミッチェルが描かなかった農園の異常な茶飯事が暴かれていくのである。物語は、シナラ二十八歳の誕生日に、R.(ミッチェル作品におけるレット・バトラー)[3]から贈られた日記に、過去の記憶と現状の出来事とを綴り始める件から幕を開ける。シナラ(通称シナモン、またはシンディ)は、一八四五年五月二十五日午前七時半、アイルランド移民の農園主(Planter＝ジェラルド・オハラ)とタタ(Tata＝タラ)の奴隷パラス通称マミー[4]との間に誕生したが、ほぼ同時期に貴族的フレンチ・クレオールのレディ(Lady＝エレン・オハラ)が産んだ異母姉アノヒト(Other＝スカーレット)の乳母として母を奪われ、孤独な幼少期を過す。異母姉に実母の母乳を奪われた空腹のシナラに、グラスのミルクを飲ませるのみならず、秘かに自身の母乳を与えて慰めてくれたのは、他ならぬレディであった(15-16)。[5]「私はレディの娘で、アノヒトはマミーの娘なのだ」とシナラが断言するが如く、皮肉にも、代理的母娘関係を構築せざるを得なかったレディによって慰めを見出したシナラは、幼少より威厳的かつ高雅な気質を発芽させ（48）、マミーに育てられたアノヒトは「生命力と生気と奴隷の実質的気質」を持った「白人女性の姿をした奴隷」であったのだ（47）。[6]

一見、幸福に見えるタタ農園は、その実、徹頭徹尾奴隷たちによって支配されていた。プランターとレディの結婚も、従者ガーリック（Garlic＝ポーク）とマミーによって仕組まれたものだったのである。もともとセント・サイモン島の別の農園主の奴隷であったガーリックは、有能で聡明な若主人の下では、一生屈辱的な奴隷の地位に甘んじざるを得ないと悟り、彼と「白い肌と酒と労働以外には何も持たぬ」プランターとを博打《カードゲーム》で競わせた挙句、「若主人のグラスに一杯盛る」ことによって、彼を敗北させ、自分が支配し得る愚鈍なる新主人を得たのであった。もちろん犯罪者として故郷を追われたアイルランド移民の新主人に、広大なタタの土地、別名コットン・ファームを獲得させたのも、ガーリックが仕組んだ賭博による（51-52）。奴隷は、プランターを通じて、自身が農園所有者となるべく、奸策を弄したのである。

一方、レディの母の代からサヴァンナの名家に仕えていたマミーは、彼女の恋人である従兄弟のフエリーペ（Feleepe＝フィリップ）が不慮の死を遂げたとき、女主人の悲恋に同情したものの、同時に「もしレディが彼と結婚していたら、パラスは奴隷のまま」であると考えた。だが「もしレディが、一族から離れ、周囲に知人もない場所で男性と結婚したら、パラスはその土地を管理し、自由になれるだろう」と。両者の利害が一致したとき、ガーリックとマミーは、二十八も年齢が離れた二人を結びつけ、ほんの子供であった十五歳のレディに対して、プランターに夫としての義務を強制的に果たさせる。そして自身は、プランターを性的に満足させ、骨抜きにさせる情婦となったのであった(60-61)。以降、ガーリックとマミーとは、従順な奴隷の仮面の背後で農園を支配すべく、主人夫婦の間にできた嫡男を次々に殺害し、女児のみを生かすよう画策し続ける。要するに、タタの出産・養育、家族構成の管理は、マミーの仕事だったのだ。フレデリック・ダグラスが自伝で語ったように、大抵の奴隷たちは自身の誕生日を知らないが、マミーは、主人の嫡男を排除する一方で、自身の娘の誕生に際しては、日にちのみならず、時間までをもレディに書き取らせたのだった(153)。白人であるから通常は記録しない正確な出生時間を混血の娘に与える行為は、支配者逆転のもう一つの具体例であると同時に、従来の奴隷体験記形式に対する挑戦でもある。

さて、シナラが成長するに従い、二人の娘の間の将来的な緊張関係を察知したプランターは、十三歳になったシナラを知人の農園主に託すものの、程なく彼女は、チャールストンの奴隷市場に出され、そこでレズビアン娼館の女将であるビューティー(Beauty=ベル・ワトリング)に小間使いとして買われる。娼館に出入りしていたR.は、シナラを見初め、自身の情婦とするべく彼女を囲う。こうして彼女は、R.との生活を始めるのだが、実は、R.にアノヒトへの関心を持つよう仕向け、奴隷の木屋敷(Twelve Slaves Strong as Trees=樫の木屋敷 Twelve Oaks)へと向かわせたのは、シナラであった。混血である自分とは正式に結婚できないにも係わらず、R.がアノヒト以上に自分を苛烈に愛しているのを熟知した上で、シナラは母を奪われた恨みを晴らすために、敢えてアノヒトと同一男性を取り合うべく、二人を結婚させるよう促し、義姉に敗北感を味合わせたのだった。シナラはR.がアノヒトに惹かれたのは、彼女が自分と似ていたからだと言い放つ(132)。事実、プレシャス

(Precious＝ボニー)を失ったR.は、亡き娘にアノヒトではなくシナラを付き添わせ、揚句、白人妻を棄て、混血情婦の元に戻る。ミッチェルのスカーレットが有す美貌と策略に富んだ気質は、ランダル作品においては、完全にシナラのものであり、プレシャスとマミーを失ったアノヒトは、その美貌をも失い、自殺した旨すら暗示される。「逝ってしまった。階段から落ちたのだ。最初は天然痘だった。曰く、彼女は鏡を見て、そして階段から落ちたのだと。飲んだくれていたのだそうだ」(96)。

オハラ家を巡る二代に渡るミセジェネイションと、アノヒトの唐突な死以外にも、本作には、ミッチェル財団が続編執筆を依頼する際に、必須禁忌事項とする要素が明示されている。アノヒトが慕う夢見る紳士(Dreamy Gentleman＝アシュレイ・ウィルクス)を、ホモセクシュアルな黒人愛好者としたのである。(7) ガーリックの息子と夫との道ならぬ情事を知った妻のミーリー・マウス(Mealy Mouth＝メラニー・ウィルクス)は、奴隷を鞭で叩き殺す。ガーリック家が、ミーリーによって失ったのは、一人だけではない。さらにもう一人の息子をも亡くしたのだった。というのも妻ディルシーがミーリーの息子の乳母となったため、奴隷の子は、実母の乳を飲めずに飢死したからである。二人の兄弟を失ったミス・プリス(Miss Priss＝プリシー)は、白人達からは専ら気がふれたと噂されているのだが、家族の恨みを抱き続け、出産時にミーリー・マウスとその赤子を殺害したのだった。アシュレイのホモセクシュアリティは言うまでもなく、南部女性の慈愛を体現していたはずのメラニーが鞭を振るう残忍な姿は、ミッチェル信奉者の逆鱗に触れるところであろう。またランダルが彼女にミーリー・マウス、つまり「口先だけで誠意のない」を意味する名をつけている点は、メラニーの誠実さの対極であり、かつプリシーの虚言癖への揶揄でもある。「お産のことは何も知らない」愚鈍なプリシーは、ランダル版では、ミーリー母子を自然に殺害することができるほど、出産事情に精通したあざとい復讐者となる。

しかしながら、本作を最も煽情的にしているのは、レディが黒人の血を有していた事実が判明する件であろう。作中には、レディと従兄弟フェリーペとの間の書簡によって、一族がひた隠しにする「ハイチの呪い」(122)、すなわち二人の曾祖母が黒人であった秘密(124)が明かされる。周囲が二人の結婚に忌避感を示したのは、近親者婚によって色の黒い子供が生まれる可能性を懸念したからだ。フェリーペの死後、プランターと結婚することになったレディは、マミーとともに、この秘密を最期まで守り抜き、従って、アノヒトも自身の黒人性を知らぬままに早世する。プレッシー対ファーガスン事件判決にむけて人種分離を確定化せんとする再建期以降の南部復権時代にあって、黒人の血の一滴は、ミッチェル作品を根底から覆す。パッシングしていたのは、レディとアノヒトの側だったのだから。結局、ランダル作品では、全ての登場人物が「黒人」であるか、あるいはアフリカ的資質を持ち、黒人との濃密な性的関係を持つ者たち(プランター、R.)のみで構成されており、加えて、後者は前者によって支配されて存在しているに過ぎない。

なるほど、スカーレットを出し抜くシナラは、明らかに悲劇の混血というステレオタイプから逸脱している。ウェルナー・ソラーズによると、アメリカ文学における異人種間関係は、伝統的に、混血の自死で終わるのが定番であり、その悲劇を回避できる唯一の手段は、渡欧によるパッシングであった(qtd. in Gomez-Galisteo, 83)。だがシナラは、R.と結婚し、タタの女主人の立場となり、かつ渡欧して「白人妻」となる生活が約束されたにも係わらず、それを辞し、自らR.を棄てる。そもそもアノヒトの死後、張り合う相手がいなくなったとあっては、R.への関心は急速に冷めざるを得ない。R.の情婦として豪奢な生活を送りつつも、新進気鋭の黒人議員と惹かれあい、彼との第二の人生を夢見始める。実際、シナラは、極めて狡猾だ。かつて南部軍人の美貌の情婦であり、いまやR.の妻としての立場が、議員を支持する黒人コミュニティから嫌悪され、デュボイスの言うところの「才能ある十分の一」(201)であるアフリカ純血の議員の前途を阻むと知ると、彼女は、不妊の黒人女性コリーンを彼と結婚させるように仕向け、自分と議員との間にできた子供を彼とコリーンの正式な嫡子として、「プレゼント」する(201)。白き魅力の権化アノヒト以上の美貌のシナラが、黒い皮膚の子供を望み(203)、黒人議員との間にできた我が子を、彼とその妻の正式な嫡男とするということは、ランダルが伝統的ムラートの物語形式を逆手にとり、主人公に黒さではなく、白さを隠蔽する逆パッシングをさせていると言ってよい。また、R.と敢えて離婚せぬまま夫を棄てる行為は、彼女の独立心と奔放さゆえというよりも、タタ相続の機会と経済的基盤の確保を目論むがゆえの行動だったとの穿った見方も可能になる。

母を奪われ、タタから排除されたシナラがアノヒトを赦し、自身の黒人性を取り戻すのは、自分を棄てたと思っていた母の愛とマミーの人生の実情を知ったからである。自らの精神に深く刻まれた黒人性を苛烈に意識するに至った彼女の真の自立は、R.からのプロポーズが、娘を想うマミーによる懇願ゆえであると分かったときに訪れる(159-162)。母が娘に用意した白人としてのパッシングの機会を、娘は、母親に倣って、黒人としての支配力を行使する選択へとずらしたのだ。

となれば、本作の影の主人公は、若きシナラならぬ、老いたマミーであるといっても過言ではない。ランダルが本作を書く契機の一つを「先の［ミッチェル］作品におけるマミーを嘲笑し批判するため」(Premer, 26) と述べていることからも窺えるように、マミーの修正と再評価が『風は去っちまった』の真骨頂となっている。生きて登場することのないマミーこそがタタの歴史と物語を司る「真の女主人」(52) であり、その老猾さは、娘に受け継がれると同時に、常に物語を駆動し、再生させる契機ともなっている。マミーの死は、夢見る紳士による正式な葬儀と、元奴隷たちによる秘密裏のそれという二重の儀式によって執り行われ、シナラを含む元奴隷たちによって、今一度、タタの中枢として再確認される。アノヒトたっての願いにより、レディの傍らに埋葬されたその棺は、一見、白人夫婦に寄り添うように見えつつも、実際には、マミーの遺体が女主人の場に鎮座するように、プランターとレディの棺の位置が交換されたのであった (49)。こうして黒人使用人の都合に合わせて白人主人の墓が配置し直され、コットン・ファームに眠るマミーは、白人一家の消滅と黒人たちの繁栄を促し続けるタタの土壌そのものと化す。

タタと人々のその後が簡単に紹介される「後記」において、ガーリックの肖像画が掲げられたコットン・ファームの屋敷は、彼とその娘ミス・プリスによって引き継がれており、さらには黒人議員とシナラの子孫たちが、国政で活躍する旨が紹介される。全ての事情を記したシナラの日記は、ミス・プリスの孫の代へと伝わり、あたかも一族の歴史が南部史内部に還元されるかのように、物語冒頭の「覚書」へと循環的に接続して読者に提示される。タタの大地には、「黒人」と判明したプランターの一族郎党が、議員末裔をも含めて眠り、物語は幕を閉じる。かくして、ミッチェルが愛した旧南部の伝統の幻影が「去っちまった」後にはランドルが刷新の風を吹かす。マミーとガーリックによって徹頭徹尾支配運営し尽くされたタタから、白きものはいなくなり、そして誰もが黒くなったのである。

3．告発の行方

『ニューヨーク・タイムズ』の文芸書評欄でミチコ・カクタニは、ランダル作品について寸評し、「ぎごちなく、尊大で、時に笑いだすほど馬鹿馬鹿しいが、『風は去っちまった』は、『風と共に去りぬ』で描かれた南北戦争以前期のロマン化された南部史観に果敢に抗い、その代わりに黒人中心的な歴史観を提唱している」と述べた。批評家評が必ずしも好ましからざる本書に関して、(8)カクタニは、核心を突く。曰く、「ミッチェル財団による『風は去っちまった』出版差し止め訴訟の皮肉の一つは、それが本書に対する興味を恐ろしく大きなものにしてしまったことである。もし当初予定されたように普通に出版されていたら、恐らくは、好奇心をあおるものの上手く執筆されなかったアイディアとして、少々の物議を醸すに過ぎなかったであろう。従って、多くの凡庸な書籍同様、すぐに消えてなくなっていたであろう。だが、いまや憲法修正第一条の表現の自由を懸念する人々にとっては、全くもって大関心事となった」と。

確かに『風は去っちまった』は、続編パロディという性質上、良くも悪くもミッチェル作品に全面的に依拠せざるを得ないがゆえに、文学的完成度よりも政治的主張ばかりが目立つ。マミーとシナラの母娘二代に渡る複雑な異人種間結婚設定は、一応は新規であるものの、本作には、フレデリック・

ダグラス（四十八、五十、五十二章）やサリー・ヘミングス（75）に関する取ってつけたかのような言及や『アンクル・トムの小屋』（7）「八月の光」（72-73）「風と共に去りぬ」（58）といった語の直截かつ粗雑な使用が散見され、ランダル独自の文学的物語特性は希薄であると言わざるを得ない。本作に対する文学研究者の批評がそれ程多くはなく、雑誌の話題本の紹介欄に留まるか、あるいは、かえって法律分野の雑誌で取り上げられているのが目に付くのも、道理である。もちろんミッチェル財団との騒動によって、『風は去っちまった』の売り上げは増し、当初二万五千部から十八万三千部に刷増され（Premer, 26）、ベストセラーリストに躍り出た。一躍時の人となったランダルは、アル・ノイハース・フリー・スピリット賞（Al Neuharth Free Spirit Award）を受賞し、二〇〇二年度NAACP文学部門話題賞（the 2002 NAACP Image Award in literature）では、最終選考者に残った。

駆け出し作家のデビュー作が、アメリカ文学文壇の大御所やらノーベル賞作家、そして文学・批評理論の大物研究者を巻き込み法廷論争を引き起こすとき、[9]『風は去っちまった』は、単なる偶発的センセーション以上の効果を及ぼすことになる。ランダルは、法廷を、言うなればアメリカ文学史の教育現場へと変容させ、文学・歴史研究分野ではクリシェと化したミッチェルの歪曲史観を悉く指摘・列挙したうえで、[10]ブラック・パロディの政治的意味に法的権威を与え、ひいてはこうした一連のアフリカ系アメリカ文学側の勝利を広く世間に知らしめたのである。皮肉なことに、『風は去っちまった』は、ミッチェル作品なくして成立しえないにも係わらず、その伝統的南部白人史観に対する抵抗と修正を、奇しくも、文学ならぬ法学の場で公示してしまったのだ。ならばミッチェル財団に対するランダル側の戦いは、どのようなものであり、この法廷劇から何が見出されるのを確認しておくのも、アメリカン・ナラティヴ再生手段を考える上で、あながち無駄ではないだろう。

サントラスト・バンク対ホートン・ミフリン社事件（*Suntrust Bank v. Houghton Mifflin Co.*）は、ボストンの老舗出版社が、二〇〇一年三月、ランダル作品を出版・販売したことに端を発する。『風と共に去りぬ』の著作権及びその派生関連作品の創作・販売の認可を厳格に管理しているミッチェル財団の管財者サントラスト・バンクは、依頼も許可もないまま書かれたランダルによる続編出版という由々しき事態に即座に反応した。ランダル作品の設定・内容は、ミッチェルの小説世界とほぼ一致しており、こうした直接的かつ過度の借用は著作権侵害にあたるとして、ホートン・ミフリン社に『風は去っちまった』の出版販売を控えるよう申し入れた。そして同社がこれを拒否すると、サントラストは、ジョージア州北部地区地方裁判所に提訴。スカーレットの死に驚いた判事チャールズ・A・パネル・ジュニアは、[11]原告側の主張を全面的に受け入れ、ランダル作品が、『風と共に去りぬ』の販売を阻害するとして、被告に予備的差し止め命令（a preliminary injunction）を言い渡した。この判決を不服としたホートン・ミフリン側は、第十一巡回区連邦控訴裁判所（the Court of Appeal for the Eleventh Circuit）に異議を申し立て、ここにミッチェル財団が著作権を持つ『風と共に去りぬ』に対する公正使用の原則を巡る論議が、今一度展開されることとなったのである。

争点となったのは、両作品間に、実質的類似があるのか否か、また、類似がある場合、パロディ『風は去っちまった』によるミッチェル作品からの借用が、公正使用と判断できうるか否かであった。ホートン・ミフリンは、以下のように主張した。地方裁判所が、ミッチェル作品の著作権保護を優先し、後発作家ランダルによる作品改変の政治的意図を退けるのは、言論の自由を抑圧する決定であり、不当である。また、先の法廷における出版差し止め命令は、事前抑制（裁判の進行を妨害し、または国家の安全を侵害すると裁判所が認めた資料や手続きの公開を禁ずる裁判所命令）にあたり、違憲であると。原告側、被告側の双方が、作家、文学研究者、専門知識人の証言を提出し合い論争を展開した後、[12]控訴裁判所は、サントラスト側の言い分を棄却し、差し止め命令を無効とする見解を示した。控訴審は、一九九四年のキャンベル対エイカフ・ローズ・ミュージック事件（*Cambell v. Acuff-Rose Music, Inc.*）[13]における最高裁判決に基づき、パロディを、先行する作品に対する批判ないしは論評を目的とした社会的・政治的営為とし、オリジナルの要素を含みつつも再構築された新たな芸術作品であると解釈した。ランダルの言論の自由は、こうして認められたのである。その後、両者は、最終判決言い渡しを待たずして、二〇〇二年五月、法廷外で和解を成立させ、決着する。ミッチェル財団側は、ホートン・ミフリンが、アトランタの伝統ある黒人大学モアハウス・カレッジに不特定額の寄付をすることを条件に、ランダル小説の出版・販売を許可し、『風は去っちまった』の表紙には、「無認可のパロディ」の表記が付されることになった。

世に「正式認可された」パロディなるものが、どれだけ存在するのか分からないけれども、少なくともランダルは、財団が続編作家に課す執筆条件——スカーレットの死、異人種間雑婚、同性愛を描かないこと——を全て覆し、いわば巨大権力に挑戦したのだから、「無認可」烙印は、かえって財団に向けての鮮烈な揶揄としての効果を発揮する。しかもこれまで派生作品の著作権を獲得操作してきた財団に対して、ランダルが禁忌要素満載の物語改変物語で対抗し、最終的に、自作著作権の保持者となった結末は、皮肉としか言いようがない。今や彼女は、他の作家が『風は去っちまった』を修正提示しようとする試みが発生した場合、その後続改変作品に対して、認可も拒否もできる権利を獲得し（Schur, 25）、その意味においてランダルは、ミッチェル財団と同等の立場となったのである。要するに、パロディの存在意義を争った本件も、作品に付されたパロディという表記そのものも、メタ・パロディと化したのである。

本件訴訟において、またアフリカ系アメリカ人の文学再生・再提示様式を考える上で、最大の注目点となるのが、ランダルおよびホートン・ミフリン側の巧みな「パロディ喧伝法廷戦法」であったのは、もはや自明であろう。批評家リチャード・シューアによれば、ランダル作品がいつの時点でパロディとして広く世間に認識されたのか定かでないものの、ミッチェル財団より訴訟を起こされる以前に、ホートン・ミフリン社がランダル作品を明確にパロディと銘打って売り出すことはなかったと言う（18）。そもそもパロディは、オリジナルからの借用あるいは援用によって前作を揶揄する政治的意図を前提としている芸術形式であるがゆえに、政治的言論の自由を保障する修正条項第一条の適応が、本件で効果的に発揮されるのは、十分予想できたはずだ。しかも、パロディが必然的に有する諧謔の具体例が、ミッチェル財団の禁忌事項とあざといまでに合致する場合、知的所有権保護という名目は、正当な法的権利というよりもむしろ検閲の様相を呈してしまう（Premer, 25, 26）。それが南部白人の保守的歴史認識とアフリカン・アメリカンのそれとの間の差異の顕現化を煽り、ある種、時代錯誤的にすら思われる「人種戦」を余儀なくしたのは、サントラスト側証言者に、アフリカ系アメリカ人の知識人が皆無であった事実からも窺えよう。

例えば、ランダル側証人であるトニ・モリソンは、奴隷制の実態を歪曲し、黒人奴隷の劣性を強調し戯画化した『風と共に去りぬ』に対して、出版差し止めを提示される事態はこれまでなかったではないかと反論する。そもそもミッチェル自身が、それ以前の「トマス・ネルソン・ペイジのような甘ったるい旧南部のセンチメンタル小説の類」を一蹴し、ロマンチックな南部像に対してラディカルな修正の提示をせんとする意図の下、旧来の南部女性のイメージを覆す強く独立したスカーレットを生み出したのだから、ミッチェル同様に、物語および歴史認識を改変しようとしたランダルの言論の自由のみを封じ込めるのは、不当であると主張するのだ。モリソンは、すなわち、こうした訴訟自体が、アフリカ系アメリカ人の声を阻む奴隷制の残滓であると暗示しているのである。「差し止め命令の真の要点、つまりこの論議の根底にある問題とは、歴史がいかに想像され、それを誰がコントロールするのか、奴隷たちにとって奴隷制とはいかなるものであったのかを誰が語るのか、ということなのだと私には思われるのです。今回の権利主張が示唆するのは、将来の全ての世代にかかわる、ある種の奴隷『所有権』であり、『風と共に去りぬ』が描き、依拠し、それに関して戦いが展開された人種的構造を固定してしまう事態なのです。」

モリソンが強調した歴史修正と物語改変の権利所有の概念は、同様に、ヘンリー・ルイス・ゲイツ・ジュニアの証言においても繰り返されている。模倣と擬態によって権威を欺き、最終的には、それを凌駕していく文学的政治戦略、すなわちシグニファイン（Signifyin'）の一形態としてのランダルのパロディは、アフリカ系アメリカ人の伝統的文学様式の具体例である。その法的正当性を問うた本件裁判で言論の自由を勝ち取った事実によって、ランダルはミッチェル財団が有する知的所有権をもシグニファインしてしまったと言えるだろう。そしてそれはまた、アフリカン・アメリカンの伝統的芸術様式に法的裏書を与え、「文学の消尽」に反駁し、アメリカン・ナラティヴの文学的再生《リテラリー・アンチエイジング》に貢献するアフリカン・アメリカンの文化的豊穣をも印象づけた。ゲイツは、ランダル改変パロディを読み、「涙が出るほど笑い転げた」という。先行作品を「老いさせず」、後発の物語の「新しさ」の中に意図を見出し、それら双方のテクストの異なる有益性を意識化する反復的戯諧様式を世に知らしめた理論家として、それは、正しい読み方だ。

ランダルは、巻末謝辞の最終行に「マーガレット・ミッチェルの『風と共に去りぬ』が私に着想を与えてくれた」(210)と記し、文字どおり、小説を閉じている。ミッチェル財団に対する政治的勝利に比して、必ずしも文学的勝利をおさめたとは言い難い本書が、最終的にもたらした最たる貢献は、もしかすると、皮肉にも、ミッチェル大衆小説の高次の完成度を、今一度、世に再確認させしめる素材として立ち働いてしまったことにあるのかもしれない。ランダルは、法廷をアフリカン・アメリカンの歴史・文学伝統再提示のための教育現場とし、先行する文学的伝統を修正したミッチェル作品を再度改変して見せることによって、アメリカン・ナラティヴの相承を実演した。だが翻って考えれば、それは『風と共に去りぬ』が「去りえない」再生力をいまだに発揮しているからに他ならない。公式認可の有無を問わず、また文学的完成度の高低によらず、続編が話題となる度に、読者は、そして批評家は、再度ミッチェル作品に立ち戻らざるを得ないのだ。『風は去っちまった』は「勝っちまった」が、『風と共に去りぬ』は依然「老いぬ」のである。

注

(1) ダウソンの詩には、「われ多くを忘れたり、シナラよ！ 風と共に去りぬ」の直前の行を含む全ての節の最終行に、「シナラよ、われ汝に忠実たらんと尽くしたり」("I have been faithful to thee, Cynara! In my fashion") が計四回繰り返されているのだが、この行間に、批評家インディラ・カランチェティは、改変作家の皮肉な含意を看破する。すなわち、ミッチェル作品に対して、「彼女なりの忠実さを示してきた」ランダルが、「今や多くを忘れ」、『風と共に去りぬ』から「去っちまった」という意思表示とも読めると言うのである (Karamcheti, 22)。

(2) 以下、*The Wind Done Gone* からの引用はカッコ内にページ数のみ記す。

(3) 前述の通り、ランダルは、ミッチェルの舞台設定を踏襲しつつ、作中登場人物たちの名前を変化させている。以降、括弧内に、本作での原語名称とミッチェル作品における相当名称とを併記する（但し、初出に限る）。

(4) マミーの本名パラスは、ギリシャ神話において知恵と豊穣、芸術と戦術の女神アテナの別称であると同時に、ローマ皇帝クラウディウス一世に仕えた解放奴隷の名前でもある。彼は財政秘書官として富と実権を握り、後の皇帝ネロの母アグリッピナの秘密の愛人であったとも言われている。ランダルのマミーの造形には、神話および歴史上のこれら二人のパラス像が反映されていると思われる。

(5) 批評家パトリシア・イェーガーは、黒人乳母の役割に注目し、カラ・ウォーカーの影絵とランダルの『風は去っちまった』とを比較対照している。白人社会に略奪される黒人女性身体の豊穣なる生産性の背後に、大西洋奴隷貿易社会経済の歴史を重ね、マミーの授乳行為に潤沢と搾取の政治性を読み込む。階級序列を逆行し、白人女性が黒人赤子に授乳する行為は、黒人乳母の頻出例に比べ、圧倒的少数であるが、シャーリー・アン・ウィリアムズの『デッサ・ローズ』(Sherley Anne Williams, *Dessa Rose*, 1986) にその例が見られ、かつ本作において、それはレディのシナラへの授乳にも通底する。もちろん、レディがシナラに乳を与える様は、レディの中に潜む黒人性の顕現であるとも考えられる。黒人女性が授乳によって生命を育む行為、およびそれが果たせぬ場合の苦悩は、モリソンのミルクマンやセサにも暗示されている（Yaeger, 781）。

（6）同様に、シナラの以下の回想にいても、二組の母娘の交錯した関係が明示されている。「私が覚えているのは、マミーがアノヒトにコーヒーを注ぎ、マミーが彼女のカップを満たすと美しい白い手が震えていたってこと。そしてレディが私に冷たいミルクが入ったグラスを差し出してくれたことだ」（25）。ここでマミーはアノヒトを黒色化し、レディはシナラを白色化しているとも読めるが、最も皮肉なのは、これら四人の母娘が、みな黒人の血を有している事実が、のちに暴かれる点にあるだろう。

（7）ランダルは、フレッド・ゴスとのインタヴューで、多くの邪悪な登場人物たちの中で、純然たる白人であって善良なる性質を有しているのは、唯一ゲイ・キャラクター（ビューティと夢見る紳士）として造形したと語っている。尚、シナラとビューティとは複雑な悩みを打ち明け合う程の親しい友情関係にある。

（8）『ハーヴァード・ロー・レビュー』は、本件訴訟の詳細を報告する前提として、わざわざランダル作品に対する評価が一様でないと指摘し、カクタニに加えて、『ボストン・グローヴ』に掲載されたゲイル・コールドウェル（Gail Caldwell）評（「本小説の筋は浅薄で、言語的にも統一を欠き、宿根に対する単なる報復が、作品の効果を損ねている」）を紹介している。その上で、『風は去っちまった』は本来文学作品として取り上げられるべき以上の注目をメディアから集めた例であると公言する（*Harvard Law Review*, 2364）。

（9）本件裁判に係わった主要専門家は、おおむね以下の通り。ミッチェル財団側証人は、ケヴィン・アンダーソン（Kevin J. Anderson, SF作家）、ガブリエル・モトーラ（Gabriel Mottola, ユダヤ文学、ホロコースト文学、パロディ・揶揄の専門家）、ジョエル・コナロウ（Joel Conarroe, 詩の専門家）、ルイス・ルービン・ジュニア（Louis Rubin, Jr., 南部文学専門家）、アラン・レルチャク（Alan Lelchuk, 作家兼ヨーロッパ、ユダヤ文学専門家）。ランダル側証人は、トニ・モリソン（Toni Morrison）、パット・コンロイ（Pat Conroy, 作家兼『風とともに去りぬ』六十周年記念版の序文執筆者）、バーバラ・マッキャスキル（Barbra McCaskill, ジョージア大学教授アフリカン・アメリカン文学専門家）、ヘンリー・ルイス・ゲイツ・ジュニア（Henry Louis Gates, Jr., ハーヴァード大学教授、デュボイス・インスティテュート所長）。また、ハーパー・リー（Harper Lee）、アーサー・シュレジンガー・ジュニア（Arthur Schlesinger Jr.）、チャールズ・ジョンソン（Charles Johnson）、キャサリン・クリントン（Catherine Clinton）らを含む計十九名の作家・研究者・芸術家がランダル支持の陳述書をまとめて提出している。なお、ホートン・ミフリンの別のウェブ頁には、人数がさらに増大し、計三十名の支持者の署名が掲載されており、その中には『パロディ理論』の著者リンダ・ハッチョン（Linda Hatcheon）の名前も見られる。さらに、ランダル支持団体として、国際ペンクラブ・アメリカン・センター（PEN American Center）、表現の自由のためのアメリカ・ベストセラー財団（American Bestsellers Foundation for Freedom of Expression）、自由読書財団（Freedom to Read Foundation）、人文科学促進のためのワシントン地区弁護士会（Washinton Area Lawyers for the Arts）、憲法修正第一条プロジェクト（The First Amendment Project）、全米検閲反対連合（The National Coalition Against Censorship）といった団体が弁論趣意書を提出している。なお、本件訴訟の全資料は、ホートン・ミフリン社のウェブ頁から閲覧できる。<http://www.houghtonmifflinbooks.com/features/randall_url/courtpapers.shtml>を参照。

（10）ヘンリー・ルイス・ゲイツ・ジュニアとランダルは、ミッチェル作品に描かれたアフリカ系アメリカ人に対する偏見に満ちた描写の具体例を列挙して宣誓供述書に添付し、法廷に提出している。ほんの一例であると記した上で提示されたゲイツの指摘箇所は計二十八。ランダルに至っては、六十一箇所にも及んでいる。

（11）原告側は、ランダルによってスカーレットが小説舞台から排除された事態について、財団が将来、続編執筆認可をする際に、妥協せねばならない不都合を訴えた。なるほど、そもそも主人公がいないのだから、続編そのものの創作を阻むことにもなりかねない。パネル判事は、この主張に対して理解を示し、幾分苛しながら、「私を実に困らせたのは、スカーレット嬢が殺されたことであったと思う」と述べた（Jarrett, 440）。

（12）注（9）を参照。

（13）本件は、ラップ・グループ、ツー・ライブ・クルー（2 Live Crew）が、ロイ・オービソンとウィリアム・

ディーズの有名な「オー・プリティ・ウーマン」(Roy Orbison and William Dees, "Oh, Pretty Woman," 1964)をもとに創作した猥褻なリミックス曲「プリティ・ウーマン」("Pretty Woman," 1989)に対して、オリジナルの著作権を有していたエイカフ・ローズ・ミュージック社が、その歌詞の卑猥さゆえに、オリジナル本来の気品を損ない、名誉を傷つけたとして、起こした訴訟である。オービソンとディーズの再録音を織り交ぜたリミックス曲が、著作権の公正利用に当たるか否かを諮る本件争点は、ミッチェルの小説舞台をそのまま利用して創作されたランダル作品を、コピーではなく、新たな創作物であると見なせるか否かを問う『風は去っちまった』訴訟と酷似している。よって、ホートン・ミフリンがランダル作品をパロディとして喧伝する戦略に出たのは、この前例判決について熟知していたが故であると推測できる。というのも、プリティ・ウーマン訴訟において、最高裁判所は、一九九四年、ツー・ライブ・クルー作品をパロディと見なし、既製の著作物の再構築による二次的著作物として新規の著作性を認める判決を言い渡したからである。なお、この折に、最高裁判所のデイヴィッド・H・スーター判事(Justice David H. Souter)は、批判・批評の目的で著作権を有するオリジナル作品をパロディに使用するのは公正であり、その際、改変されたパロディが良識や品位を備えたものか、あるいは単に俗悪なものであるかは、著作権公正使用の判断基準とならないとした(Jarrett, 439を参照)。それにしても、白人の「プリティ・ウーマン」を黒人の「ヘアリー・ウーマン」に改変させたリミックス・パロディの猥雑が、ミッチェル＝ランダル訴訟判決の判例に適応されること自体が、最たるパロディに映る。ミッチェル財団側からしてみれば、ランダル作品は、ツー・ライヴ・クルーの創作曲並みの野卑な愚弄に思われたであろう。にもかかわらず、双方の事件ともに、本家本元が敗訴したのだから。

参考文献

Argall, Nicole. "A Rib from My Chest: Cynara's Journey as an African Womanist." *C.L.A. Journal*. 47. 2 (2003): 231-43.

Bates, Karen Grigsby. "A Through-the-Looking-Glass Version of *Gone with the Wind*." *The Journal of Blacks in Higher Education*. 33 (Autumn 2001); 126-27.

"Copyright Law-Fair Use of Doctrine-Eleventh Circuit Allows Publication of Novel Parodying *Gone With the Wind–Suntrust Bank v. Houghton Mifflin Co*." Harvard Law Review. 115. 8 (Jun. 2002): 2364-71.

Gates, Henry Louis Gates, Jr. "Declaration of Henry Louis Gates." Information about *SunTrust Bank v. Houghton Mifflin Company*. Web. Accessed 8 Oct. 2011.

Gomez-Galisteo, M. Carmen. *The Wind is Never Gone: Sequals, Parodies and Rewritings of Gone with the Wind*. Jefferson, NC: McFarland, 2011.

Goss, Fred. "Gay with the Wind." *The Advocate*. 846 (Sep 11, 2001): 63.

Haddox, Thomas F. "Alice Randall's *The Wind Done Gone* and the Ludic in African American Historical Fiction." *MFS*. 53. 1 (Spring 2007): 120-39.

"Information About Suntrust Bank v. Houghton Mifflin Company." Web. Accessed 8 Oct. 2011.

Higgins, Geraldine. "Tara, the O'Haras, and the Irish *Gone With the Wind*." *Southern Cultures*. 17. 1 (Spring 2011): 31-49.

Jarrett, Gene Andrew. "Law, Parody, and the Politics of African American Literary history." *Novel: Forum of Fiction*. 42. 3 (Fall 2009): 437-41.

Kakutani, Michiko. "Critic's Notebook; Within Its Genre, a Takeoff on Tara Gropes for a Place." *New York Times*. (May 05 2001). Oct. 1, 2011.

Karamcheti, Indira, "Re: Wind." *The Women's Review of Books*. 18. 10/11 (Jun., 2001): 22-23.

Morrison, Toni. “Declaration of Toni Morrison.” Information about *SunTrust Bank v. Houghton Mifflin Company*. Web. Accessed 8 Oct. 2011.

Premer, Ann. “‘*Wind Done Gone*’ Author Seeks Right to Parody Classic.” *News Media and the Law*. 25. 3 (Summer 2001): 25-26.

Randall, Alice. *The Wind Done Gone*. Boston: Houghton Mifflin, 2001.

Schur, Richard. “*The Wind Done Gone* Controversy: American Studies, Copyright Law, and the Imaginary Domain.” *American Studies*. 44. 1-2 (Summer/Spring 2003): 5-33.

Williams. Bettye. “Glimpsing Parody, Language, and Post-Reconstruction Theme in Alice Randall’s *The Wind Done Gone*.” *C.L.A. Journal*. 47. 3 (2004): 31-25.

Yaeger, Patricia. “Circum-Atlantic Superabundance: Milk as World-Making in Alice Randall and Kara Walker.” *American Literature* 78. 4 (December 2006): 769-98.

あとがき

本書はアメリカで提唱されるようになった新たな「老い」理解を踏まえ、「老い」の政治学という観点から主に二十世紀アメリカ文学に属する作家・作品に新しい光を当て、従来議論されることのなかった問題点を浮かび上がらせようと試みたものである。

言うまでもなく、ここに取り上げることのできた作家・作品は限られたものであり、「老い」の政治学という観点から浮かび上がる問題も以上に尽きるものではない。本書はあくまで問題提起の書であり、今後のさらなる研究の呼び水となることを目指したものである。そのためにもまず率直なご批判をお願いするとともに、日本におけるアメリカ文学研究において「老い」をめぐる議論が活発化することを期待したい。

最後に本書成立の経緯について記しておくと、そもそものきっかけは日本アメリカ文学会関西支部第五十二回大会（二〇〇八年十二月）におけるフォーラム「アメリカ文学における老いの諸相」（司会・金澤、講演・石塚、柏原、塚田）であった。フォーラム企画時点の支部長であり、「老い」というテーマを与えていただいた同志社大学教授林以知郎先生には、この場を借りて深くお礼を申し上げたい。先生の励ましと誘導なしには、本書の成立はありえなかったからである。

その後、フォーラム担当者四人の意見が一致し、さらなる研究の進展を目指し研究会を発足させたのが二〇一〇年の春であり、本書はその最初の研究成果である。企画に当たっては、「老い」の政治学というテーマへの関心を共有してくださる方々にも寄稿をお願いすることとし、その結果、ここに収めたような論文を揃えることができた。ご執筆ならびにご翻訳を頂いたみなさまに、四人を代表してお礼申し上げたい。

最後に、本書の企画段階から議論に加わり、無事出版にこぎ着けるまで尽力して頂いた松籟社の木村浩之氏に、あらためて感謝したい。経験不足でたよりない編者を支えて頂いた氏の忍耐と献身なしには、本書の出版はおぼつかなかったであろう。また、出版をお引き受け頂いた株式会社松籟社ならびに同社スタッフの方々、および印刷をご担当頂いたモリモト印刷株式会社の方々にも、この場を借りて厚くお礼申し上げたい。

なお、本書の石塚・柏原・塚田・金澤による部分は、日本学術振興会科学研究費助成事業による基盤研究（C）「アメリカ文学と老いの政治学」による成果の一部である。

二〇一二年二月二十五日

金澤　哲

◎執筆者・翻訳者紹介（掲載順）

金澤　　哲（※編者）
……「アメリカ文学における「老い」の政治学」、「時を超える女たち」

京都府立大学文学部教授

［主要業績］
(単著)『フォークナーの『寓話』――無名兵士の遺したもの』(京都あぽろん社)
(論文)「「男たち」の『寓話』――「馬泥棒に関する覚え書き」を読む」ALBION（京大英文学会）56号
“*One Writer's Beginnings* and Ending”『コルヌコピア』(京都府立大学）20号

里内　克巳 ……………………………「老境のマーク・トウェイン」

大阪大学大学院言語文化研究科准教授

［主要業績］
(共著)『バラク･オバマの言葉と文学――自伝が語る人種とアメリカ』(彩流社)
『マーク・トウェイン文学 / 文化事典』(彩流社)
『独立の時代――古典アメリカ文学は語る』(世界思想社)

石塚　則子 ………………「ウォートンの過去を振り返るまなざし」

同志社大学文学部教授

［主要業績］
(共著)『表象と生のはざまで――葛藤する米英文学』(南雲堂)
『メディアと文学が表象するアメリカ』(英宝社)
(共訳)『クリス・ボルディック選　ゴシック短編小説集』(春風社)

Mark Richardson ……………………………「活力を保ち続ける」

同志社大学文学部教授

［主要業績］
（単著）*The Ordeal of Robert Frost*（University of Illinois Press）
（編著）*Robert Frost: Collected Poetry, Prose, and Plays*（Richard Poirier との共編、Library of America）
The Collected Prose of Robert Frost（Harvard University Press）

寺尾　勝行 ……………………………「活力を保ち続ける」翻訳

愛媛大学法文学部准教授

［主要業績］
（論文）「無関心な風――フロストの詩における自然の意味」『愛媛大学法文学部論集 文学科編』31 号
「フロストの詩における想像力の働き方 : 労働 , 夢 , 鏡」『愛媛大学法文学部論集 人文学科編』6 号
「ディッキンソンとフロスト――自然と向き合う二つの精神」『愛媛大学法文学部論集 人文学科編』11 号

山本　裕子 ………………………………「レトロ・スペクタクル」

京都ノートルダム女子大学人間文化学部専任講師

［主要業績］
（論文）"*Beloved*, or the Return of the Phantom"（*Studies in English Literature*, English Number 53, forthcoming）
「アメリカへの道――『死の床に横たわりて』におけるコモディティ・フェティシズムと「南部の葬送」――」『フォークナー』13 号
「アメリカ帝国主義の幻影――チャールズ・ボンと二つの土地――」『フォークナー』8 号

塚田　幸光 ……………………………………「「老い」の／と政治学」

関西学院大学法学部・大学院言語コミュニケーション文化研究科教授

［主要業績］
（単著）『シネマとジェンダー――アメリカ映画の性と戦争』（臨川書店）
（編著）『映画の身体論』（ミネルヴァ書房）
（共著）『アーネスト・ヘミングウェイ―― 21世紀から読む作家の地平』（臨川書店）

丸山美知代 …………………………………………「メイ・サートン」

立命館大学名誉教授

［主要業績］
（共著）『文学と女性』（英宝社）
（論文）「Vladimir Nabokov の *Invitation to a Beheading* におけるインターテクスチュアル『アリス』」『立命館文学』568号
（翻訳）『知られざるオリーヴ・シュライナー』（晶文社）

柏原　和子 ……………「高齢者差別社会における「老い」の受容」

関西外国語大学外国語学部教授

［主要業績］
（共著）『セクシュアリティと罪の意識――読み直すホーソーンとアップダイク』（南雲堂）
『冷戦とアメリカ文学―― 21世紀からの再検証』（世界思想社）
『表象と生のはざまで――葛藤する米英文学』（南雲堂）

松原　陽子 ……………………………………「成長と老いのより糸」

関西外国語大学外国語学部講師

［主要業績］
（共著）『バラク・オバマの言葉と文学――自伝が語る人種とアメリカ』（彩流社）
（博士論文）“William Faulkner and the Agrarian Revolt: The Populist Legacy in Yoknapatawpha County”（大阪大学）
（論文）「フォークナーの共同体像――『村』における「民衆」の概念とその表象をめぐって」『フォークナー』7号

白川　恵子 ………………………………「そして誰もが黒くなった」

同志社大学文学部准教授

［主要業績］
（共著）『独立の時代――アメリカ古典文学は語る』（世界思想社）
『バード・イメージ――鳥のアメリカ文学』（金星堂）
『アメリカ――＜都市＞の文化学』（ミネルヴァ書房）

索引

本文・注で言及された人名、作品名、歴史的事項等を配列した。なお、作品名は原則として、作者名の下に配列してある。

【アルファベット】

ACCF（文化的自由のためのアメリカ委員会、The American Committee for Cultural Freedom）　158
CCF（文化自由会議、The Congress for Cultural Freedom）　158-159, 172
NAACP（全米黒人地位向上協会、National Association for the Advancement of Colored People）　286

【あ行】

アーゴ、ジョセフ（Urgo, Joseph R）　130
アップダイク、ジョン（Updike, John）　14, 225-247
　『金持ちになったウサギ』（*Rabbit Is Rich*）　238
　『さようならウサギ』（*Rabbit at Rest*）　14, 236-239, 242
　「突然の出現者」（"The Apparition"）　239-242, 245
　『走れウサギ』（*Rabbit, Run*）　230-236, 242, 246
　『プアハウス・フェア』（*The Poorhouse Fair*）　227, 230-237, 243
　「満たしたグラス」（"The Full Glass"）　244
アドルノ、テオドール（Adorno, Theodor W.）　19
アナーヤ、ルドルフォ（Anaya, Rudolfo）　256
　『ウルティマ、ぼくに祝福を』（*Bless Me, Ultima*）　256
アメリカン・ドリーム　12, 143
『アンクル・トムの小屋』（*Uncle Tom's Cabin*）　286
アンサルドゥーア、グロリア（Anzaldúa, Gloria）　252-255, 259, 261, 263, 269-270
アンタマイヤー、ルーイス（Untermeyer, Louis）　80, 113, 119-120
アンチ・エイジング　16, 227
イヴァンチック、アドリアーナ（Ivancich, Adriana）　172
異人種間雑婚（ミセジェネイション）（miscegenation）　275, 277, 285, 288
インガーソール、アール・G（Ingersoll, Earl G.）　223
ウイッテンバーグ、ジュディス・ブライアント（Wittenberg, Judith Briant）　130
ウィニック、R.H.（Winnick, R.H.）　112, 120
ウェルティ、ユードラ（Eudora Welty）　177-201

『ある作家の始まり』(*One Writer's Beginnings*)　180, 195-201
「風」(“The Wind”)　179
「通い慣れた道」(“A Worn Path”)　180
『金色の林檎』(*The Golden Apples*)　180
「慈善の訪問」(“A Visit for Charity”)　180-184
『デルタの結婚式』(*Delta Wedding*)　179, 185-195, 201
『負け戦』(*Losing Battles*)　179
『緑のカーテン』(*A Curtain of Green*)　180-181
『楽天家の娘』(*The Optimist's Daughter*)　179-180
ウォートン、イーディス（Wharton, Edith）　55-74
『イーサン・フロム』(*Ethan Frome*)　73
『オールド・ニューヨーク』(*Old New York*)　73
「オールド・メイド」(“The Old Maid”)　73
『顧みて』(*A Backward Glance*)　57, 73
『歓楽の家』(*The House of Mirth*)　68
『バッカニアーズ』(*The Buccaneers*)　56, 73
『母の償い』(*The Mother's Recompense*)　73
「万霊節」(“All Souls'”)　55-74
「フルネス・オブ・ライフ」(“The Fullness of Life”)　67
『無垢の時代』(*The Age of Innocence*)　73
『幽霊』(*Ghosts*)　56, 72, 76
「ローマ熱」(“Roman Fever”)　55, 73
ウォートン、テディ（Wharton, Teddy）　73
ウォーラステイン、イマニュエル（Wallerstein, Immanuel）　162
ウッドワード、キャスリーン（Woodward, Kathleen）　11, 13, 25, 177-179, 184, 186-187, 190, 192-193, 201
ウルフ、シンシア・グリフィン（Wolff, Cynthia Griffin）　73
エヴァンズ、エリザベス（Evans, Elizabeth）　206
エド・ウェイクマン船長（Wakeman, Cap. Ed.）　37
『エペソ人への手紙』(*Ephesians*)　108
エリクソン、エリク・H（Erikson, Erik H.）　15, 26, 55, 71
オールド・ニューヨーク（Old New York）　56-57, 71, 73
『オクスフォード・イーグル』(*Oxford Eagle*)　123, 150
『オムニバス』(*Omnibus*)　123-127, 132, 145, 148, 150
折島正司　61
オルコット、ルイザ・メイ（Alcott, Louisa May）　215
『若草物語』(*Little Women*)　215-216

【か行】

カーモード、フランク（Kermode, Frank）　22-24, 26
　『終りの意識』（*The Sense of an Ending: Studies in theTheory of Fiction*）　26
カーライル、トマス（Carlyle, Thomas）　118
カウリー、マルカム（Cowley, Malcolm）　157, 161, 172
　『ポータブル・フォークナー』（*The Portable Faulkner*）　150, 157, 159, 172
カクタニ、ミチコ（Kakutani, Michiko）　285, 293
カスティージョ、アナ（Castillo, Ana）　270
カストロ、フィデル（Castro, Fidel）　156
カフカ、フランツ（Kafka, Franz）　159
家父長制　17, 19, 23-24, 181, 183, 188
キャンベル対エイカフ・ローズ・ミュージック事件（Cambell v. Acuff-Rose Music, Inc.）　288
ギルマン、シャーロット・パーキンス（Gilman, Charlotte Perkins）　222
　『黄色い壁紙』（*The Yellow Wallpaper*）　222
クーパー、ジェイムズ・フェニモア（Cooper, James Fenimore）　14
　『開拓者たち』（*The Pioneers*）　14
　『レザーストッキング物語』（*Leather -Stocking Tales*）　14
グールド、グレン（Gould, Glenn）　19
陸井三郎　173
クレイマー、ヒルトン（Kramer, Hilton）　173
クレメンズ、オライオン（Clemens, Orion）　37, 52
クレメンズ、オリヴィア（Clemens, Olivia）　41
クレメンズ、サミュエル・L（Clemens, Samuel L.）　→トウェイン、マーク
クレメンズ、スージー（Clemens, Susy）　38, 41
ケイジン、アルフレッド（Kazin, Alfred ）　159
ゲイツ・ジュニア、ヘンリー・ルイス（Gates Jr., Henry Louis）　290, 294
ケネディ、ジョン・F（Kennedy, John F.）　79, 112, 125
『ケン』（*Ken*）　160
憲法修正第 1 条（The First Amendment）　285, 294
言論の自由（freedom of speech）　172, 276, 287-290
後期高齢者　20
高齢者差別（エイジズム）（ageism）　225, 228, 245
コール、パーリー（Cole, Perley）　211
コグラン、ロバート（Coughlan, Robert）　150
コックス、ジェイムズ（Cox, James M.）　47
コックス、シドニー（Cox, Sidney）　113, 120

コックス、ハイド（Cox, Hyde）　115
コナー、カレン・A（Conner, Karen A.）　229

【さ行】

サートン、メイ（Sarton, May）　206-222
　『今かくあるように』（*As We Are Now*）　206-212, 217, 222
　『今は沈黙』（*The Silence Now*）　221
　『海辺の家』（*The House by the Sea*）　207, 218
　『回復まで』（*Recovering: A Journal*）　220
　『書くことについて』（*Writings on Writing*）　207
　『すばらしい独身女性』（*The Magnificent Spinster*）　204, 216-219
　『総決算のとき』（*A Reckoning: A Novel*）　207, 212-217, 222
　『卒中のあと』（*After the Stroke*）　218, 220
　『八十歳になって』（*Coming into Eighty*）　215
　『八十二歳の日記』（*At Eighty- two*）　211
　『独り居の日記』（*Journal of Solitude*）　206, 211
　「フェニックスふたたび」（“Phoenix Again”）　221
　『夢見つつ深く植えよ』（*Plant Dreaming Deep*）　222
サイード、エドワード（Said, Edward W.）　11, 18-21, 26, 71
　『晩年のスタイル』（*On Late Style: Music and Literature against the Grain*）　19, 26, 71
「才能ある十分の一」（“The Talented Tenth”）　283
サルディバル＝ハル、ソニア（Saldívar-Hull, Sonia）　262
サンダース、フランシス（Saunders, Frances Stonor）　172
サントラスト・バンク対ホートン・ミフリン社事件（Suntrust Bank v. Houghton Mifflin Co.）　287
シーハイ、ドナルド（Sheehy, Donald）　109-110
シェイクスピア、ウィリアム（Shakespeare, William）　162
　『お気に召すまま』（*As You Like It*）　95, 116
　『テンペスト』（*The Tempest*）　162
ジェイムズ、ヘンリー（James, Henry）　58-65, 70, 74, 76
　『アメリカ印象記』（The American Scene）　59
　「懐かしの街角」（“The Jolly Corner”）　59-65
　『ねじの回転』（*The Turn of the Screw*）　63, 74
ジェファソン、トマス（Jefferson, Thomas）　274
シェルデン、マイケル（Shelden, Michael）　30
ジェンダー　11, 13, 16, 25

シクスー、エレーヌ（Cixous, Hélène）　23-24, 26
シグニファイン（Signifyin'）　290
シスネロス、アルフレド（Cisneros, Alfredo）　250
シスネロス、サンドラ（Cisneros, Sandra）　249-270
　『女が叫ぶ川』（*Woman Hollering Creek and Other Stories*）　249
　『カラメロ』（*Caramelo*）　249-270
　『マンゴー通りの家』（*The House on Mango Street*）　249-250, 262
社会進化論（social Darwinism）　48
ジャレル、ランダル（Jarrell, Randall）　84, 95, 99
　『詩と時代』（*Poetry and the Age*）　84
シュウォーツ、ローレンス・H（Schwartz, Lawrence H）　150, 159
シュトラウス、リヒャルト（Strauss, Richard）　19
ジュネ、ジャン（Genet, Jean）　19
ジョイス、ジェイムズ・A・A（Joyce, James Augustine Aloysius）　159
「女性的テキスト」（écriture féminine）　24
ジョドック、ダレル（Jodock, Darrell）　243
ジルバースミット、アネット（Zilversmit, Annette）　68, 73
進化論（evolution theory）　47-48
ズィーグラー、ハイデ（Ziegler, Heide）　131
スタインベック、ジョン・アーンスト（Steinbeck, John Ernst）　173
　『怒りの葡萄』（*The Grapes of Wrath*）　173
スタナード、デイヴィッド（Stannard, David）　227, 232, 238, 245
『スペインの大地』（*The Spanish Earth*）　161
スミス、ジェイムズ・スティール（Smith, James Steel）　160
生政治（Bio-politics）　12, 20, 26
セイン、パット（Thane, Pat）　26, 222
『創世記』（*Genesis*）　106
ソープ、アン（Thorp, Anne）　216, 218
ソラーズ、ウェルナー（Sollars, Werner）　282
ソンタグ、スーザン（Sontag, Susan）　204, 221

【た・な行】

ダーウィン、チャールズ（Darwin, Charles）　47-48
　『人間の由来』（*Descent of Man*）　47
ダウスン、アーネスト（Dowson, Ernest）　277
タウナー、テレサ（Towner, Theresa M）　150
ダグラス、フレデリック（Douglass Frederick）　280, 286

タッキー、ジョン・S.（Tuckey, John S.）　52
知的所有権保護（protection of intellectual property）　289
チャップリン、チャールズ（Chaplin, Charles）　172
著作権侵害（infringement of copyright）　275-276, 287
テイト、アレン（Tate, Allen）　159
ディマジオ、ジョセフ・ポール（DiMaggio, Joseph Paul）　163-165
デュボイス、W・E・B（DuBois, William Edward Burghardt）　283, 294
トウィッチェル、ジョゼフ（Twichell, Joseph）　50
トウェイン、マーク（Twain, Mark ＝本名 Clemens, Samuel L.）　29-52, 160
　『赤毛布外遊記』（*The Innocents Abroad*）　47
　「アダムの記念碑」（"A Monument to Adam"）　47, 52
　「アダムの独白」（"Adam's Soliloquy"）　48
　「アダムの日記からの抜粋」（"Extracts from Adam's Diary"）　48
　「イヴの日記」（"Eve's Diary"）　48
　『苦難を忍びて』（*Roughing It*）　37
　『(マーク・トウェイン）自伝』（*Autobiography of Mark Twain*）　31, 37
　『ストームフィールド船長の天国訪問記からの抜粋』（*Extract from Captain Stormfield's Visit to Heaven*）　37, 50
　『赤道に沿って』（*Following the Equator*）　38
　『それはどっちだったか』（*Which Was It?*）　35-36
　『人間の寓話』（*Fables of Man*）　52
　『ハックルベリー・フィンの冒険』（*Adventures of Huckleberry Finn*）　159
　『不思議な少年、第四十四号』（*No.44, The Mysterious Stranger*）　35-36, 50, 53
　「魔の海域」（"The Enchanted Sea-Wilderness"）　38, 40-42
　「落伍者たちの避難所」（"The Refuge of the Derelicts"）　29-52
　「リトル・ベッシー」（"Little Bessie"）　46
　「老年」（"Old Age"）　50, 52
ドスパソス、ジョン・ロデリーゴ（Dos Passos, John Roderigo）　161
ドストエフスキー、フョードル・ミハイロヴィチ（Достое́вский, Фёдор Миха́йлович）　159
トリリング、ライオネル（Trilling, Lionel）　79, 116, 159
トロンブリ、ローラ・スカンデラ（Trombley, Laura Skandera）　30
トンプソン、テリー（Thompson, Terry W.）　70
トンプソン、ローレンス（Thompson, Lawrance）　108-110, 112, 118, 120
永原誠　30, 52
『ニュー・マッセズ』（*New Masses*）　160
ノーベル財団（Nobel Foundation）　124

【は行】

ハーディ、トマス（Hardy, Thomas）　118
　「キャッスル・ボトレルにて」（“At Castle Boterel”）　118
バートレット、ジョン（Bartlett, John）　113, 120
ハイルブラン、キャロリン（Heilbrun, Carolyn）　205, 222
パッシング（passing）　282-283
パリーニ、ジェイ（Parini, Jay）　109-110
『パリス・レヴュー』（*Paris Review*）　90, 108
バルザック、オノレ・ド（Balzac, Honore’ de）　160
パロディ（parody）　25, 48, 138, 273, 275-277, 285-291, 293-295
ビーチャー、トマス・K.（Beecher, Thomas K.）　47
ヒル、ハムリン（Hill, Hamlin.）　30
ファウラー、ドリーン Fowler, Doreen　150
ファロセントリック（Phallocentric）　17, 23
フィッシャー、デイヴィッド・H（Fischer, David H.）　229
フィッツジェラルド、スコット・F（Fitzgerald, Scott F.）　226
　『グレート・ギャツビー』（The Great Gatsby）　226
フーコー、ミシェル（Foucault, Michel）　12, 18-21, 26
　「汚辱に塗れた人々の生」（La vie des hommes infames）　21
　『知への意志』（*La volonté de savoir*）　20
フェミニズム　16-19, 24, 177-178, 222, 262, 268-270
フェルマン、ショシャーナ（Felman, Shoshana）　63, 74
フェンテス、ノルベルト（Fuentes, Norberto）　156
フォークナー、ウィリアム（Faulkner, William）　123-151, 157-162, 172
　『自動車泥棒』（*The Reivers*）　127-149
　『随筆・演説　他』（*Essays, Speeches, and Public Letters*）　126
　『フォークナー書簡集』（*Selected Letters of William Faulkner*）　128, 157-158
　「プライヴァシーについて」（“On Privacy”）　150
　『墓地への侵入者』（*Intruder in the Dust*）　159, 161
フラートン、モートン（Fullerton, Morton）　73
『プラウダ』（*Pravda*）　160
プリチャード、ウィリアム（Pritchard, William）　119
フルシチョフ、ニキータ（Хрущёв, Никита）　79
プレッシー対ファーガスン事件（Plessy v. Ferguson）　282
ブレヒト、ベルトルト（Brecht, Bertolt）　172
プレンショー、P・W（Prenshaw, Peggy Whitman）　201
フロイト、ジークムント（Freud, Sigmund）　178, 201

『続・精神分析入門講義』　201
フロスト、エリオット（Frost, Eliott）　80
フロスト、エリノア（Frost, Elinor）　78, 80-81, 108
フロスト、キャロル（Frost, Carol）　80-81
フロスト、マージョリー（Frost, Marjorie）　80
フロスト、ロバート（Frost, Robert）　77-119
The Letters of Robert Frost to Louis Untermeyer　80, 118
『証しの木』（*A Witness Tree*）　110, 118-120
「嵐のおそれ」（"Storm Fear"）　93
「ある老人の冬の夜」（"An Old Man's Winter Night"）　84-100, 116
「幾世代もの人々」（"Generations of Men"）　93
「一篇の詩が作り出す形」（"The Figure a Poem Makes"）　81, 93, 108
「永遠に戸を閉じて」（"Closed for Good"）　93
「丘に住む妻」（"The Hill Wife"）　93
『開墾地にて』（*In the Clearing*）　93, 112-113, 115
「家庭での埋葬」（"Home Burial"）　93
「絹のテント」（"The Silken Tent"）　111
「決して再び鳥の歌が同じになることはない」（"Never Again Would Birdsong Be the Same"）　111
『詩、散文、劇集』（*Collected Poems, Prose and Plays*）　91
「詩と学校」（"Poetry and School"）　78
『少年のこころ』（*A Boy's Will*）　92, 116
「寿命掛け算表」（"The Times Table"）　100-108, 119
「指令」（"Directive"）　93
『スティープルの藪』（*Steeple-Bush*）　93
「全ての啓示」（"All Revelation"）　111
「精一杯のもの」（"The Most of It"）　111
「備えよ、備えよ」（"Provide, Provide"）　84
「誕生の地」（"The Birthplace"）　93
『道理の仮面劇』（*A Masque of Reason*）　83
「遠くまででも、深くでもなく」（"Neither Out Far Nor in Deep"）　84
『西に流れる小川』（*West-Running Brook*）　93, 100, 105
『ニュー・ハンプシャー』（*New Hampshire*）　119
「冬、森の中ただ一人……」（"In winter in the woods alone . . ."）　93, 108-118
『ボストンの北』（*North of Boston*）　93
「無条件の贈り物」（"The Gift Outright"）　112
『山の合間』（*Mountain Interval*）　83, 93

「幽霊屋敷」(“Ghost House”)　93
「雪の夕方森のそばに立ち止まって」(“Stopping by Woods on a Snowy Evening”)　79
『ロバート・フロスト散文集』(*Collected Prose of Robert Frost*)　78, 81, 83, 105, 109
「私は全てを時に委ねてもよい」(“I Could Give All to Time”)　111
「文学の消尽」(“The Literature of Exhaustion”)　276, 291
ベートーベン、ルードヴィヒ（Beethoven, Ludwig）　19
ヘネンバーグ、シルヴィア（Hennenberg, Sylvia）　223
ヘミングウェイ、アーネスト（Hemingway, Ernest）　111-112, 155-173, 226
『アフリカの緑の丘』(*Green Hills of Africa*)　169
『河を渡って木立の中へ』(*Across the River and into the Trees*)　172
「キリマンジャロの雪」(“The Snows of Kilimanjaro”)　167
『誰がために鐘は鳴る』(*For Whom the Bell Tolls*)　156, 173
『老人と海』(*The Old Man and the Sea*)　14, 155-173, 226
ヘミングス、サリー（Hemings, Sally）　274, 286
ベロー、ソール（Bellow, Saul）　226
『サムラー氏の惑星』(*Mr. Sammler's Planet*)　226
ベントリー、エリック（Bentley, Eric）　173
ボーヴォワール、シモーヌ・ド（Beauvoir, Simone de）　203, 221
ポーク、ノエル（Polk, Noel）　124-125
ボードリヤール、ジャン（Baudrillard, Jean）　133, 140, 142, 147, 151
『象徴交換と死』(*L'Échange symbolique et la mort*)　151
『消費社会の神話と構造』(*La Société de consommation*)　142, 151
ホラティウス（Quintus Horatius Flaccs）　277
『頌歌』(*Odes*)　277
ホワイト、バーバラ（White, Barbara A.）　67

【ま行】

マーティンズ、ルーイス（Mertins, Louis）　110
「マウント」(“Mount”)　57, 59, 71, 73
マクドウェル、マーガレット（McDowell, Margaret B.）　58, 70, 74
マクノートン、ウィリアム・R.（Macnaughton, William R.）　52
マクパートランド、ジョン（McPartland, John）　161
マシューズ、ジョン、T（Matthews, John T）　130
マッケイグ、ドナルド（McCaig, Donald）　275
『レット・バトラー』(*Rhett Butler's People*)　275

「まなざしの若さ構造」（the youthful structure of the look）　13
マレン、フィル（Mullen, Phil）　123-124
ミッチェル、マーガレット（Mitchell, Margaret）　273-278, 281-282, 284-287, 290-292, 294-295
　『風と共に去りぬ』（*Gone with the Wind*）　273, 275-276, 278, 285, 287, 290-292
ミッチェル財団（The Mitchell Estate）　275-276, 281, 285-291, 293, 295
宮本陽一郎　156, 161
ミラー、アーサー・アッシャー（Miller, Arthur Asher）　173
　『セールスマンの死』（*Death of the Salesman*）　14
　『橋からの眺め』（*A View from the Bridge*）　173
ミルゲイト、マイケル（Millgate, Michael）　172
ミルトン、ジョン（Milton, John）　88, 94
メイヤーズ、ジェフリー（Meyers, Jeffery）　109-110
メルヴィル、ハーマン（Melville, Herman）　14, 160
　『バートルビー』（*Bartleby, the Scrivener*）　14
　『白鯨』（*Moby-Dick*）　160
モリソン、キャスリーン（「ケイ」）（Morrison, Kathleen（“Kay”））　109-112, 120
モリソン、トニ（Morrison, Toni）　289-290, 293

【や・ら・わ行】

吉田迪子（Yoshida, Michiko）　150
『ヨブ記』（*Job*）　77, 104
ライオン、イザベル（Lyon, Isabel）　30, 37
『ライフ』（*Life*）　150, 156-157, 160-161
ラッセル、ジョージ（Russell, George = AE）　109
ランサム、ジョン・クロウ（Ransom, John Crowe）　159
ランダル、アリス（Randall, Alice）　273-295
　『風は去っちまった』（*The Wind Done Gone*）　273-295
リー、ハーマイオ（Lee, Hermione）　56, 59, 71-72, 74
リオタール、ジャン・フランソワ（Lyotard, Jean François）　149
　『ポストモダンの条件』（*The Postmodern Condition*）　149
リチャードソン、マーク（Richardson, Mark）　120
リプリー、アレクサンダー（Ripley, Alexander）　275
　『スカーレット』（*Scarlett*）　275
ルター、マルティン（Luther, Martin）　243-244
レイ、ニコラス（Ray, Nicholas）　173
　『理由なき反抗』（*Rebel Without Cause*）　173

レイリー、ケヴィン（Railey, Kevin）　130, 132, 145
ロウェル、エイミー（Lowell, Amy）　119
ロジャーズ、ヘンリー・H.（Rogers, Henry H.）　50, 52
ロスキー、ウィリアム（Rossky, William）　129, 151
ロビンソン、E・A（Robinson, E.A.）　105
　『ジャスパー王』（*King Jasper*）　105
ワイアットーブラウン、アン・M（Wyatt-Brown, Anne M.）　11, 16, 25, 222

アメリカ文学における「老い」の政治学

2012年3月23日　初版第1刷発行　　定価はカバーに表示しています
2014年5月12日　第2刷

編著者　金澤　哲
著　者　Mark Richardson、石塚則子、柏原和子、
里内克巳、白川恵子、塚田幸光、
松原陽子、丸山美知代、山本裕子

発行者　相坂　一

発行所　松籟社（しょうらいしゃ）
〒612-0801　京都市伏見区深草正覚町1-34
電話　075-531-2878　振替　01040-3-13030
url　http://shoraisha.com/

Printed in Japan　　印刷・製本　モリモト印刷株式会社
装丁　西田優子

ISBN978-4-87984-305-0　C0098